O verão das bonecas mortas

TONI HILL

O verão das bonecas mortas

tradução de
Fátima Couto

TORÐSILHAS

Copyright © 2011 Antonio Hill
Copyright © 2011 Random House Mondadori S.A.
Copyright da tradução © 2012 Tordesilhas

Publicado originalmente sob o título *El verano de los juguetes muertos*.

Todos os direitos reservados. Nenhuma parte desta edição pode ser utilizada ou reproduzida – em qualquer meio ou forma, seja mecânico ou eletrônico –, nem apropriada ou estocada em sistema de banco de dados, sem a expressa autorização da editora.

O texto deste livro foi fixado conforme o acordo ortográfico vigente no Brasil desde 1º de janeiro de 2009.

EDIÇÃO UTILIZADA PARA ESTA TRADUÇÃO Toni Hill, *El verano de los juguetes muertos*, Barcelona, Grijalbo, 2011.
PREPARAÇÃO Fátima Couto
REVISÃO Shirley Gomes e Otacílio Nunes
CAPA Andrea Vilela de Almeida
IMAGEM DE CAPA spxChrome / Istockphoto.com

1ª edição, 2013

Dados Internacionais de Catalogação na Publicação (CIP)
(Câmara Brasileira do Livro, SP, Brasil)

Hill, Toni
O verão das bonecas mortas / Toni Hill; tradução de Fátima Couto.
1. ed. São Paulo : Tordesilhas, 2013.
Título original: El verano de los juguetes muertos

ISBN 978-85-64406-63-6

1. Ficção espanhola I. Título.

13-03257   CDD-863

Índice para catálogo sistemático:
1. Ficção : Literatura espanhola 863

2013
Tordesilhas é um selo da Alaúde Editorial Ltda.
Rua Hildebrando Thomaz de Carvalho, 60
04012-120 – São Paulo – SP
www.tordesilhaslivros.com.br

Para minha mãe, por tudo

O verão das bonecas mortas

ontem

Faz muito tempo que não penso em Iris nem no verão em que ela morreu. Acho que tentei me esquecer de tudo, da mesma forma que superei os pesadelos e os terrores da infância. E agora, quando quero me lembrar dela, só me vem à mente o último dia, como se essas imagens tivessem apagado todas as anteriores. Fecho os olhos e me transporto àquela casa grande e velha, ao dormitório de camas desertas que esperam a chegada do próximo grupo de crianças. Tenho seis anos, estou no acampamento e não consigo dormir porque tenho medo. Não, estou mentindo. Naquela madrugada eu me comportei com bravura: desobedeci às regras e enfrentei a escuridão só para ver Iris. Mas encontrei-a afogada, flutuando na piscina, rodeada por um cortejo de bonecas mortas.

quarta-feira

1

Desligou o despertador ao primeiro toque. Oito da manhã. Apesar de estar acordado há horas, um súbito torpor se apoderou de seus membros, e ele teve que fazer um esforço para se levantar da cama e ir para o chuveiro. O jorro de água fria dissipou o embotamento e levou consigo uma parte dos efeitos da diferença de fuso horário. Tinha chegado na tarde anterior, depois de um interminável voo Buenos Aires-Barcelona, que se prolongou ainda mais no setor de reclamação de bagagem do aeroporto. A funcionária, que em alguma vida anterior devia ter sido uma dessas sádicas preceptoras inglesas, acabou com sua última reserva de paciência olhando para ele como se a mala fosse um ser com decisão própria e tivesse optado por trocar o dono por outro menos mal-humorado.

Secou-se vigorosamente e percebeu com desgosto que o suor já começava a surgir. Isso era o verão em Barcelona – úmido e pegajoso como um sorvete derretendo. Com a toalha enrolada na cintura, olhou-se no espelho. Precisava se barbear. Merda. Voltou para o quarto e revirou o armário meio vazio em busca de uma cueca. Por sorte, a roupa da mala extraviada era a de inverno, e não teve problema para encontrar uma calça e uma camisa de manga curta. Descalço, sentou na cama. Respirou fundo. A longa viagem começava a cobrar seu preço; teve a tentação de deitar novamente, fechar os olhos e esquecer a entrevista que tinha às dez em ponto, apesar de no íntimo saber que jamais faria aquilo. Héctor Salgado nunca faltava a uma entrevista. "Nem que fosse com o meu ventríloquo", disse a si mesmo, e esboçou um sorriso irônico. Com a mão direita procurou o celular na mesinha de cabeceira. A bateria estava acabando, e ele lembrou que o carregador estava na bendita mala. Na véspera estava cansado demais para falar com quem quer que fosse, apesar de no fundo talvez esperar que os outros se lembrassem dele. Procurou na agenda o número de Ruth e ficou alguns segundos olhando a tela antes de pressionar a tecla verde. Sempre ligava para ela do celular, certamente num esforço para ignorar que ela tinha outro número fixo. Outra casa. Outra companhia. A voz dela, meio rouca, de quem acabava de se levantar, lhe sussurrou ao ouvido:

– Héctor...

– Te acordei?

– Não... Bom, um pouco. – Ele ouviu ao fundo uma risada baixa. – Mas eu tinha que me levantar de qualquer modo. Quando você chegou?

– Desculpa. Cheguei ontem à tarde, mas aqueles pentelhos perderam a minha mala, e tive que ficar um tempão no aeroporto. A bateria do celular está quase acabando. Só queria que soubessem que eu cheguei bem.

De repente sentiu-se um idiota. Como uma criança que fala demais.

– Como foi a viagem?

– Tranquila – mentiu. – Escuta, o Guillermo está dormindo? Ruth riu.

– Sempre que você volta de Buenos Aires o teu sotaque muda. Guillermo não está, eu não te disse? Foi passar uns dias na praia, na casa de um amigo – respondeu ela. – Mas a essa hora com certeza deve estar dormindo – acrescentou.

– Claro... – Houve uma pausa; nos últimos tempos suas conversas se interrompiam a toda hora. – E como ele está?

– Bem, mas te juro que, se a pré-adolescência durar muito, mando o Guillermo de volta pra você com o porte pago. – Ruth riu. Ele se lembrava do seu sorriso e daquele brilho súbito nos seus olhos. O tom dela mudou. – Héctor? Escuta, você sabe alguma coisa do teu caso?

– Tenho que encontrar o Savall às dez.

– Vai, conta logo.

Outra pausa.

– Vamos almoçar juntos? – Héctor tinha baixado a voz. Ela demorou um pouco mais que o necessário para responder.

– Já combinei outra coisa, sinto muito. – Por um momento ele achou que a bateria tinha acabado de vez, até que finalmente a voz continuou: – Mas vamos conversar mais tarde. Podíamos tomar um café...

Aí sim. Antes que ele pudesse responder, o telefone se transformou um pedaço de metal inútil. Olhou para ele com ódio. Em seguida seus olhos se fixaram nos pés nus. E, de um salto, como se a breve conversa lhe tivesse dado o impulso necessário, levantou e foi de novo até o armário acusador, cheio de cabides vazios.

Héctor vivia em um edifício de três pisos, no terceiro andar. Nada especial, um dos tantos prédios típicos do bairro de Poblenou, situado perto da estação de metrô e a duas quadras de outra *rambla* que não aparecia nos guias turísticos. Os únicos detalhes dignos de nota eram o aluguel, que não tinha subido quando a região tomou ares de lugar privilegiado perto da praia, e uma laje no topo que praticamente tinha se convertido em um terraço particular, porque o segundo andar estava vazio e no primeiro vivia a proprietária, uma mulher de quase setenta anos que não tinha o menor interesse em subir três lances de escada.

Ele e Ruth tinham arrumado a velha laje, cobrindo uma parte e colocando ali várias plantas agora agonizantes e uma mesa com cadeiras para jantarem nas noites de verão. Quase não subia mais lá desde que Ruth fora embora.

A porta do primeiro andar se abriu justo quando ele estava passando, e Carmen, a dona do edifício, saiu para recebê-lo.

– Héctor... – Sorriu. Como sempre, ele disse a si mesmo que se chegasse à velhice queria ser como aquela boa senhora. Ou melhor ainda: ter alguém como ela a seu lado. Parou e lhe deu um beijo na bochecha, meio sem jeito. Os gestos de carinho nunca haviam sido o seu forte. – Ontem ouvi barulho lá em cima, mas achei que você devia estar cansado. Quer um café? Acabei de fazer.

– Você está me mimando.

– Bobagem – respondeu ela, decidida. – Os homens têm que sair de casa bem alimentados. Vem para a cozinha.

Héctor a seguiu, obediente. A casa cheirava a café fresco.

– Estava com saudade do teu café, Carmen.

Ela o observou com o cenho franzido enquanto lhe servia uma xícara generosa, acrescentando um pouco de leite e uma colherinha de açúcar.

– Bem alimentados... e bem barbeados – acrescentou ela em tom de repreensão.

– Não fique brava comigo, Carmen, acabei de chegar – suplicou ele.

– E você não se faça de vítima. Está tudo bem? – Olhou-o com carinho. – Como foi na tua terra? Ah, e pode fumar um cigarro, já sei que você está com vontade.

– Você é o máximo, Carmen. – Ele pegou o maço de cigarros, e acendeu um. – Não entendo como é que você não agarrou um velhinho ricaço.

– Deve ser porque eu não gosto de velhinhos! Quando fiz sessenta e cinco, olhei ao redor e disse a mim mesma: "Carmen, *já n'hi há prou*, fecha a loja. É melhor começar a ver filmes em casa..." Falando nisso, pode levar os que você me emprestou. Já vi todos – garantiu ela com orgulho.

A coleção de filmes de Héctor teria feito empalidecer de inveja mais de um cinéfilo: desde os clássicos de Hollywood, os preferidos de Carmen, até as últimas novidades. Todos arrumados em uma estante que tomava a parede toda, sem uma ordem aparente; um de seus maiores prazeres nas noites de insônia era pegar alguns ao acaso e ficar assistindo deitado no sofá.

– Maravilhosos – continuou Carmen. Era uma fã declarada de Grace Kelly, com quem costumavam dizer que se parecia quando moça. – Mas não tenta disfarçar. Como vai você?

Ele expirou a fumaça devagar e acabou de tomar o café. O olhar da mulher não lhe dava trégua: aqueles olhos azuis deviam ter deixado muitos homens de quatro. Carmen não era como essas senhoras de idade que adoram ficar se lembrando do passado, mas, graças a Ruth, Héctor sabia que tinha havido pelo menos dois maridos, "medíocres, pobrezinhos", segundo a própria Carmen, e um amante, "um sem-vergonha desses que a gente nunca esquece". Mas no fim tinha sido este último que lhe havia assegurado a velhice, deixando-lhe aquele edifício de três andares, no qual viveria melhor ainda se não estivesse reservando um andar para um filho que havia partido anos atrás e nunca tinha voltado.

Héctor se serviu de um pouco mais de café antes de responder:
– Não consigo mesmo te enganar, Carmen. – Tentou sorrir, mas o semblante fatigado e os olhos tristes frustraram o esforço. – Está tudo uma merda, desculpa o palavrão. Já faz muito tempo que tudo está virando uma merda.

Expediente 1231-R
H. Salgado
Esperando solução.

Três linhas curtas anotadas com pincel atômico preto num *post-it* amarelo colado numa pasta da mesma cor. Para não as ver, o delegado-chefe Savall abriu a pasta e repassou o conteúdo. Como se já não o soubesse de memória. Declarações. Atestados. Relatórios médicos. Brutalidade policial. Fotografias dos ferimentos daquele filho da puta. Fotografias da desgraçada daquela garota nigeriana. Fotografias do apartamento de Raval onde mantinham as moças amontoadas. Havia também vários recortes de jornal, alguns dos quais – poucos, graças a Deus –, bem maldosos, davam sua própria versão dos fatos, enfatizando conceitos como injustiça, racismo e abuso de poder. Fechou a pasta bruscamente e olhou as horas no relógio da mesa da sua sala na delegacia. Eram nove e dez. Cinquenta minutos. Estava puxando a cadeira para trás para esticar as pernas quando alguém bateu na porta e a abriu quase ao mesmo tempo.

– Chegou? – quis saber.

A mulher que acabava de entrar negou com a cabeça sem perguntar a quem ele se referia e, bem devagar, apoiou as duas mãos no encosto da cadeira que havia diante da mesa. Olhou-o nos olhos e perguntou:

– O que você vai dizer? – A pergunta soou como uma saraivada de tiros em poucas palavras.

Savall encolheu os ombros quase imperceptivelmente.

– O que está acontecendo. O que você quer que eu diga?

– Ah! Genial.

– Martina... – Tentou ser brusco, mas gostava demais dela para se aborrecer de verdade. Baixou a voz. – Estou de mãos atadas, porra!

Ela não cedeu. Puxou um pouco a cadeira, sentou-se e voltou a aproximá-la da mesa.

– E do que ainda estão precisando? Esse sujeito já saiu do hospital. Está em casa, tranquilo, reorganizando seu negócio...

– Não enche, Martina! – O suor lhe invadiu a testa, e por uma vez ele perdeu as estribeiras. Quando se levantara de manhã tinha prometido a si mesmo não deixar que isso acontecesse. Mas era humano. Abriu a pasta amarela, tirou as fotos e começou a colocá-las na mesa como cartas abertas que prenunciassem uma quadra de ases: – Mandíbula quebrada. Duas costelas fraturadas. Contusões no crâneo e no abdome. A cara toda arrebentada. E tudo isso porque Héctor perdeu a cabeça e se plantou na casa desse filho da puta. E o sujeito ainda teve sorte, porque não houve lesões internas. Levou uma tremenda surra.

Ela sabia de tudo aquilo. Também sabia que se estivesse sentada na cadeira em frente teria dito exatamente a mesma coisa. Mas se havia algo que definia a subinspetora Martina Andreu, era a lealdade a toda prova que ela tinha para com os seus: sua família, seus companheiros de trabalho, seus amigos. Para ela o mundo se dividia em dois lados bem distintos, os seus e os outros, e Héctor Salgado estava sem dúvida nenhuma no primeiro grupo. Por isso, em voz alta e deliberadamente desdenhosa, uma voz que irritava seu chefe mais do que a visão daquelas fotografias, contra-atacou:

– Por que você não pega as outras? Por que não olhamos o que esse maldito bruxo negro fez a essa pobre criança?

– Cuidado com isso de negro. – Martina fez um gesto de impaciência. – Só falta isso. E o que aconteceu com a menina não justifica a agressão. Você sabe disso, eu sei, Héctor sabe. E o que é pior, o advogado desse covarde também. – Baixou a voz; fazia anos que trabalhava com Andreu, e confiava mais nela que em qualquer outro de seus subordinados. – Anteontem ele esteve aqui.

Martina levantou uma sobrancelha.

– Sim, o advogado de… sei lá como se chama. Eu deixei as coisas muito claras: ou ele retira a denúncia contra Salgado ou o seu cliente vai ter um policial atrás dele até quando for ao banheiro, merda!

– E…? – perguntou ela, olhando o chefe com renovado respeito.

– Ele disse que precisava consultá-lo. Eu dei tanta corda quanto pude. *Off the record*. Combinamos que ele me ligaria esta manhã antes das dez.

– E se ele concordar? O que você prometeu em troca?

Savall não teve tempo de responder. O telefone da sua mesa tocou como um alarme. Com um gesto, pediu para a subinspetora ficar em silêncio e atendeu.

– Alô? – Por um momento seu rosto mostrou expectativa, mas em seguida sua expressão se transformou em aborrecimento. – Não! Não! Agora estou ocupado. Depois eu ligo pra ela. – Em vez de pousar o telefone, ele o largou e acrescentou, dirigindo-se à subinspetora: – Joana Vidal.

Ela bufou devagar.

– Outra vez?

O delegado encolheu os ombros e perguntou:

– Não há nada de novo no caso dela, não?

– Nada. Você viu o relatório? Está claro como água. O menino se distraiu e caiu pela janela. Pura má sorte.

Savall assentiu com um gesto de cabeça.

– O relatório está bom, realmente. Muito completo. É da novata, não é?

– É. Tive que pedir pra ela fazer outra vez, mas acabou ficando bom. – Martina sorriu. – A garota parece esperta.

Vindo de Andreu, qualquer elogio devia ser levado a sério.

– O currículo dela é impecável – disse o delegado. – A primeira da turma, ótimas referências dos superiores, cursos no estrangeiro... Até Roca, que não tem pena dos novatos, redigiu um memorando elogioso. Se estou bem lembrado, menciona inclusive um talento natural para a investigação.

Quando Martina se dispunha a acrescentar um de seus comentários sarcasticamente feministas sobre o talento e o quociente intelectual médio dos homens e das mulheres da corporação, o telefone tocou novamente.

* * *

Nesse momento, no gabinete da delegacia, a jovem investigadora Leire Castro utilizava esse talento natural para satisfazer um dos traços mais evidentes do seu caráter: a curiosidade. Tinha convidado um dos agentes que havia semanas vinha lhe sorrindo discreta mas amavelmente para tomar café. O rapaz parecia boa gente, disse a si mesma, e o fato de lhe dar trela a fazia sentir-se um pouco culpada. Mas, desde a sua chegada à delegacia central dos Mossos d'Esquadra da Plaza Espanya, o enigma Héctor Salgado vinha desafiando sua sede de saber, e nesse dia em que esperava vê-lo surgir a qualquer momento, não conseguira mais se conter.

Assim, depois de um rápido preâmbulo de conversa bem-educada, já com um café preto nas mãos, reprimindo a vontade de fumar e esboçando seu melhor sorriso, Leire foi direto ao assunto. Não podia ficar meia hora fofocando no gabinete.

— Como ele é? Estou falando do inspetor Salgado.

— Você não conhece? Ah, claro, você chegou justo quando ele entrou de férias.

Ela concordou.

— Não sei o que dizer — continuou ele. — Um sujeito normal, ou assim parecia. — Sorriu. — Com os argentinos, nunca se sabe.

Leire fez o que pôde para dissimular sua decepção. Odiava as generalidades, e esse indivíduo de sorriso amável acabava de perder automaticamente vários pontos com ela. Ele devia ter percebido, porque se esforçou por melhorar a explicação.

— Alguns dias antes de tudo aquilo acontecer, eu diria que ele era um homem tranquilo. Nunca elevava o tom de voz. Eficaz. Teimoso mas paciente. Um bom policial, digamos... Consciencioso, investigador. Mas de repente, zás, a cabeça esquenta e ele fica uma fera. Sinceramente, deixou todo mundo de boca aberta. Nossa fama já é ruim o suficiente pra que um inspetor perca a cabeça desse jeito.

Nisso ele tinha razão, pensou Leire. Aproveitou a pausa do companheiro para insistir:

— O que aconteceu? Eu li alguma coisa na imprensa, mas...

— O que aconteceu foi que ele pirou. Nem mais nem menos. — O rapaz parecia ter uma opinião formada a esse respeito. — Ninguém se atreve a dizer nada porque ele é inspetor e coisa e tal, e o delegado gosta muito dele, mas é verdade. Ele deixou o cara meio morto de tanto que bateu nele. Dizem que depois apresentou a demissão, mas o delegado a rasgou. Em vez disso mandou ele tirar um mês de férias até que as coisas se acalmassem. E sorte que a imprensa não caiu na pele dele. Podia ter sido muito pior.

Leire bebeu mais um gole de café. Estava uma delícia. Morria de vontade de pegar um cigarro, mas havia decidido não fumar o primeiro até depois do almoço, e ainda faltavam pelo menos quatro horas. Respirou fundo para ver se enchendo os pulmões de ar a necessidade de nicotina diminuía. O truque ajudou um pouco. Seu colega atirou o copo de plástico na lixeira de material reciclável.

— Se for preciso, nego tudo o que te contei — disse ele sorrindo. — Sabe como é: um por todos e todos por um, como os mosqueteiros. Mas tem coisas que não são legais. Agora tenho que ir, o dever me chama.

— Claro — concordou ela, distraída. — Até logo.

Ficou mais alguns instantes no gabinete, tentando se lembrar do que havia lido sobre o caso do inspetor Salgado. Em março, apenas quatro meses atrás, Héctor Salgado havia coordenado uma operação contra o tráfico de mulheres. Sua equipe estava havia pelo menos um ano atrás de uma máfia que se dedicava a trazer garotas africanas, principalmente nigerianas, para encher vários prostíbulos de Vallès e Garraf. Quanto mais jovens, melhor, claro. As do Leste europeu e as da América do Sul tinham passado de moda: muito espertas e demasiado exigentes. Os clientes pediam garotinhas negras e assustadas com quem pudessem satisfazer seus mais baixos instintos, e os traficantes conseguiam controlar melhor essas crianças analfabetas, desorientadas, tiradas da pobreza extrema com a vaga promessa de um futuro que não podia ser pior que o seu presente atual. Mas era. Às vezes Leire se perguntava como elas podiam ser tão cegas. Por acaso tinham visto alguma de suas predecessoras voltar transformada em uma mulher rica, capaz de tirar a família da miséria? Não, era uma fuga em direção ao futuro, um caminho desesperado ao qual muitas eram empurradas pelos próprios pais e maridos, e para o qual não tinham opção. Uma viagem, certamente tingida de uma mescla de ilusão e desconfiança, que terminava em um quarto repugnante onde as meninas compreendiam que a ilusão era algo que elas não podiam se permitir. Já não era questão de aspirar a uma vida melhor, mas de sobreviver. E os porcos que as manipulavam, uma rede de criminosos e ex-prostitutas que tinham subido de posto na organização, utilizavam todos os meios ao seu alcance para que elas compreendessem por que estavam ali e quais eram suas novas e repugnantes obrigações.

Sentiu uma vibração no bolso da calça e pegou o celular. Uma luz vermelha piscava, anunciando uma mensagem. Ao ver o nome do remetente, um sorriso lhe cruzou o rosto. Javier. Um metro e oitenta, olhos escuros, a quantidade certa de pelo no peito bronzeado e um puma tatuado na diagonal justamente na parte inferior do abdome. E ainda por cima simpático, disse Leire a si mesma enquanto abria aquele envelopinho branco. "Oi, acabei de acordar, e você já tinha ido embora. Por que você sempre axa de sumir sem dizer nada? Nos vemos esta noite outra vez e amanhã você me prepara o café? Saudade. Um beijo."

Leire ficou um instante olhando o celular. Javier, Javier! O rapaz era um encanto, sem dúvida, apesar de não ser exatamente um ás em ortografia. Nem muito madrugador, pensou, olhando o relógio. Além disso, aquela mensagem havia disparado um alarme que ela conhecia bem e que tinha aprendido a respeitar, um *flash* que explodia diante dos membros do sexo masculino que, depois de algumas noites de um bom sexo, começavam a pedir explicações e a insinuar que gostavam que lhes levassem o café da manhã na cama. Por sorte, não eram muitos. A maioria aceitava seu jogo sem problemas, o sadio intercâmbio sexual sem complicações nem perguntas que ela defendia abertamente. Mas sempre havia algum, como Javier, que não entendia isso muito bem. Era uma pena, pensou Leire teclando rapidamente uma mensagem em resposta, que justo ele pertencesse a esse pequeno grupo de homens. "Esta noite não posso. Depois te ligo. E, claro, a primeira coisa que o verbo achar acha é o ch, não se esqueça. Até logo!" Releu a mensagem e, num impulso de compaixão, apagou a segunda parte antes de enviar. Era uma crueldade desnecessária, censurou-se. O envelopinho fechado voou pelo espaço, e ela desejou que Javier soubesse ler nas entrelinhas, mas por precaução pôs o celular no modo silencioso antes de terminar o café. O último gole, já meio frio, lhe revolveu o estômago. Algumas gotas de suor lhe escorreram pela testa. Respirou fundo mais uma vez, enquanto pensava que não podia mais adiar aquilo. Esse enjoo matinal devia ter alguma explicação. "Hoje mesmo você tem que passar numa farmácia", ordenou a si mesma com firmeza, apesar de no fundo saber perfeitamente que não ia adiantar. Que a resposta a suas perguntas estava no fim de semana incrível de um mês atrás.

Recuperou-se devagar; alguns minutos depois sentiu-se com forças para voltar a sua mesa. Tinha acabado de se sentar diante do computador, disposta a se concentrar no trabalho, quando a porta da sala do delegado Savall se fechou.

O terceiro homem que estava no gabinete talvez achasse que podia ganhar a vida como advogado, mas, a julgar por sua fluência e capacidade de se expressar, o futuro que o esperava era bem sombrio. A seu favor podia-se dizer que ele não se encontrava numa posição muito cômoda, e que nem o delegado nem Héctor Salgado estavam facilitando as coisas para ele.

Pela quarta vez em dez minutos, Damián Fernández enxugou o suor com o mesmo lenço de papel amassado antes de responder a uma pergunta.

— Eu já disse. Na noite de anteontem, lá pelas nove, vi o doutor Omar.

— E o senhor lhe comunicou a proposta que eu fiz?

Héctor não sabia de que proposta Savall estava falando, mas podia imaginar. Lançou ao chefe um olhar respeitoso, mas no fundo de seus olhos a raiva ainda brilhava. Qualquer trato favorável àquele covarde, incluído em troca de lhe salvar o pescoço, lhe revirava o estômago.

Fernández assentiu. Afrouxou o nó da gravata como se ela o estivesse enforcando.

— Ao pé da letra. — Pigarreou. — Eu disse... disse que não tinha por que aceitá-la. Que de qualquer modo tinham muito pouco contra ele. — Não percebeu a raiva que subira ao rosto do delegado, porque se justificou em seguida: — É a verdade. Morta essa garota, já não há nada que a relacione ao tráfico de mulheres... Nem sequer poderiam acusá-lo de negligência, porque ele também não é médico. Se o prenderem por isso, teriam que prender todos os benzedeiros, cartomantes e curandeiras de Barcelona... Não iam caber na cadeia. No entanto — apressou-se a dizer —, eu ressaltei que a polícia pode ser muito insistente, e que, como ele já estava recuperado da agressão — e ao pronunciar essa palavra dirigiu um olhar rápido e nervoso para o inspetor Salgado, que não se alterou —, talvez o melhor fosse esquecer o assunto...

O delegado inspirou profundamente.

— E o senhor o convenceu?

— Me pareceu que sim... Bom — corrigiu —, a verdade é que ele só disse que ia pensar. E que me ligaria no dia seguinte pra me dar uma reposta.

— Mas não ligou.

— Não. Telefonei para o consultório dele ontem, várias vezes, mas ninguém atendeu. Não estranhei. O doutor não costuma atender o telefone enquanto trabalha.

– Por isso esta manhã decidiu ir vê-lo bem cedo?

– Sim. Tinha combinado com o senhor, e, bom... – hesitou – também não tenho muito o que fazer nestes dias.

"Nem nos seguintes", pensaram ao mesmo tempo Savall e Salgado, mas não disseram nada.

– E foi. Às nove.

Fernández concordou. Engoliu em seco. "Palidez" era uma palavra poética demais para descrever a cor do seu rosto.

– O senhor tem água?

O delegado suspirou.

– Aqui dentro não. Já estamos terminando. Prossiga, senhor Fernández, por favor.

– Ainda não eram nove horas. O ônibus passou logo depois, e...

– Vá direto ao ponto, por favor!

– Está bem, está bem. Estava dizendo que, apesar de ainda ser um pouco cedo, eu subi, e quando ia bater na porta, vi que estava meio aberta. – Parou. – Bom, achei que podia entrar, que talvez tivesse acontecido alguma coisa. – Engoliu em seco outra vez; o lenço de papel se desmanchou nas suas mãos quando tentou usá-lo novamente. – Havia um cheiro... um cheiro esquisito. Um cheiro podre. Eu o chamei enquanto me aproximava do consultório, no final do corredor... Essa porta também estava meio aberta... e eu empurrei. Meu Deus!

O resto ele já tinha contado, com o rosto desfeito, antes da chegada de Héctor. A cabeça de porco em cima da mesa. Sangue por toda parte. E nem sombra do doutor.

– Era só o que me faltava – disse entre dentes o delegado quando o nervoso advogado saiu da sala. – Os abutres da imprensa vão ficar no nosso pé outra vez.

Héctor pensou que os abutres dificilmente ficam no pé de alguém, mas evitou o comentário. De todo modo, não teria tempo de fazê-lo, porque Savall pegou imediatamente o telefone e discou um ramal. Meio minuto depois, a subinspetora Andreu entrava no gabinete.

Martina não sabia o que estava acontecendo, mas pela cara do chefe intuiu que não devia ser nada bom, e, depois de cumprimentar Héctor piscando o olho, dispôs-se a escutar. Se a notícia dada por Savall a surpreendeu tanto como a eles, ela disfarçou bem. Ouviu atentamente, fez algumas perguntas coerentes e saiu para cumprir as ordens. Héctor a seguiu com os olhos. Quase bufou ao ouvir o seu nome.

– Héctor, escuta bem, porque vou falar só uma vez. Eu arrisquei o pescoço por você. Te defendi diante da imprensa e dos meus superiores. Fiz tudo o que podia pra enterrar esse assunto. E estava quase conseguindo que esse sujeito retirasse a denúncia. Mas se você se aproximar desse prédio, se você interferir nessa investigação nem que seja apenas por um minuto, não vou poder fazer nada. Está claro?

Héctor cruzou as pernas. Seu rosto mostrava uma intensa concentração.

– É a minha cabeça que está na guilhotina – disse ele afinal. – Você não acha que eu tenho o direito de decidir por que ela vai ser cortada?

– Você perdeu esse direito, Héctor. Os teus direitos acabaram no mesmo dia em que você espancou aquele desgraçado. Você meteu os pés pelas mãos. Agora aguenta as consequências.

O bom era que Héctor sabia disso, mas agora isso pouco lhe importava. Não conseguia nem se arrepender; a surra que tinha dado naquele indivíduo lhe parecia justa e merecida. Era como se o sério inspetor Salgado tivesse voltado ao tempo da sua juventude em um bairro portenho, quando ele acertava as desavenças trocando socos na saída do colégio; quando voltava para casa com o lábio machucado, mas garantia que tinha levado uma bolada na cara jogando futebol. Uma tendência para a rebelião ainda lhe atenazava o peito: algo absurdo, irritante, definitivamente imaturo para um policial de quarenta e três anos feitos.

– E ninguém se lembra da menina? – perguntou Héctor com amargura. Uma pobre defesa, mas era a única que ele tinha.

–Vamos ver se entra na tua cabeça, Salgado – disse Savall, elevando a voz sem querer. – Nós não pudemos fazer nada a respeito disso. Até onde sabemos, não houve o menor contato entre esse tal doutor Omar e a garota em questão depois que desmontaram o apartamento onde elas estavam confinadas. Nem sequer podemos demonstrar que houve contato antes sem a palavra da menina. Ela estava no centro de menores. De algum modo, ele tinha dado um jeito de fazer... aquilo.

Héctor assentiu.

– Conheço os fatos, chefe.

Mas os fatos não podiam descrever o horror. O rosto de uma menina que, apesar de morta, refletia um medo terrível. Kira ainda não tinha feito quinze anos, não falava uma palavra de espanhol nem de nenhum idioma mais ou menos conhecido, e no entanto tinha conseguido se fazer ouvir. Era pequena, muito magra, e em seu rosto suave de boneca destacavam-se uns olhos brilhantes, de uma cor entre o âmbar e o castanho que ele nunca tinha visto. Como as outras, Kira tinha participado de uma cerimônia antes de sair de seu país em busca de um futuro melhor. Essas cerimônias eram chamadas de ritos *ju-ju*, e nelas, além de beber a água que tinha sido usada para lavar um morto, as meninas entregavam pelos púbicos ou sangue menstrual, que eram colocados diante de um altar. Desse modo se comprometiam a não denunciar aqueles que as traficavam, a pagar as supostas dívidas contraídas com a viagem e, em geral, a obedecer sem discutir. O castigo para quem não cumprisse essas promessas era uma morte horrível para elas ou para os parentes que tinham deixado para trás. Kira o havia sofrido na própria carne: ninguém teria dito que um corpo tão frágil pudesse conter tanto sangue.

Héctor tentou afastar a imagem da mente, a mesma visão que naquele momento o fizera perder a cabeça e ir em busca do doutor Omar com a intenção de lhe arrebentar todos os ossos do corpo. O nome daquele indivíduo tinha surgido durante a investigação: em teoria, sua única função era cuidar da saúde das garotas. Mas o medo que elas deixavam transparecer ao ouvir o seu nome indicava que as ocupações do doutor iam muito além da atenção puramente médica. Nenhuma se atrevera a falar dele: o indivíduo não se arriscava, e as meninas eram levadas ao seu consultório individualmente ou de duas em duas. O máximo de que ele podia ser acusado era de não fazer perguntas, e essa era uma acusação muito frágil para um curandeiro que tinha um consultório imundo e atendia imigrantes sem documentos.

Mas Héctor não se conformara com isso, e tinha escolhido a mais jovem, a mais assustada, para pressioná-la com a ajuda de uma intérprete. A única coisa que ele conseguiu foi que Kira dissesse, em voz muito baixa, que o doutor a havia examinado para verificar se ainda era virgem, e aproveitara para lhe lembrar que ela devia fazer o que aqueles senhores diziam. Nada mais. No dia seguinte, sua mão de menina empunhara uma tesoura e transformara o próprio corpo num manancial de sangue. Em seus dezoito anos de polícia, Héctor nunca vira nada parecido, apesar de ter se deparado com drogados que já não tinham um pedacinho de pele onde injetar a droga e com vítimas de todo tipo de violência. Mas nada como aquilo. Do corpo mutilado de Kira emanava uma sensação perversa e macabra impossível de descrever ou de explicar com palavras. Algo que pertencia ao território dos pesadelos.

– Outra coisa – prosseguiu Savall, como se o ponto anterior tivesse sido aceito sem discussão. – Antes de se reintegrar, você vai ter que passar por várias sessões com um psicólogo da corporação. É inevitável. A primeira entrevista é amanhã às onze. É bom que você faça o possível pra parecer equilibrado. Começando por fazer a barba.

Héctor não protestou; de fato, já sabia disso. De repente, e apesar de ter se enchido de boas intenções durante o longo voo de volta, agora tudo deixara de ter importância. Tudo, menos a cabeça de porco ensanguentada.

— Posso ir embora?

— Um momento. Não quero absolutamente nenhuma declaração à imprensa. Quanto à tua situação, ainda não foi resolvida, e você não tem nada a dizer. Entendeu bem?

Ao ver que Héctor concordava, Savall soltou um suspiro e sorriu. Salgado se levantou, pronto para se despedir, mas o delegado ainda não parecia disposto a deixá-lo sair.

— Como foram as coisas em Buenos Aires?

— Bom... é como a geleira Perito Moreno, de vez em quando parece que vai desmoronar, mas o bloco continua firme.

— É uma cidade fantástica! E você engordou.

— Muitos churrascos. Cada domingo um amigo diferente me convidava. É difícil resistir.

O telefone da mesa de Savall tocou outra vez, e Héctor quis aproveitar o momento para sair do gabinete de uma vez.

— Espera, não vai embora. Sim?... Merda! Diga pra ela que eu já ligo... Pois então diga outra vez! — Savall desligou, irritado.

— Problemas? — perguntou Héctor.

— O que seria da vida sem eles? — Savall ficou em silêncio durante alguns segundos. Sempre fazia isso quando uma ideia súbita lhe vinha à mente e ele precisava de um tempo para traduzi-la em palavras. — Escuta — disse bem devagar —, acho que tem uma coisa que você pode fazer por mim. Extraoficialmente.

— Você quer que eu dê uma surra em alguém? Isso eu sei fazer.

— O quê? — Savall continuava absorto em suas conjecturas, que, como bolhas de sabão, estouraram logo. — Senta. — Tomou fôlego enquanto balançava a cabeça afirmativamente e sorria satisfeito, como quem acaba de ter uma ideia brilhante. — Foi Joana Vidal que acabou de ligar.

— Desculpa, não sei de quem você está falando.

— Claro, você estava fora quando tudo aconteceu. Foi na noite de São João. — Savall separou algumas pastas da mesa até encontrar a que procurava. – Marc Castells Vidal, dezenove anos. Ele deu uma festinha em casa, só ele e dois amigos. Em algum momento da noite, o rapaz caiu da janela do quarto. Morreu na hora.

– Complexo de Super-Homem depois de algumas carreiras de coca?

– Não havia drogas no sangue. Álcool sim, mas não em grande quantidade. Parece que ele tinha o costume de fumar um cigarro sentado na janela. Pode ter perdido o equilíbrio e ter caído, pode ter saltado... Era um rapaz estranho.

– Todos são estranhos aos dezenove anos.

– Mas não caem da janela – replicou Savall. – A questão é que Marc Castells era filho de Enric Castells. Você se lembra desse nome, não é?

– Vagamente... Negócios, política?

– As duas coisas. Ele dirigia uma empresa de mais de cem empregados. Depois investiu no setor imobiliário, e foi um dos poucos que pulou fora antes que a bolha estourasse. E de um tempo para cá o nome dele tem sido insistentemente comentado como o possível número dois de algum partido. Há bastante movimentação nas listas de candidatos para as próximas eleições das comunidades autônomas, e comenta-se que estão faltando caras novas. No momento não há nada confirmado, mas está claro que alguns partidos de direita gostariam de tê-lo em suas fileiras.

– Os empresários de sucesso sempre se saem bem nas eleições.

– Ainda mais em tempos de crise. Bom, o caso é que o rapaz caiu ou pulou da janela. Ponto final. É a única coisa que sabemos.

– Mas?

– Mas a mãe não aceita isso. Foi ela que acabou de ligar. – Savall olhou para Héctor com aquela atitude de amigo que gostava de adotar de vez em quando. – É a ex-mulher de Castells... Uma história meio confusa. Joana abandonou o marido e o filho quando este tinha um ou dois anos. Só voltou a vê-lo no velório.

– Que merda!

– É. Eu a conhecia. Joana, quero dizer. Antes de ela ir embora. Éramos amigos.

– Ah, sei. A velha guarda barcelonesa. Companheiros do polo? Sempre me esqueço que você os apoia.

Savall fez um gesto depreciativo com a mão.

– Como em toda parte. Olha, como estava dizendo, oficialmente não temos nada. Não posso pôr ninguém para investigar, e também não tenho tantos inspetores sobrando para ocupá-los em algo que certamente não vai dar em nada. Mas...

– Mas eu estou livre.

– Exatamente. Dá só uma olhada no caso: fala com os pais e com os garotos que estiveram na festa. Dá a ela uma conclusão definitiva. – Savall baixou a vista. – Você também tem um filho. Ela só pede que alguém dedique mais tempo à morte do rapaz. Por favor.

Héctor não sabia se o chefe estava lhe pedindo um favor ou se havia adivinhado o que ele pretendia fazer e tentava remediá-lo antes que acontecesse.

Savall lhe passou o relatório com um sorriso triste de ver.

– Amanhã vamos sentar com Andreu. Ela abriu o caso junto com a novata.

– Temos uma garota nova?

– Sim, Andreu está cuidando dela. Ainda está um pouco verde, mas em teoria é ótima. Primeira em todas as provas, carreira meteórica. Você já sabe como a moçada vem com tudo.

Héctor pegou a pasta e se levantou.

– Estou contente de você estar outra vez com a gente. – Chegava o momento solene. O repertório de Savall era enorme. Nesses momentos seu rosto lhe recordava o de Robert Duvall. Paternal, duro, condescendente e algo evasivo. – Quero que você me mantenha a par de como está dando conta dessa obsessão. – Faltava um "comporte-se", um "espero que você não faça eu me arrepender".

Trocaram um aperto de mão.

– E não esquece... – Savall apertou levemente o braço do subordinado. – O caso Castells é extraoficial.

Héctor se soltou, mas a frase ficou ecoando em sua mente como uma dessas moscas-varejeiras que ficam batendo contra os vidros.

2

Pela primeira vez em muitos dias, Joana Vidal sentiu algo parecido com tranquilidade. Uma certa satisfação, ou ao menos algum alívio. Alguém havia atendido seu telefonema, alguém tinha lhe dito que continuaria investigando até que as conclusões fossem definitivas. "Chegaremos ao fundo da questão, Joana, prometo", havia-lhe assegurado Savall. E isso era a única coisa que ela queria, a razão pela qual havia ficado em Barcelona, uma cidade de onde havia fugido e para onde tinha voltado para assistir ao enterro de um filho que praticamente não conhecia.

Agora tinha de esperar, disse a si mesma enquanto perambulava pelo apartamento de teto alto que havia sido de sua avó e estava fechado há anos. Móveis antigos, ou melhor, velhos, cobertos com lençóis que um dia haviam sido brancos e que davam ao conjunto um ar fantasmagórico. Ela tinha retirado os do quarto e da sala de jantar, mas do outro lado do corredor estreito e comprido os quartos permaneciam cheios de volumes amarelecidos e imóveis. Seus passos a levaram até o terraço, onde uma persiana verde meio destruída protegia do sol uma fileira de vasos em que só havia terra seca. O sol do meio-dia a fez semicerrar os olhos. Esse terraço era a fronteira entre dois mundos: de um lado, a Calle Astúries, o coração do bairro de Gràcia, agora transformada em calçadão por onde passeavam pessoas agitadas vestidas com roupas de cores vivas: roxo, verde, azul-celeste; do outro, o apartamento manchado pelos anos, cujas paredes cor de marfim haviam se tornado cinzentas. Só precisava levantar a persiana, deixar a luz inundar o interior, misturar os vivos e os mortos. Não era hora. Ainda não. Antes precisava decidir qual era o seu lugar.

O calor a fez tornar a entrar e ir até a cozinha a fim de buscar alguma coisa para beber. Apesar de nunca ter sido religiosa, no apartamento da avó sentia-se em paz. Era sua igreja particular. De fato, com seus cinquenta anos, era a única coisa que podia dizer que era sua. Sua avó o havia deixado para ela ao morrer, contra a vontade de todos, provavelmente porque sua cabeça já não funcionava bem, e nos últimos tempos ela esquecera que Joana havia cometido o maior pecado: aquele que lhe valera a condenação unânime de toda a família. Tirou a jarra de plástico da geladeira e serviu-se de um copo de água. "Talvez eles tivessem razão", pensou, sentada na cadeira de fórmica, com o copo na mão; talvez houvesse nela algo cruel, ou no mínimo antinatural. "Nem os animais abandonam a cria", dissera sua mãe, sem conseguir se calar. "Larga o teu marido, se você quiser. Mas o menino?"

O menino. Marc. Ela o tinha visto pela última vez dormindo em um berço, e o reencontrara estendido em um caixão de carvalho. E, nas duas ocasiões, a única coisa que havia sentido era um medo terrível diante da própria falta de emoções. O bebê que havia gerado e parido significava tão pouco para ela como o jovem de cabelo muito curto, ridiculamente vestido com um terno preto, que jazia do outro lado do vidro do velório.

– Ah, você veio! – Havia reconhecido imediatamente a voz às suas costas, mas levou alguns segundos para se atrever a dar meia-volta.

– Fèlix me avisou – retrucou ela, quase se desculpando.

A sala do velório tinha ficado naquele silêncio tenso do qual, pouco depois, nasceria uma torrente de cochichos. Ela havia entrado sem que ninguém lhe prestasse muita atenção – uma mulher a mais, de meia-idade, discretamente vestida de cinza--escuro –, mas agora sentia os olhares todos cravados nas suas costas. Surpresa, curiosidade, censura. A súbita protagonista de um funeral que não era o seu.

– Enric... – Outra voz masculina, a de Fèlix, lhe deu força suficiente para enfrentar o homem que tinha diante de si, próximo demais, invadindo esse espaço que deve se manter livre ao redor de cada um.

– Queria vê-lo – disse ela simplemente. – Já vou embora.

Enric a observou com estranheza, mas pôs-se de lado, como que convidando-a a sair. Tinha a mesma expressão que ela havia lido em seu rosto na última vez que o vira, seis meses depois de partir, quando ele fora a Paris para lhe pedir que voltasse para casa. Havia mais rugas ao redor daqueles olhos, mas a mescla de incredulidade e desprezo continuava sendo a mesma. Em ambas as vezes Joana se havia perguntado como ele podia se apresentar tão bem: bem-barbeado, sem uma ruga no terno, com o nó da gravata perfeito e os sapatos reluzentes. Uma figura irrepreensível, que de repente lhe provocou uma instintiva aversão.

– Vamos, Joana – interveio Fèlix. – Eu te acompanho.

Ela viu de soslaio um sorriso irônico nos lábios do ex-marido e se encolheu imperceptivelmente. Como se os anos não tivessem passado. Enric esperou alguns segundos antes de falar, o tempo suficiente para que os dois se afastassem e ele tivesse que levantar um pouco a voz.

– O enterro é amanhã às onze. Para o caso de você estar livre e ter vontade de vir. Não precisa se sentir obrigada, já sabe.

Ela adivinhou a olhada que Fèlix dirigiu ao irmão, mas continuou caminhando até a porta: meia dúzia de passos que lhe pareceram intermináveis, rodeada por uma maré crescente de sussurros desdenhosos. Já no umbral, deteve-se de repente, voltou-se para a sala e teve a satisfação de ver como o rumor parava de repente.

* * *

Deu um tapa na velha geladeira para acabar com aquele ronco irritante, mas dessa vez teve menos êxito. O silêncio só durou um momento e logo recomeçou, desafiador. Em passo lento, foi até o computador portátil, dando graças a Deus pela conexão sem fio que lhe permitia continuar em contato com o mundo. Sentou-se à mesa e abriu a correspondência. Quatro mensagens, duas de colegas da universidade onde dava aulas de literatura catalã, a terceira de Philippe e a quarta de um remetente desconhecido; sempreiris@gmail.com. Justo quando abria esta última, ouviu a campainha da porta, um som musical, de outra época.

– Fèlix! – Ele estava do outro lado do umbral, com uma das mãos apoiada no batente da porta, arfando depois de ter subido a longa escadaria. De repente ela se deu conta de que ainda estava de robe e ficou sem graça. – O que te trouxe aqui?

Ele ficou quieto, ainda se recuperando dos cinco lances de escada.

– Desculpa. Entra, por favor. Não estou acostumada a receber visitas – desculpou-se ela com um sorriso fugaz. –Vou me vestir, senta em algum lugar...A casa estava fechada, como você sabe.

Quando voltou, ele a esperava diante do terraço, voltado para a rua. Sempre fora um homem de compleição grande, mas os anos tinham acrescentado a seu corpo alguns quilos a mais, bem visíveis ao redor da cintura. Ele tirou um lenço do pescoço para enxugar o suor, e Joana pensou que Fèlix devia ser a única pessoa que ainda usava lenços de pano.

– Quer beber alguma coisa?

Ele se voltou, sorridente.

– Um copo de água será bem-vindo.

– Claro.

Ele a seguiu até a cozinha.

–Você está bem aqui? – perguntou.

Ela assentiu, enquanto tirava um copo do armário embutido e o enxaguava antes de lhe servir água da jarra.

– O apartamento está um pouco abandonado, mas é cômodo – comentou, estendendo-lhe o copo. Ele tomou o conteúdo todo de uma vez. Evidentemente, não estava em forma. "Os padres não devem fazer muito exercício", pensou Joana.

– Por que você veio aqui, Fèlix? – A pergunta foi brusca, e dessa vez ela não se preocupou em suavizá-la.

– Queria ver como você estava. – Ele ensaiou mais um sorriso pouco convincente. – Eu me preocupo com as pessoas.

Ela se apoiou na parede. Os azulejos, pequenos e brancos, mais de hospital que de cozinha, estavam frios.

– Estou bem. – E acrescentou, sem conseguir evitar: – Você pode dizer isto a Enric: acho que vou ficar aqui o tempo que for necessário.

– Não vim da parte do meu irmão. Já te disse, eu me preocupo com as pessoas; me preocupo com você.

Ela sabia que era verdade. Sempre, inclusive nos piores momentos, pudera contar com Fèlix. Era curioso que, apesar de sua vocação sacerdotal, do hábito que ele já não usava, mas que continuava em seu armário, ele tivesse sido o único que parecia tê-la compreendido.

– E tem uma coisa que eu queria te perguntar. Marc entrou em contato com você? No último ano?

Ela fechou os olhos e assentiu. Tomou fôlego e pousou os olhos em um canto do teto antes de responder. O ruído da geladeira começou de novo.

– Ele me mandou vários *e-mails*. Ah, chega! – Deu um soco na porta branca; dessa vez o barulho parou bruscamente. – Desculpa. Isso me tira do sério.

Ele se sentou em uma das cadeiras da cozinha, e Joana receou por um momento que aquele traste velho não aguentasse o peso.

– Eu dei o teu endereço – explicou ele. – Marc me escreveu da Irlanda pedindo. Hesitei muito, mas afinal não pude lhe negar isso. Ele já não era criança, e tinha o direito de saber certas coisas.

Ela não disse nada. Sabia que Fèlix não havia terminado.

– Uma semana depois ele voltou a me escrever, dizendo que não recebera resposta. É verdade?

Joana lutou contra as lágrimas.

– O que você queria que eu dissesse? – perguntou ela com a voz rouca. – Uma mensagem vinda do nada... No começo eu não sabia o que responder. – Passou a mão pelo rosto, levando consigo uma lágrima rebelde. – Fiquei pensando. Escrevi várias mensagens sem chegar a mandá-las. Ele continuou insistindo. Finalmente respondi, e mantivemos uma certa correspondência, até que numa das mensagens ele sugeriu a possibilidade de ir me ver em Paris.

– Você não chegou a vê-lo?

Ela negou com a cabeça.

– Você sabe que eu sempre fui covarde – disse, esboçando um sorriso amargo. – Acho que voltei a decepcioná-lo.

Fèlix baixou a cabeça.

– É por isso que você continua aqui? Você só vai conseguir fazer mal a si mesma. Precisa retomar sua vida. Voltar a Paris.

– Não me diga o que eu tenho que fazer. – Ela não se mexeu, e pela primeira vez olhou o sacerdote nos olhos, sem reservas. – Vou ficar aqui até saber o que aconteceu naquela madrugada. Não aceito essa explicação vaga: talvez ele tenha caído, talvez tenha se jogado. Talvez o tenham empurrado...

– Foi um acidente, Joana. Não se torture com isso.

Ela não o ouviu, e continuou falando como se não pudesse mais parar:

– E não compreendo como Enric se conforma. Por acaso ele não quer saber o que aconteceu?

– Ele já sabe. Foi uma grande tragédia, mas não há por que continuar especulando. Deleitar-se com a dor é mórbido.

– A verdade não é mórbida, Fèlix! É necessária... Pelo menos eu preciso dela.

– Pra quê? – Ele pressentiu que estavam chegando ao cerne da questão. Levantou-se e aproximou-se da ex-cunhada. Os joelhos dela estavam se dobrando, e ela teria caído no chão se ele não a tivesse amparado.

— Pra saber qual é a minha culpa — sussurrou Joana. — E o preço que devo pagar.

— Essa não é a forma de expiar as culpas, Joana.

— Expiar as culpas! — Ela levou a mão à testa; tinha voltado a suar. — Você não muda esse jargão religioso, Fèlix. Nós não expiamos as culpas, nós as carregamos!

A frase ficou ecoando por alguns instantes no silêncio tenso. Fèlix ainda fez uma última tentativa, apesar de perceber que a batalha estava perdida.

— Você vai fazer mal a muita gente que está tentando superar isso. A Enric, a sua mulher, a sua filha. A mim. Eu também amava muito Marc. Ele era mais que um sobrinho. Eu o vi crescer.

Ela se endireitou de repente. Pegou a mão de Fèlix e a apertou.

— A dor às vezes é inevitável, Fèlix. — Dirigiu-lhe um sorriso triste antes de lhe dar as costas e se encaminhar para a porta do apartamento. Abriu-a e ficou ali, esperando que ele fosse embora. Enquanto o via aproximar-se, acrescentou: — Precisamos aprender a conviver com ela. — Mudou de tom e pronunciou as frases seguintes com um ar formal e frio, isento de emoções: — Esta manhã falei com Savall. Ele designou o caso a um inspetor. Conta para o Enric. Isso não terminou, Fèlix.

Ele assentiu e lhe deu um beijo no rosto antes de ir embora. Já no patamar, antes de começar a descer, voltou-se para ela.

— Há coisas que é melhor não terminar.

Joana fingiu não ter ouvido e fechou a porta. Lembrou então que havia deixado o computador ligado e sentou-se para ler a correspondência.

3

Era meio-dia e meia quando um táxi deixou Héctor diante do edifício dos correios. Aquele bloco vetusto e sólido protegia um emaranhado de vielas labirínticas que haviam ficado imunes à onda de *design* que havia assolado os bairros próximos, como o Born: ruas onde as pessoas continuavam estendendo a roupa nos terraços, e onde quase se podia roubar a do vizinho da frente; fachadas que dificilmente podiam ser restauradas porque não havia espaço para andaimes; pisos térreos antes abandonados onde agora proliferavam mercearias de paquistaneses, lojas de roupas étnicas e algum bar de paredes cobertas de azulejos. Ali, na Calle Milans, no segundo andar de um edifício estreito e sujo, ficava o consultório do doutor Omar. Quando chegou à esquina, procurou instintivamente o celular e logo se lembrou de tê-lo deixado descarregado em casa aquela manhã. Merda... Sua intenção era ligar para Andreu e perguntar se tinha boi na linha. Avançou devagar até o edifício em questão. Contrariamente ao que imaginava, a rua estava deserta. Não era de estranhar. A visita dos guardas havia feito muitos dos habitantes da zona, que continuavam sem documentos, optarem por ficar em casa. De fato, havia um agente na porta, um rapaz relativamente jovem, a quem Héctor conhecia de vista, impedindo que qualquer pessoa estranha entrasse no edifício.

– Inspetor Salgado. – O agente parecia nervoso. – A subinspetora Andreu me avisou que talvez o senhor viesse.

Héctor o interrogou com os olhos, e o rapaz concordou.

– Suba. E eu não vi o senhor. Ordens da subinspetora.

A escada cheirava a umidade, a pobreza urbana. Cruzou com uma mulher negra que não levantou a vista do chão. No corredor do segundo andar havia duas portas, cada uma de uma madeira diferente. Procurou a mais escura. Estava fechada, e ele teve de tocar duas vezes a campainha para que esta se decidisse a soar. Quando se lembrou do ocorrido naquela tarde fatídica, tudo lhe voltou à mente em forma de clarões: o corpo destroçado da garotinha negra e uma raiva espessa e acre, que ele não conseguia engolir nem cuspir; depois, seu punho golpeando sem a menor piedade um sujeito que tinha visto na sala de interrogatório uma única vez. Imagens nebulosas que teria preferido não recordar.

Parado na esquina, Héctor espera terminar o quarto cigarro que acendeu na última meia hora. Sente uma dor no peito, e o sabor do fumo começa a lhe dar nojo.

Sobe para o segundo andar. Empurra a porta. A princípio não o vê. O aposento está tão escuro que instintivamente ele se põe em guarda. Fica imóvel, alerta, até que um ruído indica que há alguém sentado do outro lado da mesa. Alguém que acende um abajur.

– Aproxime-se, inspetor.

Ele reconhece a voz. Lenta, com um sotaque estrangeiro indefinível.

– Sente-se, por favor.

Ele se acomoda. Separa-os uma mesa antiga, de madeira, a melhor coisa que deve haver naquele prédio arruinado, naquela sala que cheira ligeiramente a lugar fechado.

– Estava à sua espera.

A sombra se move para a frente, e a luz do abajur a ilumina. Héctor se surpreende ao vê-lo: está mais envelhecido do que se lembrava do dia em que o havia interrogado na delegacia.

Um semblante negro e magro, quase frágil, e uns olhos de cão surrado que já aprendeu que há uma ração de golpes diária e aguarda com resignação a hora de apanhar.

– Como você fez?

Ele sorri, mas Héctor pode jurar que no fundo ele sente um resquício de medo. Melhor. Ele tem razões para temê-lo.

– Como fiz o quê?

Contém a vontade de agarrá-lo pelo pescoço e prensar a cara dele contra a mesa. Em vez disso, aperta os punhos e diz simplesmente:

– Kira está morta.

Sente um calafrio ao dizer seu nome. O cheiro adocicado começa a lhe dar náuseas.

– Que pena, não? Uma garota tão bonita... – diz o outro como quem falasse de um presente, de um objeto. – Sabe de uma coisa? Os pais dela lhe puseram esse nome absurdo pra prepará-la para uma vida na Europa. Ou na América. Eles a venderam sem o menor remorso, convencidos de que qualquer coisa era melhor que o que a esperava em sua aldeia. Puseram isso na cabeça dela desde que nasceu. Pena que não a ensinaram também a manter a boca fechada.

Héctor engole a saliva. De repente as paredes avançam para eles, reduzindo o já pequeno aposento ao tamanho de uma cela. A luz fria cai então sobre as mãos do doutor: finas, de dedos compridos como serpentes.

– Como você fez? – repete. E sua voz sai rouca como se estivesse há horas sem falar com ninguém.

– Acredita mesmo que eu pude fazer alguma coisa? – Ri e volta a adiantar o corpo para que a luz lhe ilumine o rosto. – O senhor me surpreende agradavelmente, inspetor. O mundo ocidental costuma rir das nossas velhas superstições. O que não podem ver nem tocar não existe. Fecharam a porta a todo um universo e vivem felizes desse lado. Sentindo-se superiores. Pobres ignorantes.

A sensação de angústia aumenta. Héctor não pode afastar os olhos das mãos do outro, que agora repousam quietas sobre a mesa, relaxadas. Ofensivamente frouxas.

– O senhor é um tipo realmente interessante, inspetor. Muito mais que a maioria dos policiais. De fato, nunca pensou que acabaria sendo agente da lei. Tenho certeza de que não.

– Deixe de conversa mole. Vim aqui em busca de respostas, não pra escutar essas besteiras.

– Respostas, respostas... No fundo já as conhece, apesar de não acreditar nelas. Receio não poder ajudá-lo com isso.

– Como a ameaçou? – Continua tentando manter a calma. – Inferno! Como a aterrorizou até que ela fizesse aquilo a si mesma? – Não consegue nem descrevê-lo.

O outro se joga para trás, oculta-se na sombra. Mas sua voz continua, como que saída do nada:

– O senhor acredita em sonhos, inspetor? Não, imagino que não. É curioso como vocês são capazes de acreditar em coisas tão abstratas como os átomos e depois recusar desdenhosamente algo que acontece todas as noites. Porque todos nós sonhamos, não é?

Héctor morde o lábio para não o interromper. É claro que esse covarde vai contar tudo do seu jeito. O doutor baixa tanto a voz que ele precisa se esforçar para ouvi-lo.

– As crianças são espertas. Têm pesadelos e os temem. Mas, à medida que crescem, são ensinadas a não ter medo. O senhor tem pesadelos, inspetor? Ah, estou vendo que sim. Terrores noturnos, talvez? Vejo que faz tempo que não pensa neles. Mas continua sem dormir bem, não é? Me diga uma coisa, como foi que eu me meti na cabeça daquela desgraçada e lhe disse o que devia fazer? Ela pega as tesouras, acaricia o estômago com elas. Sobe até aqueles peitinhos e crava...

E aí se acabam as lembranças. A reminiscência seguinte é seu punho ensanguentado socando sem parar a cara daquele filho da puta.

* * *

– Que diabo você está fazendo aqui?

A voz seca de Martina o trouxe ao presente. Desconcertado, não teve tempo de responder.

– Tanto faz, não precisa responder. Eu sabia que você viria. Isto aqui é nojento.

Héctor avançou pelo corrèdor.

– Não entra aí, você vai ter que olhar da porta.

Era o mesmo aposento, mas à luz do dia tinha o aspecto de um quarto imundo, fantasmagórico.

– Já vi porquinhos mais simpáticos, realmente – disse a subinspetora às suas costas.

O que havia sobre a mesa, disposto como uma escultura, não era a cabeça de um porquinho, mas a de um porco de bom tamanho. Haviam-na enfiado em uma maleta preta, da qual sobressaía um pedaço da cara, inchada, como que fervida, de orelhas enrugadas e um focinho de um rosado repugnante.

– Ah, e o sangue não é do porco. Olha, ele não está sangrando em lugar nenhum.

Era verdade. Não havia sangue na mesa, mas na parede e no solo.

– Acho que já terminamos. Vou ficar um mês sem comer presunto. Guarda – disse Andreu dirigindo-se ao homem que estava dentro da sala, de luvas –, recolhe isso e leva para...

Por um momento ela ficou calada, como se não soubesse para onde devia ser levada uma cabeça de porco.

– Está bem, subinspetora. Não se preocupe.

– E nós não vimos o inspetor Salgado, não é?

O homem sorriu.

– Eu nem sei quem é ele.

Foram comer alguma coisa em um bar ali perto. Uma refeição de doze euros que incluía sobremesa ou café e guardanapos de papel combinando com o jogo americano individual. Salada murcha, choco em um mar de azeite e uma macedônia de frutas tristes.

– Como têm andado as coisas nas últimas semanas? – perguntou ele.

– Um horror. – A resposta foi categórica. – Savall tem estado insuportável, e está descarregando o mau humor em todo mundo.

– Por minha culpa?

– Bom, por tua culpa, por culpa do advogado daquele sujeitinho, por culpa do *conseller*, da imprensa... A verdade é que você pôs todo mundo numa fria, Salgado.

– É – concordou ele. – Me sinto uma merda por vocês terem que arcar com isso. Mesmo.

– Eu sei. – Ela encolheu os ombros. – Você não podia fazer nada. Foi melhor assim. De qualquer modo, o comportamento de Savall foi do caralho. Outro teria te jogado no meio das feras. Só pra você saber.

Ela sabia que Héctor detestava dever favores, mas disse a si mesma que era justo que ele soubesse a verdade.

– Por sorte – continuou Andreu –, desta vez quase todo mundo estava interessado em enterrar o assunto; a imprensa preferia as fotos da garota mutilada, o *conseller* não queria que nada maculasse uma operação que até então tinha sido perfeita, e o advogado só queria usá-lo pra salvar o seu cliente da acusação que pesava sobre ele. Se ficasse fazendo muitas exigências, depois não daria mais pra retirar as acusações contra você em troca de... Bom, você entende, favor contra favor, uma mão pela outra. Você sabe como funcionam essas coisas.

Fez-se um breve silêncio. Héctor percebia que sua companheira não havia terminado. Aguardou a pergunta com os olhos semicerrados, como quem espera que a bomba estoure. E, para não perder o costume, Andreu foi direto ao assunto.

– Que merda te aconteceu, Salgado? Estava tudo indo às mil maravilhas! Tínhamos pegado os cabeças, desmantelamos os bordéis da rede. Uma operação em escala europeia na qual todos nós deixamos a pele... E quando já está tudo mais do que amarrado, quando a notícia apareceu em todos os jornais, quando o *conseller* estava babando de satisfação, vai você e ferra tudo com o único que ainda não tínhamos conseguido pegar.

Héctor não respondeu. Bebeu um gole de água e encolheu os ombros. Estava começando a ficar cansado de responder a essa pergunta e resolveu mudar de assunto.

— Escuta, vocês encontraram alguma coisa? Lá dentro.

Ela meneou a cabeça.

— Andreu, por favor! — insistiu ele, baixando a voz.

— Pouca coisa, na verdade. Talvez o mais estranho seja uma câmera escondida. Ao que parece, o doutor Omar gostava de conservar gravações de suas visitas. E depois tem a história do sangue. Eu diria que é humano. Mandei analisar, amanhã teremos os resultados. E a cabeça de porco é claramente uma mensagem. O que não sei é pra quem nem o que significa. — Jogou o café no copo com gelo sem derramar uma só gota. — Vou te dizer mais uma coisa, mas promete que vai ficar de fora.

Héctor concordou mecanicamente.

— Não. Estou falando sério, Héctor. Te dou a minha palavra que te mantenho informado se você prometer não intervir. Seja o que for, está claro?

Ele levou a mão ao peito e fez uma cara solene.

— Juro.

— O coração fica do outro lado, seu idiota. — Ela quase riu. — Escuta, o tal doutor tinha um arquivo. Estava vazio. Bom, quase. Tinha uma pasta com o teu nome.

— E o que tinha nela?

— Nada.

— Nada? — Ele não acreditou. — Quem está mentindo agora?

Martina suspirou.

— Tinha só duas fotos. Uma tua, recente. A outra de... Ruth com Guillermo, de anos atrás. De quando ele ainda era criança. Nada mais.

– Filho da puta!

– Héctor, tem uma coisa que eu preciso te perguntar. – Os olhos de Andreu expressavam um leve pesar e uma grande determinação. – Onde você esteve ontem?

Ele se jogou para trás como se alguma coisa no prato acabasse de explodir.

– É pura rotina, Héctor... Não torne a situação mais difícil do que já é – ela quase implorou.

– Vamos ver... O avião aterrissou às três e pouco. Fiquei um bom tempo esperando a minha mala, e como ela não chegou, tive que ir ao setor de reclamação de bagagem, onde fiquei pelo menos uma hora. Depois tomei um táxi e fui pra casa. Estava moído.

Marina assentiu.

– Você não saiu de novo?

– Fiquei sozinho em casa, meio dormindo. Você vai ter que aceitar a minha palavra.

Ela o fitou com seriedade.

– A tua palavra me basta. Você sabe disso.

4

O calor havia decidido conceder uma trégua essa tarde, e algumas nuvens baixas tapavam o sol. Por isso, e porque não aguentava mais continuar ruminando o que Andreu lhe contara, Héctor pôs uma roupa apropriada e saiu para correr. O exercício físico era a única terapia que funcionava quando seu cérebro estava cansado demais para trabalhar com eficiência. Enquanto corria pela calçada da praia, ele contemplava o mar. A essas horas ficavam na praia apenas alguns retardatários, pequenos grupos que queriam usufruir o verão ao máximo e um ou outro banhista que tinha o mar quase só para si. As praias urbanas tinham alguma coisa diferente, disse ele a si mesmo enquanto tentava ignorar a dor que sentia na panturrilha esquerda; não eram de forma alguma paradisíacas nem relaxantes, mas uma passarela com música de discoteca na qual modelos esportistas exibiam um bronzeado intenso, seios salientes e abdome trabalhado nas academias. Às vezes dava a impressão de que elas eram selecionadas por um diretor de *casting* antes que pudessem aparecer na praia. Ou talvez fosse mais uma questão de autoexclusão: aquelas que não estavam de acordo com o estereótipo procuravam outro cenário mais afastado para expor o corpo flácido. Mas se ao entardecer a praia estava meio vazia, não se podia dizer o mesmo da calçada: casais com crianças, rapazes e garotas de bicicleta, corredores como ele, que saíam quando o sol permitia, vendedores ambulantes que voltavam ano após ano com a mesma mercadoria e que não pareciam ter aprendido a regra de renovar-se ou morrer. Nessa zona, a cidade adquiria no verão um ar de telessérie californiana com o toque étnico dos vendedores ambulantes. Havia até alguns que se esforçavam por praticar surfe sem ondas.

Héctor acelerou pouco a pouco o ritmo, à medida que suas pernas iam se adaptando ao exercício. Entre uma coisa e outra, fazia quase dois meses que não praticava esporte; o inverno de Buenos Aires não convidava à prática de *jogging*, e na verdade ele tinha se acostumado a correr com esse fundo marinho de um lado e as duas torres altas como referência. O mar não era cor de turquesa nem nada parecido com isso, mas estava ali: imenso, tranquilizador, a promessa de um espaço sem fim no qual submergir seus pensamentos, deixar que partissem com as ondas. Uma súbita fisgada na panturrilha o fez diminuir o passo, e ele foi ultrapassado por um rapaz de gorro, vestido com uma roupa inteiramente preta dois números maior que o seu, equilibrando-se num *skate* barulhento. Essa imagem lhe recordou de repente o relatório que Savall lhe havia dado sobre aquele rapaz que havia caído da janela, e o mar pareceu lhe devolver outras preocupações diferentes das que havia levado antes. Ficaram com ele. As fotos de Marc Castells: algumas tiradas no verão anterior, quando ele usava cabelo mais comprido e crespo, e aparecia em cima de um *skate* naquela mesma calçada; as seguintes, dessa primavera, já com o cabelo cortado rente, mais sério e sem o *skate*. E as últimas, fotos da perícia de um corpo que mesmo morto parecia tenso. Não tivera uma morte tranquila em absoluto, apesar de instantânea, de acordo com o relatório. Tinha caído de lado, de uma altura de pelo menos onze metros, e sua nuca se havia arrebentado contra as lajotas de pedra do chão. Um acidente estúpido. Fruto da falta de atenção provocada pelo álcool. Um segundo de distração, e tudo vai à merda.

De acordo com esse mesmo relatório, Marc e dois colegas seus, um rapaz e uma moça, amigos de infância da vítima, haviam feito uma pequena festa na casa dos Castells, situada na zona mais alta, em todos os sentidos, de Barcelona, aproveitando o fato de os donos – o senhor Enric Castells, sua segunda mulher e a filha adotiva de ambos – terem ido para o chalé que tinham em Collbató a fim de passar o feriado prolongado e celebrar a festa de São João com uns amigos.

Lá pelas duas e meia da madrugada, o rapaz, Aleix Rovira, vizinho de Marc, tinha decidido voltar para casa; a garota, uma tal Gina Martí, ia ficar para dormir. Conforme dizia o relatório, ela declarou, praticamente à beira da histeria, ter-se jogado na cama de Marc "um minuto depois de Aleix ter ido embora". Ela não se lembrava de grande coisa, e não era de estranhar: segundo sua própria declaração, ela é que tinha bebido mais. Ao que parecia, ela e Marc haviam tido uma discussão quando Aleix fora embora, e ela, ofendida, se enfiara na cama dele, esperando que ele logo a seguisse. Não se lembrava de mais nada: devia ter dormido pouco depois, e despertara com os gritos da empregada, que logo cedo, cerca das oito da manhã do dia seguinte, encontrara o corpo de Marc no chão do pátio. Era de supor que, como costumava fazer muitas vezes à noite, o rapaz abrira a janela do sótão e se sentara no parapeito para fumar um cigarro. Que costume! Segundo constava, caíra ou pulara dali entre as três e as quatro da madrugada, enquanto a namorada dormia bêbada no quarto de baixo, sem saber de nada. Patético, mas pouco suspeito. Como havia dito Savall, nem uma pista por onde começar. Apenas um detalhe parecia não combinar com aquele quadro perfeito: um dos vidros da porta traseira estava quebrado, e isso, que em qualquer outra noite teria sido indicador de algo, havia sido atribuído, na falta de outras provas, ao resultado típico de uma noite como a de São João, na qual os rapazes atiram pedras e transformam a cidade em algo parecido com um campo de batalha.

A calçada foi ficando mais vazia à medida que Héctor se afastava das praias mais populares. Seu corpo já começava a dar sinais de cansaço, então ele deu meia-volta e começou a retornar. Eram mais de oito e meia. Acelerou o ritmo em um *sprint* longo e doloroso.

* * *

Estava sem fôlego quando chegou em casa, empapado de suor. Era como se alguém lhe estivesse cravando uma agulha na panturrilha, e ele coxeou os últimos metros que o separavam da porta do velho edifício da Calle Pujades, cuja fachada clamava por uma reforma urgente. Arfante, apoiou-se na porta e tirou as chaves do bolso da calça do agasalho.

Ouviu que alguém o chamava, e então a viu. Séria, com o controle do carro na mão e caminhando para ele. Héctor sorriu sem querer, mas a dor da perna transformou o sorriso em uma careta.

— Imaginei que você tinha saído pra correr.

Ela a olhou sem compreender.

—Você deu o meu telefone para o pessoal do setor de bagagem extraviada. Tua maleta chegou. Tentaram te localizar, mas o teu celular não respondia, então ligaram para o meu.

— Ah, sinto muito. — Continuava arfando. — Me pediram um segundo número... meu celular está sem bateria.

— Imaginei. Vai, toma um banho e troca de roupa. Eu te levo.

Ele concordou, e Ruth sorriu pela primeira vez.

— Espero você aqui — disse ela antes que Héctor a convidasse para subir.

Ele desceu pouco depois, com uma sacola de plástico que continha uma caixa de *alfajores* e um livro de *design* gráfico que Ruth lhe havia pedido antes de viajar. Ela lhe agradeceu com um sorriso e um "lá vem você com essas bombas calóricas em pleno verão, sabendo que não consigo resistir". Surpreendentemente, não havia muito tráfego, e chegaram ao aeroporto em meia hora. Falaram pouco durante o trajeto, e Guillermo foi o assunto de quase toda a conversa. Era sempre um terreno seguro, um tema que por força tinham que abordar, e que surgia entre ambos de maneira natural. A separação se dera havia quase um ano, e se eles podiam se orgulhar de alguma coisa, era do modo como tinham comunicado francamente o espinhoso assunto ao filho, um menino de treze anos que tivera de se acostumar com uma realidade diferente, e que aparentemente conseguira fazê-lo sem grandes problemas. Pelo menos à primeira vista.

Já com a bagagem no porta-mala – uma maleta maltratada e com o fecho quebrado que parecia ter sobrevivido a uma guerra em vez de a uma viagem de avião –, Ruth dirigia devagar. As luzes da cidade brilhavam ao final da rodovia.

– Como foi hoje com Savall? – perguntou ela por fim, voltando-se para ele só por um instante.

Ele suspirou.

– Bom, imagino que bem. Continuo tendo trabalho. Parece que não vão me mandar embora, o que já é alguma coisa. O suspeito retirou as acusações – mentiu. – Acho que ele pensou que era mais conveniente não se indispor com as forças da ordem. Mas tenho que ver um psiquiatra. Irônico, hein?, um argentino visitando um médico de loucos.

Ruth concordou em silêncio. Um sinal havia formado um longo engarrafamento na entrada da cidade.

– Por que você fez aquilo?

Olhava para ele sem pestanejar, com aqueles grandes olhos castanhos que sempre conseguiam lhe atravessar a pele. Um olhar que havia conseguido desmascarar pequenas mentiras e outras não tão pequenas quanto ele quisera acreditar.

– Para, Ruth, ele merecia – disse ele, mas afinal corrigiu: – Aconteceu. Cometi um erro. Nunca disse que era perfeito.

– Não saia pela tangente, Héctor. Aquela manhã... o dia em que você agrediu esse homem foi justo depois de...

– Sim. Dá pra fumar neste carro? – perguntou ele, baixando a janela. Uma lufada de ar quente inundou o interior do carro.

– Você já sabe que não. – Ela fez um gesto de cansaço. – Mas pode fumar, se quiser. Com cuidado.

Ele acendeu um cigarro e deu uma longa tragada.

– Me dá um? – murmurou ela.

Héctor riu.

– Caraca... Toma. – Quando o acendeu, a chama do isqueiro lhe iluminou o rosto. – Sou uma péssima influência pra você – acrescentou em tom ligeiro.

– Você sempre foi. Meus pais já diziam isso... Claro que agora também não estão exatamente contentes.

Ambos sorriram com a cumplicidade dos rancores comuns. Fumar lhes dava alguma coisa para fazer sem ter que falar. Héctor contemplava a cidade através da fumaça. Jogou fora a bituca e se voltou para Ruth. Já estavam chegando. Podiam ter preenchido uma viagem muito mais longa com as coisas que não haviam dito um ao outro. Ela reduziu a marcha para fazer a curva e estacionou em uma zona de carga e descarga.

– Um último cigarro? – perguntou ele.

– Claro. Mas vamos sair do carro.

O ar estava completamente parado. A rua estava vazia, mas ouvia-se o som das tevês ligadas. Era a hora dos noticiários. O homem do tempo anunciava uma nova onda de calor para os próximos dias e possibilidades de chuva para o fim de semana.

– Você está cansado. Está dormindo melhor?

– Faço o que posso. Foi um dia bem cheio – disse ele.

– Héctor, sinto muito...

– Não se desculpe. Não há por quê. – Ele a observou, sabendo que estava realmente exausto, e que nessas condições o melhor que podia fazer era ficar calado. Tentou brincar: – Nós dormimos juntos, nada mais. O vinho, as lembranças, o costume. Acho que em um momento ou outro oitenta por cento dos ex-casais fazem isso. No fundo somos bem comuns.

Ela não sorriu. Talvez já tivesse perdido a capacidade de fazê--la rir, pensou ele. Talvez ela já não risse das mesmas coisas.

– Sim, mas...

Ele a cortou.

– Mas coisa nenhuma. No dia seguinte arrebentei a cara daquele sujeito, mas isso não teve nada a ver com você. – Continuou em um tom mais amargo, que não conseguiu evitar: – Então, pode acalmar a consciência, dormir tranquila... – ia acrescentar mais uma coisa, mas conteve-se a tempo – ... e esquecer isso.

Ruth ia responder quando o celular tocou. Ele nem sequer a vira tirá-lo do carro.

– Estão te ligando – avisou, subitamente esgotado.

Ela se afastou um pouco para responder. Foi uma conversa rápida, que ele aproveitou para abrir o bagageiro e tirar a mala. Arrastou-a para casa.

– Vou embora – disse ela, e ele concordou. – Guillermo volta domingo à noite. Estou... estou contente que tudo esteja bem. Quero dizer, na delegacia.

– Por acaso você tinha alguma dúvida? – Ele piscou um olho. – Obrigado por me levar. Escuta – não sabia como lhe perguntar aquilo sem alarmá-la –, você notou alguma coisa estranha na tua casa ultimamente?

– Estranha como o quê?

– Nada... não se preocupe. É que tem havido vários roubos na tua zona. Fica atenta, está bem?

As despedidas eram tão incômodas que eles ainda não haviam aprendido a lidar com elas com naturalidade. Um beijo no rosto, um gesto de adeus com a cabeça... Como a gente se despedia da pessoa com quem tinha vivido dezessete anos, e que agora tinha outra casa, outra companhia, outra vida? Talvez por isso tivessem acabado na cama na última vez, pensou Héctor. Porque não sabiam como se despedir.

Aquela transa era previsível. Algo que ambos sabiam que ia acontecer desde que Ruth concordara em subir ao apartamento depois do jantar, planejado para falarem dos próximos exames do filho, e Héctor abriu uma garrafa de vinho que estava no armário da cozinha desde antes de ela ir embora, fazia nove meses, depois de lhe anunciar que havia uma parte da sua sexualidade que ela queria e precisava explorar. De todo modo, ambos fingiram que se tratava apenas do último copo, a celebração do fato de serem um casal civilizado, que conseguia se dar razoavelmente bem depois de uma separação repentina. Sentados no mesmo sofá onde se haviam abraçado tantas noites, onde Ruth havia esperado o marido tantas horas acordada e onde Héctor lutava para dormir desde que a metade da cama ficara vazia, foram bebendo um copo de vinho depois do outro, talvez para encontrar uma razão que justificasse o que desejavam fazer, ou talvez para poder culpar o álcool pelo que iam fazer com certeza. Queriam que alguma coisa lhes nublasse a mente, mandasse para o diabo sua fingida sensatez. Tanto fazia quem havia começado, quem dera início à partida, porque o outro topara o jogo com uma avidez impaciente e voraz. Escorregaram suavemente do sofá para o tapete enquanto se despiam, separando os lábios o tempo estritamente necessário e voltando a buscar a língua um do outro como se disso dependesse o ar que respiravam. Seus corpos ardiam, e suas mãos, que encontravam lugares conhecidos, pedaços de pele quente que se transformavam em fontes de prazer, só serviam para avivar o fogo. Deitada no tapete, presa nas mãos de Héctor, ela pensou por um instante em como era diferente fazer amor com uma mulher: o tato, o cheiro da pele, a cadência dos movimentos. A cumplicidade. O momento de reflexão dissipou os eflúvios do álcool exatamente alguns segundos antes que ele se deixasse cair sobre ela, exausto e satisfeito. Ruth afogou um gemido, mais de dor que de prazer; desviou o olhar e viu no chão sua blusa manchada de vinho e um copo emborcado. Tentou se separar de Héctor com suavidade, dando-lhe um último beijo de cortesia que já não tinha muito que ver com os anteriores, enquanto o afastava ligeiramente para um lado. Héctor demorou alguns segundos para se mover, e ela se sentiu presa. Afinal ele se endireitou, e Ruth tentou se levantar, talvez depressa demais, como quem tenta fugir depois de um desmoronamento. A mesma urgência que a tinha levado do sofá ao tapete a empurrava agora para a porta. Não queria ver o rosto dele, não tinha nada para lhe dizer. Sentiu-se ridícula enquanto vestia a calcinha. Recolheu a roupa do chão e se vestiu de costas para ele. Teve a impressão de que Héctor lhe fazia uma pergunta, mas agora sua prioridade era se afastar dele.

Quando a viu sair, ele soube que seu casamento estava morto; se até então existia a possibilidade de que a relação dos dois saísse do coma, de que a escapada de Ruth com alguém do mesmo sexo fosse apenas isso, uma aventura fugaz, nesse momento ele soube sem sombra de dúvida que tinham acabado de enterrá--la. Tateou em busca de um cigarro e fumou sozinho, sentado no chão, com as costas apoiadas no sofá, contemplando o copo virado e a garrafa definitivamente vazia.

Dessa vez o adeus foi mais fácil. Ela deu meia-volta e entrou no carro enquanto ele punha a chave na fechadura da porta. Pelo espelho retrovisor ela o viu coxear com a mala na mão. E, inexplicavelmente, sentiu por ele algo muito parecido com ternura.

5

Já devia ter se deitado há bastante tempo, mas os anos se empenhavam em lhe roubar horas de sono, e a leitura era a única coisa que o ajudava a suportar essas longas vigílias. No entanto, e apesar de nessa noite ter entre as mãos um livro que lhe agradava, o padre Fèlix Castells não conseguia se concentrar. Acomodado em sua poltrona preferida, no silencioso apartamento do Paseo San Joan que havia sido o seu lar desde a infância, sua vista, cansada já havia anos, parecia incapaz de seguir as linhas do romance de Iris Murdoch, uma autora que ele havia descoberto pouco tempo antes e cuja obra completa estava lendo. Por fim, cansado de tentar, levantou-se e encaminhou-se para o bar onde guardava o conhaque; serviu um copo generoso e, depois de dar um bom gole, voltou à poltrona. A única luz da sala vinha de um abajur, e, ao contemplar a capa branca do livro, não conseguiu evitar um estremecimento. Iris. Sempre Iris... Semicerrou os olhos e viu a mensagem no computador de Joana, que havia lido enquanto ela se vestia, quase sem poder acreditar. Tivera que fazer um esforço para se conter, para não a apagar. Iris não podia escrever mensagens. Iris estava morta.

Foi ele que entrou na piscina, que a virou e viu sua carinha marota, que tentou inutilmente insuflar algum ar por entre aqueles lábios gelados que já se haviam fechado para sempre. Quando se voltou, com o rosto descomposto e a menina nos braços, encontrou o olhar aterrorizado do sobrinho. Desejou que alguém o tirasse dali, que o salvasse daquela visão horrível, mas parecia estar cravado no chão. E só então se deu conta de que algo lhe roçava o corpo, e viu, quase sem poder acreditar, que havia várias bonecas flutuando na mesma água azul.

Procurou com a mão o copo de conhaque e deu outro gole, mas nada podia afugentar esse frio que não conhecia estações. O corpinho molhado de Iris, seus lábios azulados. As bonecas ao seu redor, como uma corte macabra. Imagens que acreditava ter esquecido, mas que agora, desde a noite de São João, desde essa outra tragédia recente, o perseguiam com mais força que nunca. Não podia fazer nada para combatê-las: tentava se lembrar de imagens agradáveis, de momentos felizes... De Marc vivo, Marc são e salvo, apesar daquele olhar eternamente triste. Ele havia feito tudo o que estava ao seu alcance, mas o poço de melancolia continuava ali, imune a seus esforços, pronto para se mostrar ao menor comentário sarcástico por parte de Enric. Quantas vezes havia dito ao irmão que a ironia não era o melhor modo de educar uma criança! Dava na mesma: Enric parecia não entender que o sarcasmo podia doer mais que um bofetão. Aquela casa precisava de uma mulher. Uma mãe. Se Joana tivesse estado com eles, as coisas teriam sido diferentes. E Glòria havia chegado tarde demais: sua aparição tinha contribuído para suavizar a amargura de Enric, mas, em relação a Marc, o dano já estava feito. A posterior adoção de Natàlia servira para que o novo círculo familiar se fechasse, excluindo aquele menino tímido e intratável, solitário e pouco carinhoso. Sua cunhada havia tentado, talvez mais por um sentido de dever do que por uma autêntica simpatia por Marc.

Não era justo criticar Glòria, pensou ele; ela fizera o que podia naqueles anos, que para ela também não haviam sido fáceis.

Sua incapacidade para ter um filho seu a havia sujeitado a um calvário de exames médicos que culminara num longo processo de adoção. Essas coisas se resolviam devagar, e, apesar de com sua posição ele ter conseguido acelerar parte dos trâmites, para Glòria a espera fora interminável. Estava tão contente desde que havia levado a menina para casa... Na sua opinião, ela era uma mãe perfeita. Quando a via com a filha, Fèlix se sentia em paz com o mundo. Era uma sensação passageira, mas tão reconfortante que ele a procurava sempre que podia. Esse efeito o acompanhava durante algumas horas, dissipava outros fantasmas; graças e momentos como aqueles, podia continuar perdoando os pecados do mundo. Inclusive podia perdoar a si mesmo... Mas agora não mais; esse efeito havia se desvanecido depois da morte de Marc, como se nada mais pudesse consolá-lo. A imagem do sobrinho, estendido inerte nas lajotas do pátio, acudia à sua memória cada vez que tentava descansar. Algumas noites chegava a vê-lo cair, com os braços abertos, tentando encontrar no ar algo em que se apoiar, e sentia o seu medo enquanto se aproximava do chão duro. Outras vezes o via na janela, e vislumbrava atrás dele a sombra de uma menina de longos cabelos loiros; tentava avisá-lo lá de baixo, gritava o seu nome, mas não chegava a tempo. A sombra empurrava o rapaz, e este saía disparado com uma força quase sobre-humana antes de cair a seus pés com um ruído surdo, um gemido agônico e inconfundível, seguido de uma gargalhada. Ele levantava a cabeça, e ali estava ela: empapada como quando a tinham tirado da água, rindo, vingando-se afinal.

quinta-feira

6

Héctor nunca havia confiado muito naqueles que presumem saber tratar as neuroses humanas. Não os considerava farsantes nem irresponsáveis; simplesmente acreditava ser improvável que um indivíduo também sujeito a emoções, preconceitos e manias tivesse a capacidade de penetrar nos meandros da mente alheia. E essa ideia, arraigada nele desde sempre, não se alterava de modo algum agora que pela primeira vez na vida se via como paciente de um deles.

Observou o jovem sentado do outro lado da mesa, tentando controlar o ceticismo para não parecer descortês; ao mesmo tempo, não deixava de lhe parecer curioso que esse rapaz – sim, um rapaz – recém-saído da faculdade e vestido de maneira informal, com *jeans* e uma camisa xadrez verde e branca, tivesse nas mãos a carreira de um inspetor de quarenta e três anos que, se não tivesse transado tão pouco na adolescência, poderia inclusive ser seu pai. Isso o fez pensar em Guillermo e na reação do filho quando, anos atrás, o tutor do colégio sugerira que seria interessante levá-lo a um psicólogo que, textualmente, "o ajudaria a se abrir com os outros". Ruth também não era grande fã dos médicos de doidos, mas ambos haviam decidido que não perderiam nada se concordassem. A verdade era que sabiam que Guillermo se sociabilizava com quem tinha vontade, e não se importava com quem não lhe despertasse interesse.

Ele e Ruth tinham rido durante semanas do resultado. A psicóloga havia pedido a seu filho que desenhasse uma casa, uma árvore e uma família; Guille, que aos sete anos atravessava uma fase de adoração por desenhos animados e já demonstrava a mesma facilidade para as artes plásticas que a mãe, lançou-se à tarefa com entusiasmo, mas também com seu habitual espírito seletivo: não gostava de árvores, então ignorou isso e em seu lugar desenhou um castelo medieval como casa, e Batman, a Mulher-Gato e o Pinguim como família. Héctor não queria nem imaginar a que conclusões teria chegado a pobre mulher ao ver a suposta mãe de roupa de couro e com um chicote na mão, mas ambos estavam certos de que ela devia ter guardado o desenho para sua tese sobre a família disfuncional moderna ou algo parecido.

Sorrira sem perceber, e se deu conta disso ao notar o olhar interrogativo que o psicólogo lhe dirigiu através de uns óculos de armação de metal. Héctor pigarreou e decidiu aparentar seriedade; no entanto, tinha quase certeza de que o rapaz à sua frente ainda lia histórias em quadrinhos nos momentos livres.

– Bom, inspetor, fico contente que esteja à vontade.

– Desculpe, é que de repente me lembrei de uma coisa. Uma história do meu filho. – Arrependeu-se na hora, certo de que não era o momento mais oportuno para falar disso.

– Ah... O senhor não confia muito na psicologia, não é? – Não havia hostilidade na frase, apenas uma curiosidade honesta.

– Não tenho opinião formada a esse respeito.

– Mas a princípio desconfia. Está bem. É claro que muita gente pensa a mesma coisa da polícia, não acha?

Héctor teve que admitir que era verdade, mas destacou:

– As coisas mudaram muito agora. A polícia já não é vista como o inimigo.

– Exatamente. Deixou de ser essa entidade que inspira temor no cidadão, pelo menos no honrado. Apesar de que neste país ainda falta muito pra mudar essa imagem.

Apesar do tom neutro e imparcial, Héctor percebeu que entravam em solo perigoso.

– O que quer dizer com isso? – perguntou. Já não sorria.

– O que acha que eu quero dizer?

– Vamos ao centro da questão... – Não conseguiu evitar certa impaciência, o que se podia traduzir como uma volta ao tom da sua infância. – Nós dois sabemos o que faço aqui e o que o senhor tem de averiguar. Não vamos ficar enrolando.

Silêncio. Salgado conhecia a técnica, só que dessa vez ele estava do outro lado.

– Está bem. Olhe, eu não devia ter feito aquilo. Se é isso o que quer ouvir, pronto, já disse.

– Por que não devia ter feito aquilo?

Héctor tentou se acalmar. O jogo era esse: perguntas, respostas... Tinha visto filmes de Woody Allen que bastassem para saber disso.

– Ora, vamos, o senhor já sabe. Porque não era certo, porque a polícia não faz isso, porque eu devia manter a calma...

O psicólogo anotou alguma coisa.

– O que sentiu naquele momento? Lembra?

– Raiva, acho.

– Isso é habitual? Costuma sentir raiva?

– Não. Não a esse ponto.

– Se lembra de ter perdido o controle desse modo em algum outro momento de sua vida?

– Talvez. – Fez uma pausa. – Quando era mais jovem.

– Mais jovem. – Outra anotação. – Quando tempo faz?... cinco anos, dez, vinte, mais de vinte?

– Muito jovem – frisou Héctor. – Adolescente.

– Entrava em brigas?

– Como?

– Quero saber se costumava brigar quando era adolescente.

– Não. Não de forma habitual.

– Mas perdia o controle de vez em quando.

– Como o senhor disse. De vez em quando.

– Lembra de alguma?

– Não me lembro – mentiu. – Nenhuma especial. Imagino que, como todos os rapazes, passei por uma fase de descontrole.

Mais uma anotação. Outra pausa.

– Quando chegou à Espanha?

– Como? – Por um instante teve vontade de responder que tinha chegado há alguns dias. – Ah, o senhor quer dizer da primeira vez. Com dezenove anos.

– Ainda estava nessa fase de descontrole adolescente?

Héctor sorriu.

– Bom, imagino que meu pai devia achar que sim.

– Ah. Então foi seu pai que decidiu?

– Mais ou menos. Ele era galego... espanhol, sempre quis voltar para a sua terra, mas não pôde. Então me mandou pra cá.

– E o que achou disso?

O inspetor fez um gesto de indiferença, como se a pergunta fosse descabida.

– Desculpe, mas nota-se que o senhor é mais jovem... Meu pai decidiu que eu devia continuar estudando na Espanha, e foi isso. Ninguém me perguntou nada. – Pigarreou um pouco. – As coisas eram assim nessa época.

– O senhor não tinha nenhuma opinião a respeito disso? Afinal de contas, estava sendo obrigado a deixar a família, os amigos, sua vida lá. Isso não o incomodou?

– Claro. Mas nunca achei que seria pra sempre. E, além disso, repito que ninguém me consultou.

– Hã. Tem irmãos, inspetor?

– Sim, um. Mais velho que eu.

– E ele veio estudar na Espanha?

– Não.

O silêncio que se seguiu à resposta foi mais denso que os anteriores. Uma pergunta abria caminho para a superfície. Héctor cruzou as pernas e desviou os olhos. O rapaz parecia hesitar, e, por fim, decidiu mudar de tema.

– Em seu relatório consta que o senhor se separou de sua mulher há menos de um ano. Foi ela a razão por que o senhor ficou na Espanha?

– Entre várias outras. Sim. – Corrigiu: – Fiquei aqui por causa de Ruth. Com Ruth. Mas... – Héctor o fitou, surpreso; não sabia que essas informações também constavam dos relatórios. A sensação de que toda a sua vida, ou pelo menos os seus fatos mais importantes, pudesse estar registrada em um relatório oficial ao alcance de qualquer pessoa com autoridade para examiná-lo o desgostou. – Desculpe. – Descruzou as pernas e moveu o corpo para a frente. – Não quero ser rude, mas pode me dizer a que vem isso? Olhe, estou perfeitamente ciente de que cometi um erro e de que isso podia... pode me custar o posto. Se lhe serve de alguma coisa, não acho que fiz bem nem me sinto orgulhoso disso, mas... Mas não vou discutir todos os detalhes da minha vida particular, nem acho que tenham o direito de se meter nisso.

O outro assimilou o discurso sem se alterar, e levou algum tempo antes de acrescentar qualquer comentário. Quando o fez, não havia em seu tom a menor condescendência; falou com altivez e sem a menor vacilação:

– Acho que preciso esclarecer algumas coisas. Talvez devesse tê-lo feito desde o princípio. Olhe, inspetor, não estou aqui para julgá-lo pelo que fez, nem para decidir se deve ou não continuar trabalhando. Esse assunto compete aos seus superiores. Meu interesse consiste unicamente em que o senhor averigue o que provocou essa perda de controle, aprenda a preveni-la e reaja a tempo em outra situação parecida. E para isso preciso da sua colaboração, do contrário a tarefa se tornará impossível. Compreende?

Claro que compreendia. Que gostasse disso era outra coisa. Mas não teve outro remédio senão concordar.

– Se o senhor o diz... – Recostou-se e esticou um pouco as pernas. – Respondendo à sua pergunta de antes, sim. Eu me separei há menos de um ano. E, antes que o senhor prossiga, não, não sinto um ódio irrefreável nem uma raiva incontrolável da minha mulher – acrescentou.

O psicólogo se permitiu sorrir.

– Sua ex-mulher.

– Desculpe. Foi o subconsciente, já sabe...

– Entendo então que foi uma separação de comum acordo.

Dessa vez foi Héctor quem riu.

– Com todo o respeito, isso que o senhor acaba de dizer praticamente não existe. Sempre há alguém que deixa alguém. O acordo mútuo significa que o outro aceita e se cala.

– E no seu caso?

– No meu caso, foi Ruth que me deixou. Essa informação não consta nos seus papéis?

– Não. – Olhou o relógio. – Não temos muito tempo, inspetor. Mas para a sessão seguinte gostaria que fizesse uma coisa.

– Está me passando uma tarefa?

– Algo assim. Quero que pense na raiva que sentiu no dia da agressão e tente recordar outros momentos nos quais sentiu uma emoção parecida. Na infância, na adolescência e mais velho.

– Muito bem. Posso ir embora?

– Ainda temos alguns minutos. Tem alguma coisa que queira me perguntar, alguma dúvida...?

– Sim. – Olhou-o diretamente nos olhos. – Não acha que há ocasiões em que a raiva é a reação mais adequada? Que sentir outra coisa não seria natural quando alguém se acha diante de um... demônio? – Ele mesmo se surpreendeu com a palavra, e seu interlocutor pareceu interessado nela.

– Já vou lhe responder, mas antes deixe que lhe faça uma pergunta. Acredita em Deus?

– Na verdade, não. Mas acredito no mal. Já vi muita gente má. Como todos os policiais, imagino. O senhor se importa em responder à minha pergunta?

O rapaz meditou durante alguns instantes.

– Isso nos levaria a uma longa discussão. Mas em resumo, sim, há vezes em que a resposta natural a um estímulo é a raiva. Assim como o medo. Ou a aversão. A questão é manejar essa emoção, contê-la para não provocar um mal maior. A fúria pode ser aceitável nesta sociedade; agir movido por ela é mais discutível. Acabaríamos justificando tudo, não acha?

Não havia como rebater esse argumento, de forma que Héctor se levantou, despediu-se e saiu. Enquanto descia de elevador, com o maço de cigarros na mão, disse a si mesmo que o psiquiatra talvez fosse jovem e lesse gibi, mas não era de modo algum idiota. O que, sinceramente, nesse momento lhe pareceu mais um inconveniente que uma vantagem.

7

—Acho que estamos aborrecendo a agente Castro. – Foi o tom de voz do delegado Savall, irônico e seco, acompanhado de um olhar direto, que fez Leire Castro perceber que falavam com ela. Melhor dizendo, que lhe chamavam a atenção. – Lamento muito tirá-la de sua apaixonante vida interior para um assunto irrelevante como o que estamos tratando, mas precisamos da sua opinião. Quando considerar oportuno, é claro.

Leire ficou completamente petrificada e tratou de buscar uma desculpa. Dificilmente podia dar uma resposta coerente a uma pergunta que não tinha ouvido porque estava imersa em suas preocupações.

– Desculpe, delegado. Estava... estava pensando...

Savall se deu conta, assim como Salgado e Andreu, de que sua pergunta, que ainda pairava no ar, não fora ouvida pela agente Castro. Estavam os quatro na sala do delegado, de porta fechada, com o relatório do caso de Marc Castells em cima da mesa. Leire se esforçou desesperadamente por encontrar qualquer coisa adequada para dizer. O delegado havia descrito o relatório da autópsia, que ela conhecia bem. Níveis de álcool um pouco superiores ao normal; o jovem com certeza não teria passado num teste de teor alcoólico, mas também não estava bêbado a ponto de não se manter de pé. A análise médica não havia revelado o menor traço de drogas no sangue que permitisse deduzir um delírio que o fizesse precipitar-se no vazio. A expressão "análise médica", no entanto, tinha lançado Leire num torvelinho de dúvidas resolvidas que projetavam outras dúvidas de difícil solução, num furacão mental do qual acabava de despencar bruscamente.

– Estávamos comentando a questão da porta quebrada – interveio o inspetor Salgado, e ela se voltou para ele transbordando de gratidão.

– Sim. – Respirou, aliviada. Estava em terreno seguro; sua voz adotou um tom formal e conciso. – O problema é que ninguém sabia exatamente quando a porta foi quebrada. A empregada achou que tinha visto que ela estava quebrada quando foi embora naquela tarde, mas não tinha certeza. De qualquer modo, havia bombinhas na parte de trás da casa, com toda a probabilidade procedentes do jardim vizinho. Seus proprietários têm quatro filhos, e os garotos admitiram que as haviam atirado durante parte da tarde e da noite.

– Sim. Afinal de contas, era São João – comentou o delegado. – Meu Deus! Odeio essa noite. Antes era divertido, mas agora esses monstrinhos lançam pequenas bombas.

Leire prosseguiu:

– A verdade é que não faltava nada na casa, e não havia nenhum rastro significativo que indicasse que alguém havia entrado por ali. Além disso...

– Além disso, o suposto ladrão teria que ter subido até o sótão pra empurrar o rapaz. E pra quê? Não, não tem sentido. – O comissário fez um gesto de aborrecimento.

– Com todo o respeito – disse Andreu, que havia ficado calada até então –, esse rapaz caiu. Ou, no pior dos casos, saltou. O álcool afeta cada pessoa de um jeito diferente.

– Existe algum indício que faça pensar em suicídio? – perguntou Héctor.

– Nada digno de nota – respondeu Leire imediatamente. Em seguida percebeu que a pergunta não era dirigida a ela. – Desculpe.

– Já que afirmou isso com tanta segurança, explique por quê – desafiou o delegado.

– Bem... – Ela levou alguns segundos para coordenar as ideias. – Marc Castells tinha voltado pra casa havia algum tempo, depois de passar seis meses em Dublin aprendendo inglês. De acordo com o pai, a viagem tinha sido boa pra ele. Antes de partir, tivera alguns problemas no colégio: faltas, atitude negativa, incluindo uma suspensão de três dias. Conseguiu ser aprovado no segundo grau, mas não obteve a nota necessária pra estudar o que queria. Parece que também não sabia muito bem o que queria estudar realmente, por isso se atrasou um ano para iniciar o curso.

– Certo. E o mandaram à Irlanda pra estudar inglês. Na minha época o teriam posto pra trabalhar. – O delegado não conseguiu evitar o tom sarcástico. Encerrou o expediente. – Já chega. Isto parece uma junta escolar. Vão falar com os pais e com a garota que dormiu na casa e encerrem o caso. Se for necessário, interroguem o outro rapaz, mas tomem cuidado com os Rovira. O doutor Rovira foi taxativo ao afirmar que, como seu filho tinha saído antes da tragédia, não estava muito disposto a deixar que se metessem em sua vida. E, levando em conta que ele fez o parto dos filhos de vários *consellers*, entre eles o nosso, é melhor não encher o saco dele. E já vou avisando: na verdade, não acredito que nenhum deles esteja muito disposto a colaborar. Enric Castells deixou muito claro que, se a investigação terminou, quer que os deixem em paz, e em parte não posso censurá-lo. – Sua atenção se focou por um instante na foto de suas filhas. – Já é bastante duro ter que enterrar um filho pra ainda por cima ter que aguentar a imprensa e a polícia metendo o nariz no assunto o tempo todo. Vou encontrar Joana na semana que vem e tentarei tranquilizá-la. Quer acrescentar mais alguma coisa, Castro?

Leire levou um susto. Com certeza estava pensando em abordar um detalhe do qual não haviam falado.

– Não tenho certeza – disse, apesar de seu tom denotar o contrário. – Talvez seja uma impressão minha, mas a reação da garota, Gina Martí, foi... inesperada.

– Inesperada? Ela tem dezoito anos, vai dormir meio bêbada e ao acordar fica sabendo que o namorado se matou. Acho que "à beira da histeria", como você mesma a descreve em seu relatório, é uma reação mais do que esperada.

– É claro. Mas... – Recuperou a firmeza quando encontrou as palavras adequadas. – A histeria era lógica, delegado. Mas Gina Martí não estava triste. Parecia mais assustada.

O delegado permaneceu em silêncio por alguns instantes.

– Bom – disse ele por fim –, vá vê-la esta tarde, Héctor. Extraoficialmente, sem muita pressão. Não quero problemas com os Castells e seus amigos – frisou. – Vá com a agente Castro. A garota já a conhece, e as adolescentes tendem a confiar mais nas mulheres. Castro, ligue para os Martí e avise-os da visita. – O delegado se voltou para Andreu. – Espere um pouco. Temos que falar desses cursinhos de autodefesa para mulheres em risco de maus-tratos domésticos. Já sei que elas estão muito satisfeitas, mas você vai mesmo poder continuar a dar essas aulas?

Salgado e Castro se olharam antes de sair: não tinham dúvida nenhuma de que Martina Andreu não só podia como desejava continuar dando aqueles cursos.

oi!

aleix, cara, atende!

A telinha do computador indicava "Aleix está ausente e talvez não responda a sua mensagem". A garota mordeu o lábio inferior, nervosa; já estava com o celular na mão quando o estado do seu interlocutor passou de ausente a ocupado. Gina soltou o celular e passou ao teclado.

tenho que falar com você! responde!

Afinal a resposta apareceu. Um "oi" acompanhado de uma carinha sorridente piscando o olho. O barulho da maçaneta da porta a sobressaltou. Teve o tempo justo para minimizar a tela antes que o perfume de sua mãe inundasse o ar.

– Gina, querida, já vou. – A mulher não passou do umbral. Levava ao ombro uma bolsa branca, aberta, na qual procurava alguma coisa enquanto continuava falando. – Onde será que enfiei o bendito controle do carro? Por que não fazem controles ainda menores, pra que a gente nunca mais os encontre? – Afinal conseguiu encontrá-lo, e então esboçou um sorriso triunfal. – Meu bem, tem certeza de que não quer vir comigo? – Seu sorriso murchou um pouco ao ver as olheiras de Gina. – Você não pode ficar aqui trancada o verão inteiro, meu bem. Isso não é bom. Olha que dia! Você precisa de ar fresco.

– Você vai a L'Illa, mamãe, a dez minutos de casa – resmungou Gina. – De carro. Não vai correr no campo.

Mas, se ainda restasse alguma dúvida de que o campo não estava nos planos de sua mãe, bastava dar uma olhada no seu traje: vestido branco preso à cintura por um cinturão do mesmo tecido; sandálias brancas com o salto exato para elevar seu metro e sessenta e cinco de altura até um honroso metro e setenta e dois; o cabelo loiro natural, brilhante, chegando aos ombros. Sobre um fundo de palmeiras, teria sido a imagem perfeita para uma propaganda de xampu.

Regina Ballester ignorou o sarcasmo. Já fazia tempo que estava calejada pelos comentários mordazes dessa filha que, de pijama à uma e meia da tarde, parecia mais criança que nunca. Aproximou-se dela e lhe deu um beijo na cabeça.

– Você não pode continuar assim, meu bem. Não posso sair tranquila, realmente.

– Mamãe! – Gina não queria começar uma discussão; nesses dias, assim que a mãe a deixava sozinha, ela sentia necessidade de falar com Aleix. Com urgência. Então, vencendo o enjoo que aquele perfume intenso lhe provocava, deixou-se acariciar e até chegou a sorrir. E pensar que tinha havido um tempo em que ela se jogava nesses braços espontaneamente... Agora sentia que a asfixiavam. Ela tinha colocado perfume até nos seios! Sorriu, com mais malícia que espontaneidade. – Você vai passar na loja de biquínis? – Aquilo não falhava: dar a sua mãe alguma coisa para fazer que incluísse as palavras "loja" e "comprar" costumava ser um passaporte seguro para a tranquilidade. E, apesar de não poder jurar, os seios perfumados indicavam que o *shopping center* era um destino secundário nos planos da mãe. – Me traz aquele que vimos na vitrine. – Considerando que ela não tinha planos de ir à praia em todo o verão e que estava pouco interessada no bendito biquíni, até que conseguiu dar um tom bem convincente ao pedido. E inclusive insistiu, em um tom de menina mimada que ela mesma odiava com todas as forças: – Vai! Por favor!

– No outro dia você não parecia tão entusiasmada com ele. Quando estávamos nós duas olhando a vitrine – contestou Regina.

– Eu estava bolada, mamãe. – "Bolada" era um adjetivo que Regina Ballester detestava profundamente, porque, além de lhe parecer bem vulgar, descrevia qualquer estado de ânimo de sua filha: triste, preocupada, mal-humorada, aborrecida... "Bolada" parecia englobar tudo sem distinção.

Gina ficou mexendo nervosa com o *mouse* do computador. Ela não iria embora nunca? Desprendeu-se com suavidade do abraço e jogou sua última cartada.

– Está bem, não precisa comprar. Também não estou com tanta vontade assim de ir à praia este ano...

– Claro que você vai à praia. Teu pai chega amanhã da viagem de promoção, e semana que vem vamos pra Llafranc. Não tirei férias este mês pra nada. – Isso era uma coisa que Regina costumava fazer: lembrar sutilmente o muito que fazia pelos outros. – Não aguento mais Barcelona este verão! Faz um calor insuportável! – Regina olhou dissimuladamente o relógio de pulso prateado; estava ficando tarde. – Vou andando, senão

não terei tempo de fazer tudo – disse com um sorriso. – Estarei aqui antes das cinco. Se os policiais chegarem antes de mim, não diga nada pra eles.

– Posso abrir a porta pra eles? Ou você prefere que eu os deixe na rua? – perguntou Gina com falsa inocência. Não podia evitar, sua mãe conseguia tirá-la do sério.

– Não precisa se preocupar. Vou estar aqui. Prometo.

O ruído dos saltos ressoou na escada. Gina ia maximizar a tela do Messenger quando os mesmos passos voltaram a se aproximar depressa.

– Deixei aqui...?

– O controle está aqui, mamãe. – Pegou-o da mesa, onde Regina o havia deixado para abraçá-la, e o atirou com suavidade, sem se levantar da cadeira. A mãe o pegou no ar. – Você devia pendurar o controle no pescoço. – E murmurou, ao se certificar de que a mãe já não a ouviria: – Claro que ele ia se desprogramar com esse fedor.

Clic. A telinha brilhava diante dela outra vez. Quatro mensagens:

gi, o q acontece?
cê tá aí???
ooooi, tá chato esperar.
tá, até depois!!! :-)

"Não, não, não, não..."

minha mãe estava aqui, eu não podia falar.

"Merda, responde, Aleix, por favor!"

aaaaaaaah! já tava imaginando! ela continua torrando??

Gina suspirou. Alívio era pouco. Lançou-se ao teclado a toda a velocidade. E não para criticar a mãe.

a polícia te ligou?

a polícia? não, por quê?

merda... eles vêm me ver esta tarde, lá pelas cinco. não sei o que querem, sério...

Uns segundos de pausa.

não deve ser nada. o de sempre. não se preocupe.

estou assustada... e se perguntam por...

não vão perguntar nada, não fazem ideia de nada...

como você sabe?

eu sei. e depois, afinal não fizemos aquilo, lembra?

As sobrancelhas franzidas de Gina demonstravam o intenso esforço mental.

o que você quer dizer?

Gina quase podia ver a cara de tédio de Aleix, aquela cara que ele fazia quando se via forçado a explicar coisas que lhe pareciam óbvias. Uma expressão que às vezes − poucas − a irritava, e que normalmente costumava tranquilizá-la. Ele era mais inteligente. Disso ninguém duvidava. Ter como amigo o menino prodígio do colégio implicava suportar certos olhares compassivos.

pensávamos em fazer uma coisa, mas não fizemos. não é a mesma coisa, né? não importa o q planejávamos, no fim nós desistimos. o marc não desistiu.

O cursor piscava, esperando que ela continuasse escrevendo.

gi, NÓS NÃO FIZEMOS NADA.

As maiúsculas pareciam uma acusação.

> claro, você impediu...
> e tinha razão, ou não? eu e vc tínhamos conversado e estávamos
> de acordo. tínhamos q fazer ele parar.

Gina concordou com a cabeça, como se ele pudesse vê-la. Mas no fundo sabia que não tinha uma opinião definida a respeito. Tomar consciência disso assim tão cruamente a encheu de um profundo desprezo por si mesma. Aleix a havia convencido aquela tarde, mas no íntimo ela sabia que tinha falhado com Marc em algo que para ele era muito importante.

> vc tá com o pen drive, não é?
> estou.
> ok. olha, vc quer q eu vá até a tua casa esta tarde? por causa
> da polícia.

Gina queria, sim, mas o orgulho a impediu de admitir.

> não, não precisa... te ligo depois.
> imagino q eles tb venham na minha casa...

Ela mudou de assunto.

> ah, minha mãe usou o perfume de sair :-)
> kkkk... e meu pai não vem almoçar!!!!

Gina sorriu. A suposta aventura entre sua mãe e o pai de Aleix era algo que tinham inventado em uma tarde de tédio, enquanto Marc estava em Dublin. Nunca tinham se importado em confirmar o fato, mas com o tempo, de tanto repeti-la, a hipótese se transformara, ao menos para ela, em certeza absoluta. Os dois se divertiam imaginando que sua mãe e Miquel Rovira, o sério e ultracatólico doutor Rovira, estavam naquele momento transando furtivamente num quarto de hotel.

vou comer alguma coisa, gi!! depois nos falamos, ok? bjs.

Ele não esperou que ela respondesse. Seu ícone perdeu a cor de repente, deixando-a sozinha diante da tela. Gina olhou ao seu redor: a cama por fazer, a roupa jogada sobre uma das cadeiras, as estantes cheias de bichinhos de pelúcia. "É o quarto de uma criança", disse a si mesma com desdém. Mordeu o lábio inferior até fazer sangue e passou o dorso da mão na ferida. Então se levantou, tirou uma enorme caixa de papelão vazia do armário que até pouco antes continha seus livros de colégio — todos, guardados com falso carinho durante anos — e pousou-a no meio do quarto. Depois foi recolhendo um por um os bichinhos de pelúcia e jogando-os de qualquer modo dentro da caixa, quase sem olhar para eles. Não demorou muito. Apenas quinze minutos depois, a caixa repousava fechada em um canto, e as paredes se viam estranhamente vazias. Desnudas. Tristes. Sem anjos, diria sua mãe.

8

À medida que o carro subia para a zona alta da cidade, as ruas pareciam se esvaziar. Do tráfego denso e barulhento dos arredores da Plaza Espanya, coalhado de motos que aproveitavam o menor resquício de espaço para se enfiar entre os carros e os táxis que avançavam lentos como zumbis à espera de uma possível vítima, haviam passado em apenas quinze minutos à amplitude de horizontes da Avenida Sarrià: cruzavam a cidade em direção à Ronda de Dalt. Em um dia como esse, de sol ofuscante e temperaturas sufocantes, o céu dava a impressão de estar tingido de branco, e a montanha, apenas visível ao fundo da larga avenida, insinuava a promessa de um oásis fresco que contrastava com o asfalto abrasador das três da tarde.

Sentado no banco do passageiro, Héctor contemplava a cidade sem vê-la. Por sua expressão, o olhar triste e o cenho levemente franzido, parecia que seu pensamento andava muito longe dessas ruas, vagando por algum lugar mais sombrio, mas agradável. Não havia pronunciado uma só palavra desde que tinha subido no carro e Leire assumira o volante. O silêncio poderia ter sido incômodo se ela também não estivesse perdida em seu mundo. Na verdade, até agradeceu esses minutos de paz: a delegacia estava um verdadeiro tumulto essa manhã, e ela não se sentia muito orgulhosa de sua atuação diante do delegado. Mas a visão do teste de gravidez confirmando seus temores com uma intensa cor roxa voltava à sua mente nos momentos mais insuspeitados.

Héctor semicerrou os olhos, num esforço para reordenar as ideias; não havia falado com Andreu em particular, e morria de vontade de lhe perguntar se havia alguma novidade no caso do doutor Omar. Também se lembrou de que tinha ligado para o filho de manhã, ao sair do psicólogo, e de que ele não lhe respondera. Olhou de novo para o celular, como se assim pudesse fazê-lo tocar.

Uma freada brusca o tirou de seus pensamentos, e ele se voltou para a companheira, sem saber muito bem o que havia acontecido. Compreendeu num instante ao ver um ciclista urbano, membro dessa manada temerária que havia invadido as ruas nos últimos tempos, voltar-se para eles mais ofendido que assustado.

– Sinto muito – desculpou-se Leire. – Essa bicicleta atravessou de repente.

Ele não respondeu, apenas concordou com a cabeça, com um ar distraído. Leire bufou lentamente; a bicicleta não havia saído do nada, simplesmente ela é que tinha voltado a se distrair além da conta. Merda, já chega... Respirou fundo e decidiu que o silêncio a estava constrangendo, portanto optou por entabular uma conversa com o inspetor antes que ele voltasse a mergulhar em seu mundo.

– Obrigada por ter me ajudado. Na sala do delegado Savall – esclareceu. – Eu estava completamente nas nuvens.

– É – disse ele. – Dava para perceber. – Fez um esforço para continuar a conversar; ele também estava cansado de pensar. – Pode ficar tranquila, Savall ladra muito e morde pouco.

– Reconheço que merecia os latidos – respondeu ela com um sorriso nos lábios.

Héctor continuou conversando com ela sem a fitar, olhando para a frente.

– O que você achou da família Castells? – perguntou ele de repente.

Ela demorou alguns instantes para responder.

– É curioso... Pensei que seria mais difícil. Interrogá-los sobre a morte de um filho de apenas dezenove anos.

– E não foi? – Seu tom ainda era tenso, rápido, mas dessa vez ele se dignou a se voltar para ela. Leire teve a sensação de estar em um exame oral e concentrou-se em procurar a resposta adequada.

– Não foi agradável, com certeza. Mas também não foi – procurou a palavra – dramático. Imagino que eles sejam educados demais pra fazer uma cena, e afinal de contas ela não é a mãe dele... Mas isso não quer dizer que não se deixem dominar pelas emoções quando estão sozinhos.

Héctor não disse nada, e a ausência de comentários fez Leire estender a resposta.

– Além disso – prosseguiu –, suponho que a religião ajuda os crentes nesses casos. Sempre tive inveja disso. Apesar de ao mesmo tempo não conseguir engolir totalmente.

Pela segunda vez nesse dia, o conceito de Deus era mencionado. E quando Héctor respondeu a sua companheira, pouco antes de chegarem a seu destino, ele o fez com uma explicação que ela não conseguiu entender completamente.

– Os crentes levam vantagem sobre nós. Têm alguém em quem confiar, alguém que os protege ou os consola. Um poder superior que resolve suas dúvidas e lhes dita a conduta. Nós, em troca, só temos os demônios para temer.

Leire percebeu que ele falava mais para si mesmo que para ela. Por sorte, à sua direita viu a moderna fachada do edifício ao qual se dirigiam, e, como era verão, os arredores estavam praticamente vazios. Estacionou na esquina oposta, na sombra, sem o menor problema.

Héctor desceu logo do carro; precisava fumar. Acendeu um cigarro sem oferecer um à sua companheira e fumou avidamente, com o olhar fixo no colégio que Marc Castells havia frequentado até o ano anterior a sua morte. Enquanto ele terminava o cigarro, ela se aproximou da grade que delimitava a zona ajardinada; outra consequência desse novo estado pelo qual seu corpo passava era que, apesar de ter vontade de fumar, ela não tolerava o fumo alheio.

Aquilo se parecia tanto com a escola do povoado em que ela havia estudado como a Casa Branca com um barracão caiado. "Os ricos continuam vivendo em outro mundo", disse a si mesma. Por mais que as coisas tivessem se igualado, o pavilhão que tinha diante de si, rodeado de jardins cuja grama se estendia como uma manta verde e com um ginásio e um auditório juntos, tinha mais o aspecto de um *campus* universitário que de um colégio propriamente dito, e estabelecia uma profunda diferença, desde a infância, entre um seleto grupo de alunos que usufruíam todas essas facilidades como a coisa mais normal do mundo e o resto dos garotos, que só viam lugares como esse nas séries americanas.

Quando se deu conta, o inspetor já havia apagado o cigarro e cruzava a grade aberta. Ligeiramente incomodada, sentindo de repente que a estavam tratando como a um chofer que deve ficar esperando na porta, ela o seguiu. Na verdade, a visita ao colégio havia sido improvisada na última hora. O mais provável, disse ela a si mesma, era que não encontrassem ninguém a essa hora, mas ele não havia pedido a sua opinião. "Típico dos chefes", pensou, enquanto caminhava um passo atrás do inspetor. Pelo menos esse tinha uma bunda bonita.

Ambos avançaram pelo amplo caminho de pedras desiguais que cruzava os jardins até o edifício principal. A porta estava fechada, como Leire esperava, mas abriu-se com um zumbido metálico pouco depois de Héctor tocar a campainha. Diante deles se abriam um amplo corredor e um escritório de paredes de vidro que sem dúvida era a secretaria do colégio. Com uma expressão fatigada, uma mulher de meia-idade os recebeu do outro lado da janela do balcão de atendimento.

– Desculpem, mas já está fechado. – Dirigiu o olhar para um cartaz que indicava claramente que o horário da secretaria nos meses de verão era das nove à uma e meia. – Se desejam informações sobre as matrículas ou sobre o colégio, vão ter que voltar amanhã.

– Não, não queremos informações – disse Héctor, mostrando-lhe o distintivo. – Sou o inspetor Salgado, e ela é a agente Castro. Queríamos algumas informações sobre um aluno deste colégio, Marc Castells.

Um brilho de interesse assomou aos olhos da mulher. Sem dúvida, fazia muito tempo que não lhe acontecia nada tão emocionante.

– Suponho que esteja a par do ocorrido – prosseguiu Héctor em tom formal.

– É claro! Eu mesma me ocupei de enviar uma coroa ao enterro dele em nome do colégio. – Disse isso como se a dúvida a ofendesse. – Uma desgraça! Mas não sei o que posso lhes dizer. Seria melhor que falassem com algum dos professores, mas não sei quem está por aqui. No verão não cumprem um horário fixo: vêm de manhã até o dia 15, pra fazer programações e preencher papelada, mas na hora do almoço quase todos desaparecem.

Nesse momento, no entanto, soaram passos no enorme corredor, e um homem de uns trinta e cinco anos se aproximou da secretaria com várias pastas amarelas na mão. A mulher esboçou um sorriso radiante.

– Tiveram sorte. Alfonso – disse, dirigindo-se ao recém-chegado –, este é o inspetor...

– Salgado – completou Héctor.

– Alfonso Esteve foi o tutor de Marc em seu último ano aqui – esclareceu a secretária, profundamente satisfeita.

O tal Alfonso não parecia tão satisfeito, e observou os visitantes com um olhar carregado de reticências.

– Posso ajudá-los em alguma coisa? – perguntou, depois de alguns instantes de vacilação. Era um homem de baixa estatura, um metro e setenta no máximo, e vestia *jeans*, camisa branca de manga curta e tênis. Uns óculos de tartaruga davam um tom sério ao conjunto. Antes que Salgado pudesse responder, deixou as pastas amarelas na mesa. – Mercè, você guarda as pastas no arquivo, por favor? São as provas de setembro.

A secretária as pegou, mas não se moveu da janela.

– Podemos conversar em algum lugar? – perguntou Héctor. – Serão só alguns minutos.

O professor lançou um olhar de soslaio para a secretária, e ela pareceu concordar, sem muita convicção.

– Não sei se o diretor aprovaria – disse ele por fim. – Os arquivos dos nossos alunos são particulares, como deve saber.

Héctor Salgado não se moveu nem um milímetro, e seus olhos se mantiveram fixos no professor.

– Está bem – cedeu este –, vamos para a sala dos professores. Está vazia.

A secretária fez uma cara desapontada, mas não disse nada. Salgado e Castro seguiram Alfonso Esteve, que caminhava rapidamente para uma das salas do outro extremo do corredor.

– Sentem, por favor – disse ele ao entrar, e fechou a porta. – Querem um café?

Leire viu uma reluzente máquina de café vermelha em cima de uma pequena geladeira. Héctor respondeu antes dela:

– Sim, por favor. – Seu tom havia mudado e estava muito menos distante. – As férias já vão começar?

– Sim, em seguida. E você, vai querer café? – O professor sorriu para a agente Castro enquanto colocava a cápsula na cafeteira.

– Não, obrigada – disse ela.

– Um pouco de leite pra mim, por favor – interveio Salgado. – Sem açúcar.

Alfonso levou os dois cafés para a mesa. Quando se sentou, uma expressão preocupada voltou a nublar-lhe o olhar. Antes que pudesse expressar suas dúvidas, o inspetor Salgado tomou a palavra.

– Escute, esta não é uma visita oficial, de modo algum. Só queremos encerrar o caso desse rapaz, e há certas coisas que nem a família nem os amigos podem nos dizer. Trata-se de detalhes da sua personalidade, do seu caráter. Estou certo de que o senhor conhece bem os seus alunos e de que tem uma opinião formada sobre eles. Como era Marc Castells? Não estou falando dos resultados acadêmicos, mas do seu comportamento, dos seus amigos. O senhor entende.

O professor parecia visivelmente envaidecido, e respondeu, já sem hesitar:

— Bom, pra ser exato, Marc já não era meu aluno, mas foi durante os últimos anos do fundamental e o ensino médio.

— O que o senhor ensina?

— Geografia e história. Depende do curso.

— E foi tutor dele no último ano.

— Sim. Não foi um bom ano para o Marc. Vamos ser claros: ele nunca foi um estudante brilhante, nem perto disso. De fato, terminou o ensino médio com uma nota muito apertada e teve que repetir, mas até então não tinha dado nenhum problema.

Leire olhou o professor com uma expressão de franco interesse.

— E isso mudou?

— Mudou muito — afirmou Alfonso. — Mas no princípio até ficamos contentes. Marc havia sido sempre um menino muito tímido, introvertido, de pouca conversa. Um desses que passam despercebidos na classe... e receio que fora dela também. Acho que no sétimo ano não ouvi a sua voz nem ao menos pra responder a uma pergunta direta. Então, foi um alívio quando ele começou a se abrir. Estava mais ativo, menos quieto... Acho que estar ao lado de Aleix Rovira o deixou mais esperto.

Héctor assentiu. O nome lhe era familiar.

— Eles ficaram amigos?

— Acho que as famílias já se conheciam, mas quando Marc repetiu e acabaram ficando na mesma classe, os dois se tornaram inseparáveis. Isso é comum na adolescência, e é claro que essa amizade favorecia Marc, ao menos do ponto de vista acadêmico. Aleix é, sem dúvida, o aluno mais brilhante que esta escola teve nos últimos anos. — Ele disse isso com toda a segurança, e no entanto havia um tom irônico nessa afirmação, um toque de rancor.

– Não gosta dele?

O professor brincava com a colherinha de café, obviamente indeciso. Leire ia repetir o refrão tranquilizador da conversa extraoficial, mas Alfonso Esteve não lhe deu tempo de fazer isso.

– Aleix Rovira é um dos alunos mais complicados que eu já tive. – Percebeu que o comentário necessitava de mais explicações, e então prosseguiu: – Muito inteligente, realmente, e, de acordo com as garotas, muito atraente. Nada que ver com o típico cê-dê-efe: era tão bom em esportes quanto em matemática. Um líder nato. Não é estranho: é o mais novo de cinco irmãos, todos homens, todos estritamente educados no que poderíamos chamar de valores cristãos. – Fez uma pausa. – No seu caso, deve-se acrescentar que teve um grave problema na infância: leucemia ou algo parecido. Dessa forma, era ainda mais digno de mérito que, uma vez recuperado, fosse sempre o primeiro da classe.

– Mas...? – Héctor sorriu.

– Mas – Alfonso parou de novo – havia algo frio em Aleix. Como se ele soubesse de coisas que não devia na sua idade, como se a sua inteligência e a experiência da sua doença lhe tivessem proporcionado uma maturidade... cínica. Manejava o grupo a seu bel-prazer, e vários professores também. O fato de ser o primeiro da classe e o último de uma linhagem de alunos do colégio e a lembrança de sua batalha contra o câncer lhe concediam uma espécie de imunidade para quase tudo.

– Está falando de *bullying*? – perguntou Leire.

– Eu não chegaria a tanto, mas alguma coisa havia. Comentários mordazes dirigidos aos menos inteligentes ou menos favorecidos; nada de que se pudesse acusá-lo, mas estava claro que no curso faziam o que ele queria. Se ele não gostasse de um dos professores, todos o seguiam; se decidia que especificamente um deles devia ser respeitado, o resto fazia o mesmo. De todo modo, essa é apenas a minha opinião; a maioria das pessoas acha que ele é um rapaz encantador.

– O senhor parece estar bastante convencido dessa opinião, senhor Esteve – pressionou Castro. Intuía que havia algo mais, e não queria que o professor deixasse de contar tudo o que sabia.

–Vejam, uma coisa é eu ter certeza, e outra muito diferente é que isso seja verdade. – Baixou a voz, como se fosse lhes contar um segredo. – Um colégio é uma fábrica de boatos, e é difícil verificar a sua origem; eles surgem, se espalham, são comentados. Começam em voz baixa, às escondidas do interessado; depois o volume vai subindo, até que por fim estouram como uma bomba.

Tanto Salgado como Castro o animaram a continuar.

– Houve uma professora já não muito jovem, devia ter quarenta e poucos anos. Ela chegou quando Aleix e Marc começaram a estudar juntos. Por alguma razão, ela e Aleix não se deram bem. É estranho, porque ele costumava se esforçar por se dar bem com o professorado feminino. Os boatos começaram logo depois, e de todo tipo. Ninguém sabe muito bem o que aconteceu, mas ela não acabou de dar o curso.

– E o senhor acha que esses boatos partiram de Aleix?

– Eu seria capaz de jurar que sim. Um belo dia ela não veio trabalhar, e eu a substituí. A cara de Aleix expressava uma felicidade cruel, pode ter certeza.

– E Marc?

– Bom, o pobre Marc era o fã número um dele. Seu pai voltara a se casar, e creio que a mulher não podia ter filhos, então adotaram uma menina chinesa. Isso implica viagens, ausências... Marc precisava de alguém a seu lado, e Aleix Rovira assumiu esse papel.

– Acabaram por suspendê-lo durante alguns dias – acrescentou Héctor.

Essa havia sido a principal razão de sua visita; em colégios como aquele, cheios de alunos de boas famílias, as suspensões eram raras. No entanto, se ele esperava que o professor lhe esclarecesse um pouco essa questão, logo ficou claro que isso não ia acontecer; subitamente arrependido de sua indiscrição anterior, este preferiu fechar-se em copas.

– Isso aconteceu no ano seguinte, mas receio que faça parte do arquivo particular do aluno. E é confidencial. Se quiserem saber mais alguma coisa, vão ter que falar com o diretor.

Leire pigarreou, à espera de que o inspetor Salgado insistisse, mas ele não o fez.

– É claro. Me diga uma coisa: Marc veio vê-lo depois de voltar de Dublin?

A pergunta relaxou o professor Esteve; encontrava-se novamente em terreno seguro, e respondeu rapidamente, como se quisesse reparar sua falta de cooperação na pergunta anterior:

– Sim. Achei que ele estava muito mais centrado. Conversamos sobre o seu futuro; ele me disse que havia decidido repetir o exame de seleção do ensino médio a fim de melhorar a nota e se matricular em ciências da informação. Estava muito esperançoso.

Héctor assentiu.

– Muito obrigado. O senhor foi muito amável. – Levantou-se da cadeira, dando por terminada a entrevista, mas, já de pé, acrescentou uma pergunta, como se acabasse de lhe ocorrer que estava se esquecendo de algo: – E a garota? Como se chama...?

– Gina Martí – disse Leire.

O semblante do professor se suavizou.

– Gina é um encanto. Muito insegura e superprotegida em excesso, mas mais inteligente do que ela própria acredita. Tem um grande talento para escrever. Imagino que o tenha herdado do pai.

– Do pai? – Tentou recordar se o relatório dizia algo a respeito.

– Ela é filha de Salvador Martí. O escritor.

Héctor assentiu, embora na verdade não tivesse a menor ideia de quem fosse nem do que Salvador Martí escrevia.

– Também era amiga de Marc e Aleix?

– Acho que era amiga de Marc desde que eram crianças, apesar de ela ser um ano mais nova. Veio cursar o ensino médio aqui quando ele repetiu o primeiro ano. E, de fato, Aleix também a incluiu em seu círculo pra satisfazer o novo amigo. A verdade é que essa menina ficou atrás de Marc como um cachorrinho durante dois anos. Neste último curso, sem Aleix e sem Marc, ela está muito mais centrada; foi bom ela ter repetido o último ano do ensino médio, como demonstra a sua nota no exame de seleção. Ela estava tão contente quando lhe demos o resultado... Agora deve estar destruída; é uma menina muito sensível.

9

Quando a campainha tocou, Gina abriu os olhos. Meio adormecida, jogada sobre os lençóis, demorou alguns segundos para reagir. Eram quatro e vinte. Sua mãe não tinha dito algo a respeito de cinco horas? A campainha continuou a tocar, toques curtos, seguidos. Lembrou que a empregada saía às três e que estava sozinha em casa, portanto desceu a escada descalça e quase correu para a entrada. Olhou-se no espelho do saguão antes de abrir. Deus, estava horrível! Ainda com o olhar fixo em seu reflexo e uma expressão de intenso desgosto no rosto, abriu a porta.

– Gata... estava dormindo?

– Aleix! O que você está fazendo aqui? – Não se moveu, momentaneamente perplexa diante daquela visita inesperada.

– Você não achou que eu ia te deixar sozinha com os tiras, achou? – Sorria, e sua testa brilhava de suor. Tirou os óculos de sol e piscou para ela. – Vai me deixar entrar ou não?

Ela se afastou, e ele cruzou o umbral com uma passada. Usava uma camiseta azul desbotada e uma bermuda xadrez larga. Exibia um bronzeado perfeito. Ao seu lado, a pele pálida de Gina parecia a de uma tuberculosa.

– Você devia se vestir, não acha? – Sem esperar pela resposta, ele caminhou até a cozinha. – Olha, vou pegar alguma coisa pra beber. Vim de bicicleta e estou morto de sede.

Ela não respondeu. Subiu a escada lentamente. Antes que ele a seguisse, fechou a porta do quarto, apesar de saber que isso não o deteria. Realmente, ainda estava pensando no que vestir quando ele apareceu no umbral. Continuava sorrindo e tinha uma lata de Coca-Cola na mão.

–Você está de mau humor? – Foi até ela e começou a lhe fazer cócegas. Cheirava levemente a suor, e ela se afastou.

– Me deixa...

– Me deixa – repetiu ele, brincalhão. Deu-lhe um beijo nos lábios. – Você quer mesmo que eu te deixe? Vou embora?

– Não. – A resposta saiu mais depressa do que ela imaginava. Não, não queria que ele fosse embora. – Mas espera lá fora enquanto eu me visto.

Ele levantou os dois braços, como um assaltante flagrado com a mão na massa. Fechou os olhos e continuou sorrindo.

– Prometo não olhar... Mas não consigo parar de me lembrar!

– Faz o que te der vontade – retrucou ela, voltando-se para a roupa dobrada sobre a cadeira. Pegou um *short* de brim e uma camiseta preta decotada e de manga muito curta. Rapidamente tirou o pijama, mas antes que pudesse se vestir ele se aproximou por trás.

– Continuo sem olhar, juro. – Tornou a beijá-la, dessa vez no pescoço. Ao fazê-lo, roçou sem querer a pele de Gina com a lata recém-tirada da geladeira, e ela o afastou bruscamente. – Tudo bem, tudo bem... vou te deixar sossegada. Serei bonzinho! Ah, você tirou os bichos de pelúcia. Já estava na hora...

Gina se vestiu. Ele se sentou diante do computador dela e começou a digitar. Ela o fitou, irritada: odiava que ele usasse suas coisas sem nem sequer pedir permissão, como se lhe pertencessem.

–Vamos pra baixo – disse ela. – Minha mãe vai chegar a qualquer momento.

– Um segundo, estou só olhando o Facebook.

Ela se aproximou dele e ficou às suas costas. Então viu a mesma mensagem que ela havia recebido apenas uma hora antes.

"Sempreiris quer ser teu amigo no Facebook." A foto apagada de uma menina loira de olhos meio fechados por causa do sol.

– Mandaram pra você também? – perguntou ela.

– Dane-se – retrucou ele. Clicou sem hesitação em "recusar".

– Fiz a mesma coisa agora há pouco. – De repente, sem saber por quê, ela notou que as lágrimas lhe escorriam pelo rosto. Tentou dominar o choro, mas não conseguiu.

– Gina... – Ele se levantou e a abraçou. – Querida, já passou. Já passou.

Ela se apoiou em seu peito. Duro, liso, uma tábua forte e inquebrantável. Soluçou como uma menininha, com vergonha de si mesma.

– Chega, chega, chega. Já passou. – Afastou-a um pouco e lhe secou as lágrimas com as pontas dos dedos. Ela tentou rir.

– Sou uma boba.

– Não. Não. – Olhava-a com doçura, com uma espécie de carinho de irmão mais velho. – Mas temos que esquecer isso tudo. Era um assunto do Marc, e nós não temos nada que ver com isso.

– Sinto tanta saudade dele...

– Eu também. – Mas ela achou que ele estava mentindo. O pensamento a inquietou, e ela se afastou dele. – Ah, me dá o *pen drive*. É melhor que ele fique comigo.

Ela não perguntou por quê. Abriu a gaveta da cômoda e lhe deu o *pen drive*. Aleix demorou um segundo para guardá-lo no bolso e sorriu.

– Vem, vamos descer. Vamos ver se eles já chegaram pra acabar logo com isso. E não se esqueça, nem uma palavra. Sobre nada.

Gina a viu em seus olhos. Uma pontinha de medo. Uma leve ameaça. Por isso é que ele viera: não porque quisesse lhe fazer companhia, nem porque estivesse preocupado com ela, mas porque não confiava no que uma garotinha como Gina podia dizer se a polícia a pressionasse. A lembrança do rosto entristecido de Marc lhe veio à mente, e ela ouviu sua voz trêmula, quase inaudível, "você é um filho da puta, um grande filho de uma puta", enquanto fogos de artifício estouravam no céu do outro lado da janela. Notou que uma mão lhe agarrava o braço com força. Ele continuava a fitá-la intensamente.

– Isto é importante, Gina. Deixa de besteira.

Ele a soltou, e ela acariciou o pulso.

– Eu te machuquei? – Foi ele quem a acariciou então. – Desculpa. Sério.

– Não. – Por que estava dizendo que não quando queria dizer o contrário? Por que deixava que ele tornasse a beijá-la na testa, se seu cheiro de suor lhe dava nojo?

O som do interfone evitou que ela procurasse uma resposta que de qualquer modo não queria encontrar.

O porteiro do edifício, situado na Via Augusta, justamente antes da Plaza Molina, os fitou sem demonstrar estar impressionado porque dois agentes das forças da ordem iam visitar um dos moradores do imóvel. Tinha se levantado da cadeira como se isso resultasse de um esforço inconcebível, algo que era indecente pedir a um homem às dez para as cinco da tarde de um dos dias mais quentes do verão enquanto trabalhava honradamente de fones de ouvido, folheando o jornal de esportes. Ao que parecia, a pessoa que respondera ao interfone do apartamento havia dado permissão para que subissem, porque o porteiro lhes indicou o elevador com um gesto indiferente e resmungou "segunda cobertura" antes de voltar a se deixar cair em sua cadeira.

Héctor e Leire se dirigiram ao elevador, que era lento e lúgubre como o porteiro. Ela se olhou no espelho escuro e percebeu que seu rosto começava a acusar um certo mau humor. Por mais curiosidade que tivesse sentido pelo inspetor Salgado antes de conhecê-lo, trabalhar ao seu lado estava sendo bastante incômodo. Depois de saírem do colégio, ela havia tentado comentar o que o professor lhes havia dito, mas o resultado havia sido nulo. Além de responder com simples monossílabos, Salgado havia passado o trajeto – não muito longo, por sinal – olhando pela janela do carro, em uma postura que demonstrava claramente que preferia que o deixassem em paz. E agora continuava igual: tinha lhe dado passagem educadamente ao entrarem na portaria e no elevador, mas seu rosto, que ela observava pelo canto do olho, continuava revelando uma expressão impenetrável, preocupada. Como a de um funcionário obrigado a ficar em serviço além do horário.

Gina Martí os recebeu na porta, e não era preciso ser um gênio da observação para reparar que tinha estado chorando havia pouco: o nariz avermelhado, os olhos úmidos. Atrás dela estava um jovem de expressão séria, respeitosa, a quem Leire reconheceu imediatamente como sendo Aleix Rovira.

– Minha mãe está quase chegando – disse a garota depois de Héctor se apresentar. Parecia não saber se o mais correto era conduzi-los à sala ou ficar de pé no saguão. Aleix decidiu por ela e os convidou a entrar, adotando o papel de anfitrião.

– Passei pra ver Gina – comentou ele, como se sua presença precisasse de justificativa. – Se quiserem falar com ela a sós, eu saio – acrescentou. Seu tom era protetor, carinhoso. Mas a garota continuou séria, tensa.

Já sentados na sala, Salgado observava Gina Martí, e pela primeira vez em toda a tarde Leire viu nos olhos do inspetor um vislumbre de simpatia. Enquanto ele explicava a Gina, em tom tranquilizador, que estavam ali apenas para lhe fazer algumas perguntas e Aleix assentia, de pé a seu lado, com uma das mãos apoiada em seu ombro, Leire contemplou a sala dos Martí e decidiu que não lhe agradava nem um pouco. As paredes estavam forradas de estantes carregadas de livros, a mesa e o resto dos móveis eram de madeira escura, e as *bergères* e poltronas estavam forradas de verde-escuro. O conjunto, completado com naturezas-mortas enquadradas em grossas molduras douradas e paredes pintadas de um tom ocre-claro, tinha um ar levemente antigo, claustrofóbico. Empoeirado, apesar de ela ter certeza de que se passasse um dedo pela mesa não recolheria nem uma partícula de sujeira. As cortinas, espessas e de cor verde, como as poltronas, estavam corridas, o que contribuía para aumentar a sensação de penumbra e falta de ar. Nesse momento ela ouviu as últimas palavras do inspetor.

– Podemos esperar que sua mãe chegue, se você preferir.

Gina encolheu os ombros. Evitava olhar diretamente para o seu interlocutor. Isso podia ser simples timidez, disse Leire a si mesma, ou também o desejo de ocultar algo.

– Vocês dois conheciam Marc há tempo, não?

Aleix tomou a palavra antes que Gina pudesse fazê-lo.

– Principalmente Gina. Estávamos falando disso agora mesmo. Este verão está sendo muito estranho sem ele. E, além disso, eu não consegui tirar da cabeça que tínhamos meio que brigado. Eu fui pra casa antes do previsto, e depois não tornei a vê-lo.

– Por que vocês brigaram?

Aleix encolheu os ombros.

– Por uma besteira. Agora só consigo me lembrar de como começou. – Olhou para a amiga, como que buscando uma confirmação, mas ela não abriu a boca. – Marc tinha voltado diferente de Dublin, muito mais sério, suscetível. Ele se irritava por qualquer coisa, e nessa noite fiquei cheio. Era festa de São João, e eu não estava com vontade de aguentá-lo. Agora parece horrível, não é?

– De acordo com a sua declaração anterior, você foi diretamente pra casa.

– Sim. Meu irmão estava acordado e confirmou isso. Eu estava de mau humor por causa da discussão, e um pouco bêbado também, por isso me deitei em seguida.

Salgado assentiu e esperou que a garota acrescentasse alguma coisa, mas ela não o fez. Tinha o olhar fixo em algum ponto do chão, e só o levantou quando se ouviu girar a chave na fechadura da porta e uma voz gritar do saguão:

– Gina, querida... Eles já chegaram? – O som de passos rápidos precedeu a entrada de Regina Ballester. – Meu Deus, o que vocês fazem aqui nesta escuridão? Esta mulher quer que a gente viva em um túmulo. – Sem lhes prestar a menor atenção, a aparição caminhou rapidamente até as cortinas e as abriu. Um jorro de luz invadiu a sala. – Isto é outra coisa!

E era, mas não apenas pela luz. Existem pessoas que ocupam os espaços, pessoas cuja presença enche o ambiente. Regina Ballester, em menos de um minuto, havia transformado a biblioteca antiquada em uma passarela luminosa, na qual ela atuava como modelo principal. E único.

Salgado se havia levantado para apertar a mão da senhora Ballester, e Leire notou que ela lhe lançava um olhar apreciador, embora prudente.

– Creio que já conhece a agente Castro.

Regina concordou com um movimento de cabeça rápido, indiferente. A agente Castro, estava claro, não lhe despertava muito interesse. De todo modo, seu cumprimento mais frio foi sem dúvida para o convidado a quem não esperava encontrar. Aleix continuava junto de Gina, sussurrando-lhe alguma coisa ao ouvido.

– Bom, então eu já vou embora. Só tinha passado pra ver Gina.

– Muito obrigada, Aleix. – Era óbvio que a saída do rapaz não desagradava nem um pouco a Regina Ballester.

– Nos falamos, ok? – disse ele para a amiga. Andou até a porta, mas antes de sair se voltou: – Inspetor, não sei se posso ajudá-los em alguma coisa, mas se for preciso... Bom, estou à sua disposição. – Na boca de outro rapaz a frase teria soado vazia, excessivamente formal. Mas na dele era respeitosa, amável sem ser serviçal.

– Acho que não será necessário, mas muito obrigado – respondeu Salgado.

Como havia dito o professor Esteve, Aleix Rovira podia ser um rapaz encantador.

10

Os faróis de um carro estacionado piscaram duas vezes justo quando ele dobrava a esquina da sua rua montado na bicicleta. Velho e com a lataria amassada na lateral, chamava atenção nesse bairro tranquilo, de casas com jardins e garagens particulares. Por um momento ele teve a tentação de dar meia-volta ou de passar ao largo a toda a velocidade, mas sabia que isso só significaria retardar o inevitável. Além disso, não lhe convinha nada que alguém de sua casa o visse com um tipo como Rubén. Por isso, tentando aparentar tranquilidade, aproximou-se da janela do carro e desceu da bicicleta.

– Cara, até que enfim você apareceu! – disse o rapaz que ocupava o assento do motorista. – Já estava quase indo te procurar na tua casa.

Aleix esboçou um sorriso forçado.

– Eu ia te ligar agora mesmo. Escuta, preciso...

O outro meneou a cabeça.

– Temos que conversar. Entra no carro.

– Vou deixar a bicicleta em casa. Volto já.

Não esperou pela resposta; atravessou a rua, abriu o portão branco do jardim e empurrou a bicicleta para dentro. Em menos de um minuto estava sentado no carro; olhou para trás a fim de comprovar se alguém o tinha visto entrar e sair.

– Dá a partida de uma vez – pediu.

O outro não disse nada. Deu a partida e avançou pela rua devagar. Aleix colocou o cinto de segurança e inspirou profundamente. Não lhe serviu de grande coisa; quando falou, sua voz continuava denotando nervosismo.

– Olha, você tem que me dar mais tempo... Que merda, Rubén, estou fazendo o que posso.

Rubén se manteve em silêncio. Estranhamente calado. Como um chofer em vez de um colega. Não era muito mais velho que Aleix, e, de fato, sua magreza o fazia inclusive parecer mais jovem. Apesar da tatuagem que descia por seu braço e dos óculos de sol, tinha um ar de menino, acentuado pelo conjunto de moletom e camiseta branca. Ninguém teria dito que passara anos ralando, primeiro como garçom e depois em uma obra, até que fechassem tanto o bar como os andaimes. Ele não se voltou para seu acompanhante até que teve de parar em um semáforo.

– Você cagou tudo, cara.

– Porra, já sei. Agora o que você quer que eu faça? Você acha que eu posso conseguir a grana assim, de uma hora pra outra?

O outro meneou a cabeça de novo, aborrecido.

– E então, aonde vamos? – perguntou Aleix.

De novo Rubén não respondeu.

Na sala dos Martí, Héctor observava com atenção a garota que tinha diante de si. Apesar de seus dezoito anos, Gina tinha todo o ar de uma menina indefesa. E com certeza preocupada. Disse a si mesmo que o melhor que podia fazer era formular perguntas diretas, ao menos a princípio: dirigir o interrogatório com perguntas neutras até que ela se sentisse mais à vontade.

– Olha – repetiu ele a fim de tranquilizá-la –, só estamos aqui pra conversar com você. Já sei que você não tem a menor vontade de se lembrar do que aconteceu naquela noite, então vamos tentar ser rápidos. Limite-se a responder a minhas perguntas, está bem?

Ela concordou.

– A que horas vocês chegaram na casa de Marc?

– Às oito. Bom – corrigiu –, eu cheguei às oito. Aleix veio mais tarde. Não sei que horas eram. Às nove, ou algo assim...

– Está bem. – Ele continuava a fitá-la com uma expressão amável. – E quais eram os planos?

Ela encolheu os ombros.

– Nada em especial...

– Mas você tinha pensado em ficar pra dormir, não é?

A pergunta a deixou nervosa. Ela olhou para a mãe, que até o momento havia permanecido em silêncio, atenta às perguntas e às respostas.

– Sim.

– E o que aconteceu depois? Vocês beberam, puseram um som? Comeram alguma coisa?

Gina semicerrou os olhos. Seus joelhos começaram a tremer.

– Inspetor, por favor – interveio Regina. – Já lhe perguntaram tudo isso no dia seguinte. – Ela olhou para a agente Castro, em busca de uma confirmação para suas palavras. – Isso tem sido muito desagradável pra ela. Marc e Gina se conheciam fazia anos, eram como irmãos.

– Não. – Gina abriu os olhos de repente, e seu tom amargo surpreendeu a todos. – Estou cheia de ouvir isso, mamãe! Não éramos como irmãos. Eu... eu o amava. – Sua mãe tentou lhe tomar a mão, mas ela a repeliu e se voltou para o inspetor com mais decisão. – E foi isso mesmo, bebemos, pusemos um som. Preparamos umas pizzas na cozinha. Não fizemos nada de especial, mas estávamos juntos. Isso era o especial.

Héctor a deixou falar sem interrompê-la, e fez um gesto em direção a sua companheira para que também não dissesse nada.

– Depois Aleix chegou. E nós jantamos. E bebemos mais. E ouvimos mais música. Como tínhamos feito muitas outras vezes. Falamos do exame de seleção e de Dublin, e dos casos de Aleix. Fazia tempo que não ficávamos os três juntos. Como antes.

Héctor não deixou de perceber o gesto de surpresa de Regina. Foi momentâneo, um simples arquear de sobrancelhas, mas perceptível. Gina prosseguiu, cada vez mais rápido:

– Então tocou uma música que nós gostávamos, e começamos a dançar como loucos, e a cantar muito alto. Pelo menos Aleix e eu, porque Marc logo ficou quieto e voltou a sentar. Mas nós continuamos dançando. Era uma festa, não era? Nós dissemos isso pra ele, mas ele não estava de bom humor... Aleix e eu aumentamos o volume; não lembro mais o que estava tocando. Ficamos dançando um bom tempo, até que de repente Marc desligou o som.

– Ele estava preocupado com alguma coisa?

– Não sei... Tinha voltado de Dublin muito esquisito. Mais sério. Eu quase não o tinha visto nos dois meses depois que ele chegou aqui. Tudo bem, eu estava estudando e tudo, mas ele quase não me ligava.

– Mas... – interveio Regina.

A filha a cortou:

– E então Aleix disse que se a festa tinha acabado, ele ia embora. Eles discutiram. E eu fiquei bolada, porque estava curtindo muito, como antes. Então, quando Aleix foi embora, perguntei pro Marc o que estava acontecendo. – Fez uma pausa e deu a impressão de que ia começar a chorar. – Ele me disse: "Você bebeu muito, amanhã vai ter uma tremenda ressaca", ou algo assim, e era verdade, acho, mas eu fiquei chateada e fui pra cama dele, e fiquei esperando um tempo... e, bom, vomitei no banheiro, mas limpei tudo, e de repente fiquei com frio e me deitei, porque o quarto estava rodando e eu estava com calafrios. – As lágrimas começaram a escorrer pelo seu rosto sem que ela fizesse nada para detê-las. Sua mãe a rodeou com o braço, e dessa vez Gina não rejeitou o contato. – E foi isso. Quando acordei, já tinha acontecido tudo.

A garota se refugiou nos braços da mãe, como um passarinho. Regina a manteve abraçada e, dirigindo-se ao inspetor, disse com severidade:

– Acho que já chega, não? Como podem ver, minha filha está muito perturbada com tudo isso. Não quero que ela seja obrigada a ficar repetindo a mesma história várias vezes.

Héctor concordou e olhou para Leire pelo canto do olho. Esta não conseguiu entender o que ele queria lhe dizer com esse olhar, mas estava certa de que naquele momento, protegida pela mãe, Gina não lhes diria mais nada. E, apesar de as lágrimas da jovem parecerem sinceras, ela havia notado que sua postura se havia relaxado depois das últimas palavras da mãe. Leire ia dizer alguma coisa, mas Regina se adiantou:

– Ainda me lembro do horror que foi a manhã seguinte. – Os focos da passarela voltavam a iluminar a atriz principal, que teimava em representar o seu papel.

Héctor entrou no seu jogo.

– Como a senhora ficou sabendo do sucedido?

– Glòria me ligou bem cedo de manhã pra me comunicar. Meu Deus! Eu não conseguia acreditar... E apesar de ela logo me dizer que Gina estava bem, que havia sido o pobre Marc quem tinha... Bom, eu não fiquei tranquila até que a vi. – Abraçou a filha com mais força.

– É claro – afirmou o inspetor. – Tinham participado de uma festa no chalé dos Castells?

A mulher esboçou um sorriso irônico.

– Chamar de festa é um exagero, inspetor. Foi um simples jantar entre amigos. Glòria é um encanto e uma das mulheres mais organizadas que conheço, mas não é exatamente uma especialista em festas.

– Quem estava lá?

– Éramos apenas sete: os Rovira, os Castells, meu marido e eu, o irmão de Enric, o *mossèn*. Bem, e Natàlia, claro. A filha adotiva dos Castells – esclareceu.

– Foram embora cedo?

Se Regina se surpreendeu com a pergunta, não demonstrou.

– Cedo? Não sei dizer, pra mim a noite parecia não acabar nunca. Eu não me aborrecia tanto desde o último filme turco que Salvador me levou para assistir. Imagine: os Rovira, que levam mais tempo pra benzer a mesa que pra comer. Talvez porque acreditem que desfrutar a comida é um pecado de gula ou de avareza. E Glòria, que passou o jantar todo levantando pra ver se as bombinhas estavam incomodando sua filha. Eu lhe disse que os chineses brincam com pólvora há séculos, mas ela me olhou como se eu fosse uma idiota.

Gina deu um suspiro de aborrecimento.

– Mamãe, não seja má. Glòria não é tão histérica. E Natàlia é um amor, sempre que eu fico tomando conta dela, dorme num instante. – E acrescentou com um leve toque de ironia, dirigindo-se ao inspetor: – Minha mãe não suporta Glòria porque ela ainda usa tamanho trinta e seis, e porque está estudando pra seguir carreira.

– Gina, não diga bobagens. Gosto muito de Glòria, ela foi a melhor coisa que podia ter acontecido com Enric: encontrar uma esposa como as de antes. – Embora o comentário pretendesse ser elogioso, o tom expressava claramente um certo desdém. – E admiro a sua capacidade de organização, mas isso não impede que a festa tenha sido um porre; meu marido, Enric e o padre conversaram longamente sobre a situação desastrosa da Catalunha nos últimos tempos, a crise, a falta de valores... O cúmulo é que agora nem se pode tomar um drinque, com os controles que há nas estradas na noite de São João. – Ela disse isso como se fosse responsabilidade direta do inspetor Salgado.

– A que horas voltaram?

– Deviam ser duas horas ou algo assim quando chegamos em casa. Salvador chega amanhã de viagem. Vou lhe perguntar, ele presta muito mais atenção no relógio que eu.

Enquanto sua mãe falava, Gina se levantou e foi buscar um lenço de papel. Leire a seguiu com os olhos. As lágrimas tinham parado, e em seu lugar, por um momento, surgiu algo parecido com satisfação. Movida por um impulso, Leire se levantou e se dirigiu à garota.

– Desculpe – disse –, preciso tomar um comprimido. Você se importa de me pegar um copo de água? Vou com você, não precisa trazer.

Ele sente um tabefe na boca, dado com o dorso da mão pelo sujeito que está na sua frente. É mais humilhante que doloroso. Um fio de sangue salgado lhe mancha o lábio.

– Está vendo o que acontece por responder? – diz o careca, afastando-se um pouco. – Vamos, tenta ser um bom rapaz e prova isso com outra resposta.

O careca está tão perto que ele sente a sua respiração no rosto. Ar quente salpicado de saliva. O outro está às suas costas e lhe rodeia os ombros com um braço que parece uma tenaz. Rubén, sentado num canto do quarto, desvia os olhos.

Não é a primeira vez que Aleix está nesse local: uma velha garagem da Zona Franca à qual já foi várias vezes buscar cocaína. Por isso deixou que Rubén o levasse até ali, sem imaginar que lá dentro o esperavam os outros dois. Nem sequer sabe o nome deles; só que estão emputecidos. E com razão. Aleix está suando, e não apenas por causa do calor. O primeiro soco no estômago o deixa sem ar. Ele abre muito os olhos, realmente surpreendido. Quando tenta se explicar, sente outro golpe, e depois mais outro. E outro ainda. Nem sequer tenta se safar do gordo; trata de deixar a mente em branco. Eles não sabem que desde pequeno tivera de suportar tanta dor que isso não o assusta mais. Repete para si mesmo: "Isto é apenas um aviso, uma advertência". Eles querem a grana, não matá-lo, nem nada parecido. Mas quando o careca para de socá-lo o tempo suficiente, ele vê o seu rosto. O filho da puta está curtindo. E é então que ele entra em pânico: ao ver esses olhos injetados de satisfação e uma das mãos apoiada no instrumento, como se ele fosse se masturbar. Adivinha o que ele está pensando como se a testa dele fosse um vidro transparente e suas intenções estivessem escritas do outro lado. Crava os olhos no volume que se formou na virilha do careca e tenta transformar o terror que sente em uma careta irônica. Quando o outro lhe acerta duas novas porradas, percebe que conseguiu, e quase agradece a dor. É melhor que outras coisas.

— Chega! — Rubén se levanta da cadeira e se aproxima dos outros.

O punho do careca fica suspenso no ar, e a tenaz se afrouxa um pouco. O bastante para que Aleix escorregue como uma mancha de líquido em uma parede, até cair de joelhos. No meio de uma nuvem de dor, ouve os passos de Rubén aproximando-se. O careca se ajoelha a seu lado e lhe fala em voz tão baixa que mal consegue escutar o que ele diz:

— Você tem sorte de esse cara estar aqui. — O careca olha o relógio. — Você tem quatro dias; terça-feira que vem viremos cobrar.

Aleix concorda, porque não pode fazer outra coisa. Uma mão pousada em seu ombro o ajuda a se levantar. Ele se apoia em Rubén, que parece estar com pena.

— Sinto muito, cara — sussurra Rubén ao seu ouvido. Aleix percebe que ele está sendo sincero. Que, apesar de tê-lo levado para essa cilada, está preocupado com ele.

— Leva o rapaz pra casinha dele — diz o careca. — Já sabe o que tem que fazer.

Rubén o agarra pelos ombros e o leva até a porta. Ao sair, Aleix precisa parar; suas tripas se revolvem, os olhos estão cheios de lágrimas. E o que é pior, o medo de não saber como sair dessa o enche de agonia.

Na cozinha, Leire bebeu o copo de água devagar, enquanto pensava em como enfocar o assunto. Gina a observava com o semblante inexpressivo. Havia alguma coisa por trás disso, algo que se vislumbrava tanto nas lágrimas amargas de antes como em seu olhar apático desse instante.

– Você tem alguma foto de Marc? – perguntou ela em tom amistoso. – Eu gostaria de ver como ele era. – Era um tiro ao acaso, mas deu resultado. Gina relaxou e concordou.

– Sim, tenho algumas em meu quarto.

Subiram a escada até o quarto, e Gina fechou a porta. Sentou--se no computador e teclou depressa.

– Tenho muitas no meu Facebook – disse ela. – Mas estas são as da noite de São João. Não lembrava que tinha tirado.

Eram fotos improvisadas. As pizzas, os copos, a tradicional *coca de piñones*. Havia algumas de Aleix, mas a maioria era de Marc. O cabelo cortado rente, uma camiseta azul-marinho com números brancos e *jeans* desgastados. Um rapaz normal, mais para bonito, apesar de sério demais para uma festa. Leire examinava tanto as fotos como o rosto de Gina, e se tinha alguma dúvida de que a garota estivesse apaixonada, ela se dissipou imediatamente.

– Você estava bonita. – E era verdade. Era evidente que a garota tinha se arrumado para aquela noite. Leire a imaginou vestindo-se para agradar a ele. E havia terminado bêbada e so-zinha, depois de vomitar no banheiro. A pergunta escapou de seus lábios sem pensar: – Ele conheceu outra garota, não é? Em Dublin, talvez.

Gina ficou tensa na hora e minimizou a tela. Mas seu rosto dava a melhor resposta possível.

– Espera. – Uma lembrança súbita surgiu na mente de Leire: o cadáver de Marc no chão do pátio, o sangue seco na parte pos-terior da cabeça, os *jeans*, os tênis... E, se ela estivesse certa, uma camisa polo verde-clara que não tinha nada que ver com a cami-seta azul. – Ele trocou de roupa?

Aleix havia dito: "Se de repente você não souber o que respon-der, diz que não lembra". Gina tentou parecer estar desconcertada.

– Por que está perguntando isso?

– A roupa com que o encontraram não é a mesma que ele está usando nessas fotos.

– Não? A verdade é que não me lembro. – Os joelhos começaram a tremer sem que ela conseguisse fazê-los parar. Ela levantou e foi até a porta. O gesto não deixava margem a dúvidas: a conversa havia terminado.

O velho Citroën parou na mesma esquina onde havia recolhido Aleix duas horas antes. Não tinham falado nada durante o caminho; Aleix porque mal podia articular uma palavra, Rubén porque não tinha nada para dizer.

– Espera um momento – balbuciou Aleix.

O motorista desligou o motor e continuou em silêncio. Acendeu um cigarro.

– A coisa está séria – disse ele sem olhar para Aleix. – Desta vez tem muita grana em jogo, cara. Você tem que conseguir o dinheiro de qualquer jeito.

– Você acha que eu não sei? Que merda, Rubén!

– Consegue a grana, cara. Pede pros teus velhos, pros teus colegas, pra tua amiguinha... Ela está forrada, não está? Se algum dos meus amigos precisasse de quatro mil euros, eu ia fazer qualquer coisa pra descolar. Te juro.

Alex suspirou. Como podia explicar a Rubén que exatamente as pessoas que tinham mais dinheiro eram as que tinham mais dificuldade para soltá-lo?

A fumaça saía pela janela aberta, mas deixava o cheiro no carro. Aleix achou que ia vomitar.

– Você está bem?

– Não sei. – Ele pôs a cabeça para fora em busca de ar, um gesto inútil com aquele mormaço. De qualquer modo, inspirou com força.

– Escuta – Rubén havia atirado a bituca na rua –, quero que você saiba de uma coisa: a minha cabeça também está em jogo. Se essa gente chegar a acreditar que você ficou com... já sabe... Eles jogam em outro time, cara. Eu já te falei.

Era verdade. Os tratos entre Aleix e Rubén remontavam a um ano atrás, e haviam começado quase como um jogo: a possibilidade de conseguir umas fileiras grátis em troca de colocar parte da mercadoria em ambientes aos quais Rubén não tinha acesso. Aleix se divertira muito fazendo aquilo; era uma forma de transgredir as regras, de dar um pequeno passo para o outro lado. E quando, semanas antes, em vista de o negócio estar funcionando melhor do que o esperado, Rubén lhe propusera aumentar o volume de venda graças a esses novos colegas, ele não tinha pensado duas vezes. Na noite de São João ele tinha cocaína suficiente para animar as festas de metade da cidade.

— Porra, quantas vezes vou ter que te dizer? Marc ficou puto comigo e atirou a coca na privada. Eu não pude fazer nada. Você acha que eu estaria aguentando tudo isso se pudesse evitar?

— Foi por isso que você o empurrou?

A pausa foi tensa como um elástico esticado ao máximo.

— O quê?

Rubén desviou os olhos.

— Eu fui te procurar, cara. Na noite de São João. Sabia onde você estava, então, quando me cansei de te ligar, peguei a moto e me plantei na casa do teu colega.

Aleix olhava para ele, atônito.

— Já era tarde, mas a luz do sótão estava acesa. Dava pra ver do outro lado do portão. O teu colega estava na janela fumando. Eu tornei a te ligar no celular, e já estava indo embora quando...

— O quê?

— Bom, de onde eu estava, podia jurar que alguém o empurrou. Ele estava quieto, e de repente disparou de lá... E me pareceu ver uma sombra por trás. Não fiquei lá pra comprovar. Peguei a moto e me mandei a toda. Depois, no dia seguinte, quando você me disse o que tinha acontecido, achei que talvez tivesse sido você.

Aleix negou com a cabeça.

— Meu colega caiu da janela. E se você viu alguma coisa mais foi porque tinha enchido até o cu de tudo o que podia. Ou não?

– Bom, era noite de São João...

– De qualquer modo, é melhor você não contar que esteve por aqui.

– Pode ficar sossegado.

– Escuta, você tem...?

Rubén suspirou.

– Se aqueles imbecis ficarem sabendo que eu te dei, eles me matam.

Rubén preparou rapidamente duas carreiras na caixa vazia de um CD. Passou-as para Aleix, que aspirou com avidez a primeira. Olhou para o outro pelo canto do olho antes de devolver a caixa.

– Cheira a outra também – disse Rubén enquanto acendia outro cigarro. – Eu tenho que dirigir. E você está precisando.

11

"A última visita do dia", pensou Héctor quando o carro parou justamente diante da casa dos Castells. Uma mais e ele podia ir para casa e se esquecer de tudo aquilo. Arquivar aquele absurdo favor e se dedicar ao que realmente lhe importava. Além disso, por uma vez Savall ficaria contente: combinaria uma entrevista com a mãe do rapaz, diria que tudo tinha sido um infeliz acidente e passariam para outra coisa. Durante o caminho, sua companheira havia comentado com ele o detalhe da camiseta e sua insistente impressão de que Gina Martí não estava contando toda a verdade. Ele havia concordado, enquanto pensava sem o dizer que mentir não era a mesma coisa que empurrar um amigo de infância pela janela de um sótão. Uma janela que agora era visível por cima da cerca coberta de trepadeiras. Héctor dirigiu o olhar para ela e semicerrou os olhos; daquele ponto até o chão havia uns bons dez ou onze metros de altura. A troco de que os garotos teriam esse costume de fazer besteiras perigosas? Seria por tédio, vontade de correr riscos ou simples falta de consciência? Talvez as três coisas em proporções iguais. Meneou a cabeça ao pensar em seu filho, que estava entrando na adolescência, a fase pré-fabricada e cheia de clichês em relação à qual a única coisa que um pai pode fazer é se armar de paciência e esperar que tudo o que tentou ensinar no passado tenha surtido algum efeito que neutralize a ebulição hormonal e a estupidez congênita dessa idade. Marc Castells tinha quase vinte anos quando caíra daquela janela. Héctor continuou com os olhos fixos nela, e notou que um súbito temor que havia sentido outras vezes diante de mortes absurdas como aquela se apoderava dele – acidentes que poderiam ter sido evitados, desgraças que nunca deveriam ter acontecido.

Uma mulher de meia-idade e traços sul-americanos os acompanhou até o salão. O contraste entre a casa que acabavam de visitar e essa era tão grande que nem mesmo Héctor, para quem a decoração era uma matéria tão abstrata quanto a física quântica, pôde deixar de notar. Paredes brancas e móveis baixos, alguns quadros em tons quentes e uma suave música de Bach. Regina Ballester havia deixado bem claro que a atual senhora Castells lhe parecia insípida, mas o ambiente que ela havia criado em sua casa era de harmonia, de paz. O tipo de lar ao qual um sujeito como Enric Castells deseja chegar: tranquilo e bonito, de grandes vitrôs e espaços diáfanos, nem muito moderno nem clássico demais, que transpirava dinheiro e bom gosto em cada detalhe. Sem querer, notou que um caminho de mesa tinha um estampado geométrico branco e preto que ele reconheceu como um dos desenhos de Ruth. Talvez fosse isso que o tivesse feito sentir uma pontada de tristeza, que rapidamente se misturou a uma sensação de mal-estar, um resquício de rancor que ele reconheceu ser injusto. Alguém tinha morrido ali fazia menos de duas semanas, e no entanto a casa parecia ter se recuperado por completo; a tragédia estava neutralizada, tudo tinha voltado à normalidade. Bach flutuava no ambiente.

– Inspetor Salgado? Meu marido me avisou que viriam. Ele deve estar quase chegando. – Héctor compreendeu imediatamente por que Glòria Vergés e Regina Ballester não podiam ter mais que uma amizade superficial. – Deveríamos esperá-lo – acrescentou com um toque de insegurança na voz.

– Mamãe! Olha!

Uma menina de quatro ou cinco anos reclamou a atenção de Glòria, e esta não hesitou em concedê-la imediatamente.

– É um castelo! – anunciou a criança, levantando no ar um desenho.

– Ah... é o castelo onde vive a princesa? – perguntou a mãe.

Sentada a uma mesinha amarela, a menina observou o desenho e pensou na resposta.

– É! – exclamou afinal.

– E por que você não desenha a princesa? Passeando pelo jardim. – Glòria tinha se agachado ao seu lado, e dali se voltou para Salgado e Castro. – Querem beber alguma coisa?

– Se não se importar, gostaríamos de subir ao sótão – disse Salgado.

Glòria vacilou novamente; era evidente que seu marido lhe havia dado instruções precisas, e que ela não se sentia à vontade para lhe desobedecer. Por sorte, nesse momento alguém entrou na sala. Salgado e Castro se voltaram para a porta.

– Fèlix – disse Glòria, supreendida mas aliviada. – Este é o irmão do meu marido, o padre Fèlix Castells – apresentou.

– Inspetor... – O homem, muito alto e bastante corpulento, estendeu a mão para cumprimentá-los. – Enric acaba de me ligar. Surgiu um imprevisto, e ele vai se atrasar um pouco. Se precisarem de alguma coisa enquanto isso, espero poder ser útil, na medida do possível.

Antes que Héctor pudesse intervir, Glòria se aproximou deles.

– Desculpem, vocês se importariam de conversar em outro lugar? – Olhou de soslaio a menina e baixou a voz. – Natàlia passou muito mal esses dias, teve pesadelos terríveis. – Suspirou. – Não sei se é o melhor, mas estou tentando voltar à normalidade – acrescentou, quase em tom de desculpa. – Não quero que ela volte a se lembrar disso agora.

– É claro. – Fèlix a fitou com carinho. – Vamos para cima, o que acham?

– Eu subo com o senhor – disse Héctor. – Se importa que a agente Castro dê uma olhada no quarto de Marc? – Baixou a voz ao dizer o nome do rapaz, mas ainda assim a menina se voltou para eles. Era evidente que ela estava prestando atenção na conversa, apesar de parecer absorta em seu desenho. Até que ponto as crianças entendiam o que acontecia ao seu redor? Devia ser muito difícil explicar a uma menina da sua idade uma tragédia como aquela. Talvez a opção de sua mãe fosse a melhor: voltar à normalidade, como se nada tivesse acontecido. Se é que isso era possível.

O indesejado imprevisto de Enric Castells o está observando nesse momento do outro lado da mesa com uma mescla de curiosidade e desdém. É um bar tranquilo, principalmente no verão, porque as cadeiras de braços estofadas e as mesas de madeira escura transmitem uma sensação de calor que o ar-condicionado não consegue dissipar totalmente. Garçons de uniforme que se comportam com uma formalidade fora de moda e dois velhos sentados ao balcão, que devem passar todas as tardes por ali desde que sua saúde se tornou o tema das conversas. E eles dois, é claro, sentados na parte dos fundos do bar, quase encolhidos, como se estivessem se escondendo de alguém que pudesse entrar ali por acaso. Sobre a mesa há duas xícaras de café com seus respectivos pires e uma leiteirinha branca.

Vistos do outro lado do vidro, seus gestos são os de um casal em crise enfrentando um rompimento iminente e inevitável. Embora não se ouçam as palavras, há algo na atitude da mulher que denota crispação: ela abre os braços e meneia a cabeça como se o homem que se encontra diante dela a estivesse desapontando uma vez mais. Por seu lado, ele parece estar imune ao que a mulher pode lhe dizer: olha para ela com ironia, com um desinteresse dissimulado. Sua postura rígida, no entanto, contradiz essa indiferença. A cena prossegue assim durante alguns minutos. Ela insiste, pergunta, exige, tira do bolso uma folha de papel com algo impresso e a joga em cima da mesa; ele desvia a vista e responde com monossílabos. Até que de repente algo do que ela diz o afeta.

Isso fica evidente de imediato em seu semblante ensombrecido, no punho que se fecha antes que as duas mãos se apoiem, tensas, sobre a mesa, em sua maneira de se levantar, rápida, como se já não estivesse disposto a suportar mais nada. Ela olha pela janela, pensativa, volta-se para acrescentar alguma coisa, mas ele já se foi. A folha de papel continua em cima da mesa, entre as xícaras. Ela a pega e a relê. Depois a dobra com cuidado e torna a guardá-la no bolso. Reprime um sorriso amargo. E, como se fazê-lo lhe custasse um esforço enorme, Joana Vidal se levanta da cadeira e se encaminha devagar para a porta.

A palavra "sótão" faz pensar em tetos inclinados, vigas de madeira e velhas cadeiras de balanço, em brinquedos esquecidos e baús empoeirados – um espaço íntimo, um refúgio. O da casa dos Castells devia ser uma versão pasteurizada do termo: impoluto, de paredes brancas, perfeitamente arrumado. Héctor ignorava que aspecto teria esse quarto quando Marc ainda vivia, mas agora, duas semanas depois de sua morte, parecia um prolongamento perfeito do ambiente harmonioso do andar inferior. Nada velho, nada fora de lugar, nada pessoal. Uma mesa de madeira clara, vazia, perpendicularmente disposta à janela, para aproveitar a luz; uma cadeira cômoda e moderna, quase de escritório; estantes cheias de livros e DVDS, levemente iluminados pela luz da tarde que entrava pela janela, situada a meia altura. Um aposento impessoal, sem nada que se destacasse. A única coisa que evocava os sótãos de verdade era uma caixa grande, apoiada na parede que havia diante da mesa.

Héctor se dirigiu à única janela, abriu-a e pôs a cabeça para fora. Fechou os olhos e tentou visualizar os movimentos da vítima: sentado no parapeito, com as pernas penduradas e um cigarro na mão. Um pouco bêbado, o suficiente para que seus reflexos não fossem os de sempre, provavelmente pensando na garota que o esperava em seu quarto, embora, ao que parecia, sem muita vontade de segui-la para a cama. Talvez estivesse tomando coragem para terminar com ela ou, ao contrário, para lhe dar o que desejava. Era o seu momento de paz; alguns minutos nos quais ele arrumava o mundo. E ao terminar o cigarro ele passou uma das pernas para dentro com a intenção de dar meia-volta. Então o álcool fez efeito – uma tontura momentânea, mas fatal. Ele caiu para trás, seus braços se agitaram no vazio, o pé do chão escorregou.

Fèlix Castells havia ficado no umbral, observando-o em silêncio. Quando Héctor se afastou da janela, o padre se dirigiu a ele e fechou a porta.

– O senhor tem que entender Glòria, inspetor. Tudo isso tem sido muito difícil para Enric e a menina.

Héctor concordou. O que Leire havia dito antes? "Afinal de contas, ela não é mãe dele." Era verdade: a senhora Castells podia lamentar a morte de seu enteado, e sem dúvida o fazia, mas suas prioridades eram a filha e o marido. Ninguém poderia reprová-la.

– Eles se davam bem?

– Tão bem quanto se podia desejar. Marc estava numa idade complicada, e tinha a tendência de se fechar. Nunca foi um menino muito falante; passava horas aqui dentro ou em seu quarto, ou ainda praticando *skate*. Glòria o compreendia e, em linhas gerais, deixava que Enric cuidasse do filho. Isso não é difícil, meu irmão tende a se responsabilizar por quase tudo.

– E o seu irmão e Marc?

– Bom, Enric é um homem de muita personalidade. Alguns o descreveriam como antiquado. Mas ele amava demais o filho, é claro, e se preocupava com ele. – Ele fez uma pausa como se tivesse que ampliar a resposta e não soubesse como. – A vida familiar não é fácil hoje em dia, inspetor. Não vou ser tão retrógrado a ponto de ter saudade do tempo antigo, mas é claro que as rupturas e as separações provocam... um certo desequilíbrio. Em todos os afetados.

Héctor não disse nada e se dirigiu para a caixa. Intuía o que continha, mas surpreendeu-se: o celular de Marc, seu *no-*

tebook, vários carregadores, uma máquina fotográfica, cabos e um ursinho de pelúcia rasgado, totalmente deslocado no meio daqueles objetos tecnológicos. Tirou-o e mostrou-o ao padre Fèlix Castells.

— Era de Marc?

— Sinceramente, não me lembro. Suponho que sim.

As coisas dele bem guardadas, enfiadas numa caixa, como seu dono.

— Precisa de mais alguma coisa?

Na verdade, não, pensou Héctor. Apesar disso, a pergunta lhe escapou sem pensar:

— Por que ele foi suspenso do colégio?

— Isso foi há muito tempo. Não sei de que pode servir lembrar isso agora.

Héctor não disse nada; como esperava, o silêncio estimulou no outro a vontade de falar. Até mesmo um homem da idade de Fèlix, experiente em questão de culpas e absolvições, sentia-se pouco à vontade com ele.

— Foi uma bobagem. Uma brincadeira de mau gosto. De muito mau gosto. — Ele se apoiou na mesa e fitou Héctor nos olhos. — Não sei como lhe ocorreu fazer uma coisa assim, e estou sendo sincero. Me pareceu tão... impróprio de Marc! Ele sempre foi um rapaz mais sensível, de maneira nenhuma cruel.

Se o padre Castells queria intrigá-lo, estava conseguindo o seu objetivo, pensou Héctor.

— Havia um companheiro na classe de Marc. Óscar Vaquero. Mais tosco, pouco inteligente e — procurou a palavra, que obviamente o incomodava — um pouco... afeminado. — Suspirou e continuou falando, agora sem pausas. — Ao que parece, Marc o filmou nu nos chuveiros e colocou o vídeo na internet. O rapaz estava... bom, o senhor me entende, excitado, ao que parece.

— Ele estava se masturbando no vestiário?

O padre Castells assentiu.

— Que brincadeira!

– A única coisa que se pode dizer em favor do meu sobrinho é que ele confessou logo ter sido o autor. Ele se desculpou com o outro rapaz e retirou o vídeo poucas horas depois de tê-lo posto na internet. Por isso o colégio decidiu apenas suspendê-lo por algum tempo.

Héctor ia responder quando a agente Castro bateu na porta e entrou sem esperar resposta. Tinha uma camiseta azul na mão.

– Ela já foi lavada, mas é a da foto. Com certeza.

O padre Castells os observava, desconcertado. Algo mudou em seu tom, e ele se levantou da mesa. Era um homem grande, dez centímetros mais alto que Héctor, que, com seu metro e oitenta, não era exatamente baixo, e sem dúvida trinta quilos mais pesado.

– Escute, inspetor, Lluís... o delegado Savall nos havia dito que se tratava de uma visita extraoficial... principalmente para tranquilizar Joana.

– E é isso mesmo – respondeu Héctor, um pouco surpreendido ao ouvir o nome do delegado. – Mas queremos ter certeza de não deixar nenhuma ponta da meada solta.

– Inspetor, olhe aqui: na parte superior da camiseta, justamente debaixo do pescoço.

Umas manchas avermelhadas. Podiam ser muitas coisas, mas Salgado tinha visto manchas de sangue demais para deixar de reconhecê-las. Seu tom também mudou.

– Vamos levá-la. E – indicou a caixa – isso também.

– O que é que vão levar?

A voz vinda da porta surpreendeu a todos.

– Enric – disse Fèlix, dirigindo-se ao recém-chegado –, estes são o inspetor Salgado e a agente Castro...

Enric Castells não estava disposto a apresentações formais.

– Eu achei que havia deixado claro que não queríamos que nos incomodassem mais. Já estiveram aqui e revistaram tudo o que quiseram. Agora voltam e pretendem levar as coisas de Marc. Posso simplesmente perguntar por quê?

– Esta é a camiseta que Marc usava na noite de São João – explicou Héctor. – Mas não é a que ele vestia quando o encontraram. Por algum motivo, a roupa foi trocada. Provavelmente porque esta estava manchada. E, se não estou enganado, as manchas são de sangue.

Tanto Enric como seu irmão aceitaram a notícia em silêncio.

– Mas o que significa isso? – perguntou Fèlix.

– Não sei. Provavelmente nada. Talvez ele se tenha cortado por acidente e tenha trocado de roupa. Ou talvez nessa noite tenha acontecido algo que os garotos não tenham nos contado. De qualquer modo, a primeira coisa a fazer é analisar a camiseta. E voltar a falar com Aleix Rovira e Gina Martí.

A atitude de Enric Castells mudou de repente.

– Está me dizendo que nessa noite aconteceu algo que nós não sabemos? Algo que teve a ver com a morte do meu filho? – Ele perguntou isso com firmeza, mas estava claro que a frase lhe doía.

– É cedo para ter certeza de algo assim. Mas acho que interessa a todos chegar ao fundo do assunto. – Disse isso com toda a delicadeza de que era capaz.

Enric Castells baixou os olhos. Seu rosto indicava claramente que ele estava pensando em algo, decidindo o que fazer. Pareceu ter chegado a uma conclusão segundos depois, e, sem olhar para nenhum dos presentes, disse em voz clara:

– Fèlix, agente Castro, eu gostaria de falar com o inspetor Salgado. A sós. Por favor.

12

Aleix contemplava a comida do prato com uma sensação de impotência, mas ainda assim obrigou-se a começar. Devagar. Tinha a impressão de que seu estômago ia expulsar qualquer alimento como se se tratasse de um corpo estranho. Na casa dos Rovira, o jantar era servido às oito e meia, fosse inverno ou verão, e seu pai exigia que todos – quer dizer, basicamente ele – estivessem sentados à mesa a essa hora. Nesses dias, no entanto, seu irmão mais velho tinha voltado da Nicarágua, portanto seus pais tinham ao menos alguém com quem se entreter durante o jantar.

Ele os observava em silêncio, sem ouvir realmente o que diziam, pensando em como ficariam abismados se soubessem de onde ele viera e o que acabavam de lhe fazer. A ideia o divertiu tanto que ele teve que fazer um esforço para reprimir uma gargalhada. Não era isso que seu pai sempre dizia? "A família existe para compartilhar os problemas"; esse lema pairava no ambiente da casa desde que ele fazia uso da razão. E nesse momento se deu conta de que, apesar de suas ânsias de rebeldia, essa frase o havia afetado mais do que ele imaginava. Tanto fazia o que acontecesse da porta para dentro: dali para fora, os Rovira deviam ser um bloco, um exército de fileiras cerradas contra o mundo. Talvez sim, talvez devesse interromper o pai e dizer ali mesmo, em voz alta: "Sabe, papai? Hoje não tenho fome porque me deram uma surra uma hora atrás. Bom, é que eu tinha pegado alguns gramas de coca para vender e a perdi. Bom, para ser sincero, o idiota do Marc a tirou de mim e a jogou na privada, e agora eu preciso de algum dinheiro para que não voltem a me espancar. Não é muito, apenas quatro mil euros... um pouco mais, para eu ter certeza de que não me deixem o rosto marcado. Mas não se preocupe, aprendi a lição; isso não tornará a acontecer. Além disso, certamente a pessoa que a tirou de mim não vai tornar a fazer isso. O senhor vai me ajudar? Afinal de contas, como o senhor sempre diz, a família vem em primeiro lugar".

A tentação de rir ao imaginar a cara de espanto de seu pai era tão forte que ele pegou o copo de água e o tomou todo de uma vez. Imediatamente sua mãe o encheu de novo, com um sorriso amável, tão mecânico como seu gesto. Seu pai continuava falando, e num instante de lucidez, certamente devido ao efeito da cocaína, Aleix percebeu que ele não era o único que não prestava atenção: sua mãe se encontrava mentalmente em outro lugar, podia ver isso em seu olhar, e seu irmão... Bom, quem sabia o que Edu pensava? Observou-o pelo canto do olho: ele concordava com o que seu pai dizia, preso às palavras do doutor Miquel Rovira, ginecologista famoso, católico convicto e furioso defensor de valores como a vida, a família, o cristianismo e a honra.

De repente, Aleix teve a sensação de estar viajando em um vagão de trem que acelerava sem parar. Um suor frio lhe encheu a testa. Sua mão começou a tremer, e ele teve de apertar o punho para que ela parasse. Foi tomado por uma profunda vontade de chorar, algo que não sentia desde que era menino e estava na cama do hospital; aquele medo de que a porta se abrisse para dar passagem ao médico e às enfermeiras que o tratavam com uma falsa alegria que até ele, com sua pouca idade, percebia que era fingida; aquele tratamento tão doloroso como inevitável. Tivera sorte de poder contar com Edu. Ele não lhe pedia para ter força de vontade nem fingia que aquilo pelo que estava passando não era aterrador; sentava-se a seu lado todas as tardes e muitas das noites, e lia contos, ou lhe contava coisas, ou simplesmente lhe dava a mão para demonstrar que estava ali, que sempre, sempre poderia contar com ele. Não duvidava de que seus pais também lhe tivessem feito companhia nesses longos meses de hospital, mas era de Edu que ele se lembrava mais. Era com ele que havia forjado um vínculo que provava que a frase de seu pai estava certa: a família vem em primeiro lugar. Levou a mão ao bolso e comprovou que o *pen drive* que Gina lhe havia dado continuava no lugar. Suspirou devagar ao verificar que sim.

O suspiro devia ter sido mais sonoro do que imaginava, porque os olhos de todos os comensais se fixaram nele. Aleix tentou transformar o suspiro em tosse, com resultados ainda piores. Os olhos paternos passaram da estranheza ao desgosto. E então, só então, ele notou um cheiro acre que parecia vir de si mesmo, e segundos depois viu que acabava de vomitar o pouco que havia comido.

oi, gi, vc está aí?

estou.

como foi com a polícia?

bem... foi bom, acho. eles foram embora faz um tempinho.

o q você disse pra eles?

nada, você não confia em mim?

claro q sim.

...

...

gi... gosto muito de vc, sério.

:-)

de verdade... vc é a única amiga q eu tenho. e eu estou muito mal... muito mal.

você continua cheirando? continua cheirando, não é?

vou pra cama. bjs.

aleix, merda, o que está acontecendo? são só nove horas!!

nada, o jantar não me caiu bem. merda, é o meu irmão, tenho q desligar, amanhã conversamos.

Eduard entra em seu quarto com o semblante sério, fecha a porta e se senta na beirada da cama.

– Você está melhor? Mamãe ficou preocupada.

– Estou. Acho que a digestão parou por causa do calor.

O silêncio do irmão é uma prova evidente da sua incredulidade. Aleix sabe disso, e por um momento sente a tentação de desabafar.

– Você sabe que pode confiar em mim, não é?

"Não!", grita Aleix por dentro. "Não posso!"

Edu se levanta da cama e apoia a mão em seu ombro. E de repente Aleix volta a ser aquele garotinho assustado que esperava os médicos na cama do hospital. As lágrimas lhe escorrem pelo rosto sem que ele possa fazer nada para evitar. Tem vergonha de estar chorando como uma criança, mas já é tarde. Eduard repete, em um sussurro: – Você pode confiar em mim. Sou teu irmão. – E seu abraço é tão cálido, tão reconfortante, que Aleix já não consegue resistir mais e chora abertamente, sem o menor pudor.

Gina ficou olhando a tela alguns segundos mais, perguntando a si mesma por que Aleix só falava assim quando conversavam pelo computador. Seria só ele ou isso valia para todos os caras? Claro que as pessoas não ficavam o tempo todo dizendo que gostavam umas das outras; isso era constrangedor. Era algo que só sua mãe fazia, sem perceber que o fato de repetir a frase fazia o conteúdo perder o valor. Não se podia amar tanto a uma filha que não se destacava em nada. As pessoas deveriam amá-la por alguma razão. Marc, por exemplo: ele era terno, carinhoso, e sorria de verdade, com o rosto todo, e lhe explicava os problemas de matemática, que para ela eram hieróglifos indecifráveis, com uma paciência infinita. Ou Aleix, que era bonito, inteligente, brilhante. Até quando estava alto. Mas ela? Não tinha nada de especial, nem para o bem nem para o mal. Não era bonita nem feia, nem alta nem baixa; magra, sim, mas não com aquela magreza sensual das modelos: simplesmente magra, sem graça e sem curvas.

Pela segunda vez naquele dia, abriu as fotos que tinha postado no Facebook na noite de São João. Eram do princípio da noite. De quando ainda eram amigos. De antes da briga. Mas alguma coisa estranha pairava no ambiente. De tarde, ela e Aleix haviam concordado em não levar adiante o plano de Marc. Nem sequer se lembrava dos argumentos que Aleix tinha usado para convencê-la, mas sim que naquele momento lhe haviam parecido razoáveis. Sensatos. E tinha acreditado, inocentemente, que esses mesmos argumentos serviriam também para persuadir Marc. Mas não tinha dado certo. Nada tinha dado certo. Marc ficara furioso. Furioso de verdade. Como se o estivessem traindo.

Gina fechou os olhos. O que aquela policial fofoqueira tinha dito mesmo? "Ele tinha conhecido outra garota, não é? Em Dublin, talvez." Gina nunca tinha sentido ciúme antes de Marc voltar. Para ela isso era uma emoção desconhecida, e ninguém a havia preparado para a sua força. O ciúme corrompia tudo. Humilhava, aviltava, fazia a gente se tornar má. Fazia a gente dizer coisas que nunca teria pensado, coisas que jamais nos teriam passado pela cabeça. Ela nunca havia pensado em si mesma como uma garota apaixonada; isso era uma coisa dos filmes, dos romances, das músicas... Mulheres que são capazes de apunhalar os namorados porque são enganadas. Coisa ridícula. Quase digna de riso. E no seu caso ela nem tinha o consolo de ser a namorada enganada, não no sentido estrito da palavra. Não era culpa dele que Gina tivesse passado meses fingindo que eles eram namorados e repetindo para si mesma que algum dia, logo, ele perceberia que o carinho se transformara em outra coisa. Como alguém podia ser tão idiota? De modo que não tivera outro remédio a não ser engolir o ciúme, fingir que ele não existia, forçar um sorriso que disfarçasse o ódio de admiração. "Ela é bonita, não é?" Claro que era. Linda, loira e lânguida. Uma puta *madonna* do Renascimento. Mas o pior daquela foto

– a que Marc tinha baixado no dia seguinte à sua chegada, logo depois que ela lhe confessara que tinha sentido muitas saudades dele, ao que ele respondera: "Claro, Gina, eu também", sem olhar para ela, sem dar à frase mais importância do que ela tinha enquanto procurava no arquivo a bendita foto –, o pior, o mais doloroso, era ver a expressão de Marc ao olhar para ela. Como se quisesse guardá-la na memória, como se notasse a suavidade do seu cabelo ao acariciar o papel, como se descobrisse algo novo e maravilhoso naquele rosto a cada vez que a observava.

Por sorte ela tinha pegado aquela foto. Surpreendentemente, foi a primeira coisa que ela fez depois de ver Marc desconjuntado sobre as lajotas do pátio. Assim nenhum intrometido a encontraria – como aquela policial que se fazia de simpática e só queria confirmar o que já intuía. Que Gina não era boa o suficiente para ele. Que havia outra garota. Que na noite de São João ela tinha pedido pela primeira vez a sua mãe que a ajudasse a escolher um vestido e a se maquiar. Por que não? A tal Iris podia ser linda, mas não passava de uma foto. Não era real. Não estava ali. De certo modo, nem sequer estava viva. Ela sim.

Tirou a foto da gaveta e a apoiou no teclado. Gostaria de queimá-la, mas no quarto não tinha com quê, então conformou-se em cortá-la com uma tesoura: primeiro pela metade, na altura do nariz; depois continuou a picá-la em pedaços cada vez menores, até deixá-la reduzida a um desses quebra-cabeças de centenas e centenas de peças, tão pequenos que acabaram por se tornar irreconhecíveis.

13

S e é verdade que o escritório de um homem é o reflexo da sua personalidade, podia-se dizer que Enric Castells era um indivíduo organizado e sóbrio como poucos. Sua sala poderia ter sido o cenário de um filme de advogados com Michael Douglas como protagonista, pensou Héctor enquanto se sentava na cadeira de couro preto, rígida mas cômoda, e esperava que seu anfitrião se decidisse a lhe dizer a respeito de quê queria falar com ele.

O senhor Castells não se apressou; baixou a cortina com cuidado, puxou a cadeira que havia do outro lado da mesa de cristal com pés de alumínio e, depois de se sentar, moveu um pouco, apenas alguns milímetros, um telefone antigo, preto-brilhante, que se encontrava em uma das pontas. Héctor perguntou a si mesmo se se tratava de uma coreografia estudada para impacientar o interlocutor, mas o rosto de Castells indicava uma intensa concentração, uma preocupação que dificilmente poderia ser fingida. Devia ter sido um homem atraente antes que os anos e as responsabilidades lhe deixassem aquele ricto de amargura nos lábios finos, levemente curvados para baixo, em um gesto de eterno descontentamento que lhe enfeava a expressão. Seus olhos eram pequenos e de um azul desbotado, fatigado, tendendo ao cinza.

De repente, Enric Castells soltou o ar lentamente e apoiou as costas. Por um momento seus traços se relaxaram, e ao fazê-lo mostraram o rosto de alguém mais jovem e mais inseguro – definitivamente, mais parecido com o jovem Marc.

– Esta tarde falei com minha ex-mulher. – A expressão de desgosto tinha voltado a se apoderar de seu semblante. – Lamento dizê-lo, mas acho que ela está transtornada. Por outro lado, era de se esperar.

– Ah... – Héctor se ateve a sua técnica de dizer o menos possível. Além disso, não sabia muito bem o que dizer de um comentário como aquele.

– Inspetor Salgado – prosseguiu Castells em tom seco –, sei que as coisas parecem ter mudado muito nos últimos tempos, mas há atos que simplesmente vão contra a natureza humana. Abandonar um filho quando ainda nem começou a andar é um deles. E ninguém pode me convencer de que ações como essa não cobram um preço cedo ou tarde. Principalmente quando acontecem tragédias como a que acabamos de viver.

Héctor se supreendeu com o rancor que a frase destilava, tanto no conteúdo como na forma. Perguntou-se se esse rancor tinha estado sempre ali ou se havia ressurgido agora, depois da morte do filho que o casal tivera em comum. Castells parecia encontrar consolo em dar trela a esse ódio que não havia superado totalmente.

– O que eu quero dizer com isso é que não vou permitir que as suspeitas de uma neurótica provoquem qualquer dano a minha família. Mais dano do que já sofreu.

– Compreendo, senhor Castells. E prometo que respeitaremos sua dor na medida do possível. Mas, ao mesmo tempo – Héctor fitou seu oponente nos olhos, com seriedade –, precisamos fazer o nosso trabalho. Com consciência.

Castells sustentou o olhar. Avaliou-o. Nesse momento Héctor se sentiu incomodado; sua paciência começava a se esgotar. No entanto, antes que pudesse acrescentar qualquer coisa, Castells lhe perguntou:

– O senhor tem filhos, inspetor?

– Um.

– Então pode me entender com mais facilidade. – "Não posso", pensou Héctor. – Criei o meu da melhor maneira que pude. Mas precisamos assumir os nossos fracassos.

– Marc era um fracasso?

– Ele não; eu, como pai. Me deixei convencer por teorias modernas, assumi que a falta de sua mãe era um empecilho difícil de superar, algo que justificava sua apatia, sua... mediocridade.

Héctor se sentiu quase ofendido, de uma forma que não chegava a compreender.

– O senhor me olha como se eu fosse um monstro, inspetor. Mas acredite quando digo que amava meu filho, tanto quanto o senhor ao seu. Não tenho como reprová-lo, apenas posso reprovar a mim mesmo. Eu deveria ter sido capaz de evitar que algo assim acontecesse. Sim, já sei que o senhor acha que os acidentes são fruto do acaso, e não o nego. Mas não vou cair na armadilha segundo a qual todo mundo se exime das suas responsabilidades: os jovens bebem, os jovens fazem bobagens, a adolescência implica aguentar que seu filho faça o que lhe der na telha e esperar que ele se cure disso como se fosse uma gripe. Não, inspetor; a nossa geração errou em muitas coisas, e agora devemos arcar com as consequências. Nós e nossos filhos.

Então Salgado percebeu a dor. Uma dor real, tão verdadeira como seria a de uma mãe desfeita em lágrimas. Enric Castells não chorava, mas nem por isso sofria menos.

– O que o senhor acha que aconteceu, senhor Castells? – perguntou ele em voz baixa.

Castells não se apressou em responder. Como se arrancar as palavras fosse um grande esforço para ele.

– Ele pode ter caído. Não nego isso. Mas às vezes os acidentes têm um componente de desânimo, de indiferença.

Héctor concordou.

– Não acredito que Marc tivesse coragem nem motivos para se suicidar, se é isso que o senhor está pensando. E o que parece ser o que Joana receia, apesar de ela não dizer. Por outro lado, acho que ele era inconsciente ou irrefletido o bastante para fazer uma bobagem. Simplesmente para fazer. Para impressionar essa garota ou para se sentir mais homem. Ou simplesmente porque para ele dava na mesma. Eles têm quase vinte anos, e continuam brincando como se fossem crianças, como se não tivessem limites. Nada importa, tudo está bem, pense em você mesmo; essa é a mensagem que nós temos transmitido. Ou que permitimos que inculquem na cabeça deles.

– Entendo o que o senhor quer dizer, mas parece que Marc tinha voltado de Dublin mais adulto... ou não?

Castells concordou.

– Eu também acreditei nisso. Parecia ter amadurecido. Ter um objetivo claro na vida. Pelo menos era isso o que ele dizia. Eu também já tinha aprendido que no caso dele tinha que aguardar os fatos, não as palavras.

– Ele costumava mentir?

– De uma forma diferente da dos outros, mas sim. Por exemplo, a suspensão do colégio, essa história do vídeo postado na internet.

– Sim?

– A princípio pensei que era mais uma demonstração da falta de respeito que hoje impera; da falta de sensibilidade, até mesmo de pudor. De ambas as partes: tanto do rapaz que se masturba num lugar público como da de quem o filma e compartilha isso com o mundo todo. Asqueroso do começo ao fim.

Apesar de ver diferenças qualitativas entre ambos os comportamentos, Salgado não disse nada e aguardou; Castells ainda não havia terminado.

– No entanto, depois que tudo passou, quando o assunto já parecia esquecido, um dia Marc veio me ver aqui no escritório. Sentou-se nessa mesma cadeira em que o senhor está sentado agora e me perguntou como eu tinha podido acreditar que ele fosse capaz de fazer algo assim.

– Ele mesmo havia confessado.

– Eu lhe disse isso. – Sorriu com amargura. – Mas ele insistiu, quase com lágrimas nos olhos: "O senhor realmente acredita que eu fiz isso?", ele me perguntou. E eu não soube o que lhe responder. Quando ele saiu, fiquei pensando. E o pior é que não cheguei a nenhuma conclusão. Olhe, inspetor, eu não o enganei a respeito de Marc. Ele era preguiçoso, apático, mimado. Mas por outro lado, por tudo isso, às vezes acho que ele era incapaz de cometer um ato tão cruel. Podia ter zombado desse rapaz, ou melhor, ter permitido que zombassem dele, mas acho que nunca teria humilhado ninguém a sangue-frio. Isso não era próprio dele.

– O senhor quer dizer que ele levou a culpa por alguma coisa que foi outro que fez?

– Algo assim. Não me pergunte por quê. Tentei falar com ele, mas ele se fechou em copas. E sabe de uma coisa? Enquanto o enterrávamos, eu me maldisse várias vezes por não ter lhe dado a satisfação de lhe dizer que não, na verdade eu não acreditava que ele fosse capaz de ter cometido um ato tão desonroso.

Fez-se um silêncio que Héctor respeitou; podia não estar de acordo com esse homem, mas em parte o compreendia. Para Enric Castells, tudo na vida tinha um responsável, e ele havia assumido o papel de culpado no acidente do filho. Por isso rejeitava qualquer tipo de investigação; para ele, isso não tinha sentido.

– Sabe de uma coisa, inspetor? – prosseguiu Castells em voz mais baixa. – Quando recebemos o telefonema no dia de São João, de manhã cedo, eu soube que alguma coisa terrível tinha acontecido. Acho que é o que todos os pais recciam: um telefonema no meio da noite que parte a vida em dois. E de um modo ou de outro eu havia estado esperando que isso acontecesse, e ao mesmo tempo rezando pelo contrário. – Héctor podia apenas ouvi-lo nesse momento, mas de súbito a voz de seu interlocutor voltou a seu tom habitual. – Agora preciso decidir o que fazer com essa nova metade da minha vida. Tenho uma esposa maravilhosa e uma filha para cuidar e proteger. É hora de reformular muitas coisas.

– O senhor vai entrar na política? – perguntou Salgado, lembrando-se do que Savall tinha dito.

– É possível. Não gosto deste mundo em que vivemos, inspetor. As pessoas podem achar que certos valores estão ultrapassados, mas o certo é que ainda não conseguimos substituí-los por outros. Afinal de contas, talvez eles não sejam tão ruins. O senhor é religioso?

– Receio que não. Mas é como dizem: "Não existem ateus num avião em pane".

– É uma boa frase. Muito descritiva. Os ateus pensam que nós não duvidamos, que a fé é como um elmo que não nos deixa ver além. Estão enganados. Mas é em momentos como este que as crenças religiosas mostram seu verdadeiro sentido, quando sentimos que existe uma tábua à qual podemos nos aferrar para continuar nadando em vez de nos render e nos deixar levar pela corrente. Isso seria mais fácil. Mas não espero que compreenda.

A última frase tinha implícito um tom depreciativo que Héctor preferiu deixar passar em branco. Não tinha a menor intenção de discutir religião com um crente convicto que acabava de perder o filho. Castells esperou alguns instantes, e, ao ver que o inspetor não dizia nada, mudou de assunto.

– Pode me dizer por que quer levar as coisas de Marc? Há alguma coisa nelas que possa lhes ser útil?

– Sinceramente, não sei, senhor Castells. – Héctor se estendeu um pouco mais a respeito do detalhe da camiseta manchada e de suas suspeitas de que nessa noite tinha acontecido algo entre os amigos. Não queria dar muita importância a isso, mas ao mesmo tempo sabia que o pai da vítima tinha o direito de estar informado. – Quanto ao *notebook*, o celular e os demais objetos... não acredito que descubramos nada concludente, mas nos ajudarão a completar a investigação. São como os diários de antigamente: correspondência eletrônica, mensagens, ligações. Duvido que haja alguma coisa neles que sirva para esclarecer o que aconteceu, mas não custa nada dar uma olhada nisso.

– Receio que consigam obter muito poucas informações do *notebook*... Ele apareceu quebrado.

– Quebrado?

– Sim. Acho que deve ter caído no chão. A verdade é que não percebi isso até quatro ou cinco dias mais tarde.

De algum modo, Enric Castells se sentiu de repente pouco à vontade; ele se levantou da cadeira, dando por terminada a entrevista. Mas, já na porta, voltou-se para o inspetor.

– Leve as coisas do meu filho, se quiser. Duvido que lhe forneçam alguma resposta, mas pode pegá-las.

– Nós as devolveremos o quanto antes. Dou-lhe a minha palavra.

O olhar de Castells demonstrou uma leve indignação.

– São apenas objetos, inspetor – disse ele friamente. – De qualquer modo, quero lhe pedir que, se precisar de alguma coisa mais, entre em contato comigo em meu escritório. Glòria está muito preocupada com a menina. Natàlia é pequena, mas percebe tudo; tem perguntado pelo irmão, e é muito difícil explicar a uma criança o que aconteceu de modo que ela entenda.

Héctor fez um gesto de assentimento e o seguiu até o corredor. Castells avançava com os ombros eretos e as costas aprumadas. Qualquer resquício de fraqueza desapareceu assim que ele cruzou a porta. Voltava a ser o senhor da casa: firme, equilibrado, seguro de si. Um papel que, Héctor tinha certeza, devia ser esgotante.

Enquanto isso, Leire tinha ficado sentada na sala, observando Natàlia fazer desenho após desenho ante a eterna admiração de sua mãe. O padre Castells tinha saído pouco depois de Enric e o inspetor se fecharem no escritório do primeiro, e ela, uma vez confiscada a camiseta manchada, tinha sentado numa cadeira, à espera de que eles saíssem. Por um momento imaginou-se assim, fechada em casa numa tarde de verão, contemplando os progressos artísticos de um menino ou de uma menina, e a ideia a horrorizou. Pela enésima vez desde que fizera o teste na noite anterior, tentou se imaginar com um bebê nos braços, mas seu cérebro não conseguia formar a imagem. Não, as pessoas como ela não tinham filhos. A liberdade e a independência econômica eram a base de sua vida, assim como a concebia. Assim como gostava dela. E agora, apenas por culpa de um descuido, todo o seu futuro oscilava. Pelo menos, disse a si mesma com uma certa satisfação, o sujeito tinha valido a pena... Por desgraça, esse não pertencia à turma dos que gostavam que lhes levassem café da manhã na cama, e valorizava sua liberdade tanto quanto ela. Liberdade relativa, pensou, já que era escravo de um trabalho que o fazia viajar por todo o continente.

– Olha. – A menina tinha vindo até ela e lhe mostrava seu último desenho, um borrão indecifrável para Leire. – É você – esclareceu ela.

– Ah! E é pra mim?

Natàlia ficou em dúvida, e sua mãe falou por ela:

– Claro que é. Você dá pra ela, não é?

Leire estendeu a mão, mas a menina não se decidia a soltar o desenho.

– Não – disse ela afinal. – Outro. – E correu até a mesa em busca de outra de suas obras de arte. – Este.

– De qualquer modo, obrigada. E esse, o que é? – perguntou Leire, apesar de nesse caso estar mais evidente.

– Uma janela. O mano é feio.

Glòria Vergés se aproximou da filha. Seu olhar expressava uma profunda preocupação.

– Agora ela deu pra isso – sussurrou ela dirigindo-se a Leire. – Acho que ela tem a sensação de que ele é feio porque não está.

– Ele é feio – repetiu Natàlia. – Mano feio.

– Está bem, querida. – A mãe se agachou e lhe acariciou o cabelo liso e brilhante. – Por que você não vai buscar a boneca? Tenho certeza de que a...

– Leire.

— ... Leire vai ficar feliz se você a trouxer pra ela ver. – Deu um sorriso de desculpa para a agente Castro, e a menina se apressou a obedecer.

— Sinto muito – disse a agente. – Imagino que deve estar sendo muito complicado pra ela. Pra todos.

— É horrível. E o pior é que também não sabemos muito bem como explicar a ela. Enric acha que devemos dizer a verdade, mas eu não consigo...

— Ela era muito apegada ao irmão?

Glòria vacilou.

— Gostaria de dizer que sim, mas receio que a diferença de idade fosse grande demais. Marc basicamente a ignorava, e imagino que isso seja normal. Mas ultimamente, desde que regressou de Dublin, parecia sentir mais carinho por ela. E agora ela sente falta dele...

Antes que ela pudesse terminar, Natàlia entrou correndo. De algum modo, aquele barulho infantil, tão normal em qualquer outra casa onde vivesse uma criança, parecia estranho. Como se a decoração perfeita ficasse desequilibrada.

— Natàlia, meu bem...

Mas a menina não fez o menor caso dela e se dirigiu à mesa onde desenhava para recolher os papéis.

— Que organizada! – comentou Leire.

— Não é bem assim... Agora ela vai levá-los para o meu estúdio. – Sorriu. – Desde que eu também vou à "ecola", como ela diz, ela acha o máximo deixar as suas coisas na minha mesa. Vou ver o que ela está fazendo antes que seja tarde demais.

Leire, a quem essa cena de maternidade devotada começava a parecer insuportável, decidiu se levantar da cadeira e esperar o inspetor no carro.

Héctor a encontrou ali quando saiu carregando a caixa com as coisas de Marc. Alheia à sua aparição, ela olhava ensimesmada a tela do celular como se este fosse um corpo estranho, algo que tivesse acabado de cair em seu poder por arte de alguma magia que ela não conseguia decifrar. Ele teve de chamar a sua atenção para que ela abrisse a porta de trás. A moça balbuciou uma desculpa desnecessária e guardou o telefone no bolso.

— Você está bem? — perguntou ele.

— Claro. Estou vendo que conseguiu convencer Castells.

O desejo de mudar de assunto era tão evidente que Héctor não insistiu. Olhou seu próprio celular antes de entrar no carro; três telefonemas perdidos: dois de Andreu e um de seu filho. Até que enfim! Não queria responder a nenhum deles diante de Castro, então decidiu ir com ela até a Plaza Bonanova e depois continuar por sua conta.

— Leva tudo isso pra delegacia. Eu tenho que fazer umas coisas — disse ele enquanto entrava no carro. — Claro, o *notebook* está quebrado. Vocês não viram isso no dia em que estiveram aqui?

Leire hesitou. Ela tinha passado a maior parte do tempo no andar de baixo, acompanhando a retirada do cadáver.

— Na verdade — disse ela por fim —, não vimos nenhum *notebook*. O computador de mesa estava no sótão, e foi examinado pra ver se Marc havia deixado alguma mensagem nele, algo que pudesse ser interpretado como uma carta de suicídio. Não havia nada. Ninguém comentou, em momento algum, que tivesse visto outro computador.

Héctor assentiu.

— Pois havia um. No quarto dele, suponho. — Não disse mais nada, e a ideia de que o trabalho não fora feito como devia ficou pairando dentro no carro. O inspetor percebeu isso, e antes de descer comentou: — Também não acredito que isso nos leve a lugar algum. O mais provável continua sendo que o rapaz tenha caído acidentalmente. Vamos analisar a camiseta e ver o que conseguimos com isso. Ah, e quando soubermos de alguma coisa, vamos ter que falar com o outro rapaz, esse tal de Aleix Rovira. Mas na delegacia. Já estou cheio dessa história de visitar esses moleques na casa deles.

– Muito bem. Tem certeza de que quer ficar aqui?

– Sim, vou aproveitar pra fazer umas coisas para o trabalho – mentiu ele. E, levando em conta que já eram quase nove horas, era óbvio que não haveria muita coisa para fazer. – Te vejo amanhã. – Ia perguntar de novo se ela estava bem, mas ficou quieto; os assuntos de Castro não eram da sua conta. – Boa noite.

O carro se afastou, e Héctor levou alguns segundos para pegar o celular de novo e responder às ligações de Martina Andreu. Ela atendeu em seguida, mas a conversa foi breve, marca da casa da subinspetora. Não havia nada novo sobre o desaparecimento de Omar, mas sim sobre a cabeça de porco, que ao que parecia havia sido entregue por um açougue próximo, que costumava lhe fornecer vísceras para seus truques sinistros. Quanto ao falso doutor, parecia ter desaparecido da face da terra, deixando apenas um rastro de sangue. Não, os resultados ainda não haviam chegado, mas o mais provável era que o sangue fosse dele. Uma fuga precipitada ou um ajuste de contas de alguém que tinha levado todos os seus papéis, deixando apenas uma parte do arquivo de Salgado. O que, na verdade, era bem estranho. Andreu se despediu bruscamente, e Héctor ligou imediatamente para o filho, que, para não perder o costume, não atendeu o celular. Precisava falar com ele, pensou Héctor. Depois de um dia inteiro com pais de adolescentes mimados, queria ouvir a voz de Guillermo, assegurar-se de que tudo estava bem. Deixou mais uma mensagem e, depois de tê-lo feito, encontrou-se em pleno Paseo Bonanova sem nada para fazer, e decidiu caminhar um pouco.

Fazia tempo que não pisava nessa parte da cidade, e ao vê-la de novo ficou admirado ao comprovar o pouco que havia mudado. Quase todos os bairros de Barcelona tinham mudado nos últimos anos, mas era óbvio que a zona alta permanecia imune a isso. Nem turistas em massa, nem imigrantes, exceto as que trabalhavam limpando as casas da região. Ele se perguntou se aconteceria o mesmo em outras cidades: a existência de zonas impermeáveis, redutos que se protegiam dos novos ares, não de forma hostil, mas efetiva. O metrô não chegava à parte alta da cidade, seus habitantes tomavam os trens, o que para eles era diferente. Uma pitada de esnobismo que Ruth, por exemplo, tinha custado a vencer. Sorriu ao recordar como os pais dela tinham ficado horrorizados quando a filha única abandonara o tranquilo bairro de Sarrià, a poucas quadras de onde estava agora, e fora viver com um argentino, um *sudaca*, primeiro em Gracià e depois, que horror!, lá embaixo, perto do mar. Por muito que tivessem mudado depois da Olimpíada, as praias de Barcelona e seus arredores continuavam sendo um destino de terceira classe para eles. "A umidade vai matá-los", havia sido o comentário de ambos. E ele tinha absoluta certeza de que sua sogra tomava um táxi cada vez que ia sozinha ver a filha e o neto.

É claro que a capacidade de Ruth para escandalizar sua família não havia diminuído... Agora, separada, começando uma nova vida com uma mulher, tinha alugado um *loft* não muito longe do apartamento de Héctor, onde, além de morar, tinha espaço para seu estúdio. "Assim você continua ficando perto de Guillermo", tinha sido a sua ideia, rompendo os estereótipos de ex-mulheres vingativas. Ruth tinha pedido o justo, e ele o concedera sem hesitar. Nisso, como em tudo, haviam sido muito civilizados.

Deveria ter dito isso para o médico de loucos, pensou ele com um sorriso. "Escute, doutor, minha esposa me deixou por outra garota... O senhor ouviu bem, sim. Como a gente se sente? Pois olhe, é um chute no saco. Como se te desintegrassem de repente. E a gente fica com uma cara de babaca que o senhor não pode imaginar, porque durante dezessete anos você se sentiu orgulhoso de como se davam bem na cama, orgulhoso de ter sido quase o seu primeiro e, em teoria, único homem, apesar de que sempre existe um namoradinho de antes com o qual 'quase não fizemos nada, não seja bobo', e por mais que ela insista que as coisas mudaram há pouco tempo e te jure que descobriu o orgasmo com você e que gozou de verdade ao teu lado, e te diga, com uma sinceridade desconcertante, que isso é algo novo que ela precisa explorar, você olha pra ela meio aparvalhado, mais agoniado que incrédulo, porque se ela disse é porque tem de ser verdade, e se é verdade é que parte da tua vida, da vida de ambos, mas principalmente da tua, foi uma mentira. Como no *Show de Truman*, lembra, doutor? Esse cara que acredita que está vivendo a sua vida, mas está rodeado de atores que fazem o seu papel, e na verdade tudo não passa de uma ficção que outras pessoas inventam e representam. Pois é assim que a gente fica, doutor, com cara de Jim Carrey." Riu de si mesmo sem amargura enquanto esperava para atravessar. Apesar de ultimamente não o ter feito tanto, essa coisa de criar monólogos meio ridículos sobre si mesmo, ou às vezes sobre os outros, sempre lhe servira de terapia.

Caminhava devagar, descendo pelo Carrer de Muntaner até o centro dessa cidade que havia sido o seu lar durante tantos anos. Era um passeio comprido, mas tinha vontade de andar um pouco, retardar a chegada ao seu apartamento vazio. Além disso, havia algo nas ruas do Eixample, nessa grade geométrica de ruas paralelas e perpendiculares e nessas fachadas régias e antigas, que lhe transmitia paz e uma certa sensação de nostalgia. Havia explorado aquelas ruas e muitas outras com Ruth; com ela tinha visto tanto os monumentos como as tabernas. Para ele, Barcelona era Ruth: bela sem estrépito, superficialmente tranquila mas com cantos obscuros, e com esse toque de elegância de patricinha que era tão encantador quanto exasperante. Ambas tinham consciência de seu encanto natural, de ter esse quê indefinível que muitas outras gostariam de alcançar, mas que só podiam admirar ou invejar.

Chegou em casa esgotado, depois de caminhar por quase duas horas, e deixou-se cair no sofá. A mala recuperada o esperava a um canto, e ele evitou olhar para ela. Deveria ter jantado em algum restaurante pelo caminho, mas a ideia de comer sozinho em público o deprimia. Fumou, então, para matar a fome à base de nicotina e sentindo-se culpado por isso. Tinha deixado na mesinha os filmes que Carmen havia devolvido, uma seleção de clássicos com sua atriz favorita como protagonista. Quanto tempo fazia que não via *Janela indiscreta*? Não era um dos seus preferidos, gostava muito mais do inquietante ambiente de *Os pássaros* ou da obsessiva paixão de *Um corpo que cai*, mas era o que estava mais à mão, e, sem pensar muito, colocou-o no DVD. Enquanto começava, foi até a cozinha buscar pelo menos uma cerveja; achava que tinha visto uma de manhã na geladeira. Com ela na mão, voltou à sala de jantar e observou a tela do DVD, mas as imagens demoravam para surgir. Afinal, uma luz apareceu na tela: fraca, crua, estranha, brilhando em meio a um fundo apagado. Atônito, ele viu como a névoa se dissipava e a luz ganhava terreno. E então, sem poder desgrudar a vista da tela, viu o que jamais teria querido ver: a si mesmo, com o rosto transtornado pela raiva, espancando sem parar um velho sentado numa cadeira. Um calafrio lhe subiu pela espinha dorsal. A campainha do telefone o sobressaltou tanto que ele largou a cerveja. Tirou o fone do gancho com apreensão, com os olhos ainda postos nesse outro eu que ele quase não reconhecia, e ouviu uma voz de mulher, tomada pela raiva, que lhe gritava: "Você é um covarde, seu argentino de merda! Um grande filho da puta!"

14

"Estarei em bcn este fim de semana, e gostaria de te ver. T." Essa era a mensagem que Leire havia lido quando saíra da casa dos Castells. A mensagem à qual havia respondido, sem hesitar, quase sem pensar, levada pela vontade de vê-lo. Algo de que agora, depois de uma longa conversa com sua melhor amiga, ela se arrependia com todas as forças; algo que, unido ao mormaço estival e aos terríveis miados de uma gata no cio que passeava pelos telhados próximos, não a deixava dormir.

De pai barcelonês e mãe italiana, María era uma beleza morena que provocava estragos na população masculina. A seu metro e oitenta de curvas perfeitas unia-se um rosto sorridente, um enorme senso de humor e uma boca de caminhoneiro.

– Que merda! – disparou ela em pleno restaurante quando Leire expressou suas dúvidas sobre se devia explicar ou não a Tomás, "T" nas mensagens, que em seu último encontro ele lhe havia deixado um presente em forma de embrião. – Vamos, a gravidez te afetou o cérebro ou algo assim? Devem ser os hormônios infantis que estão te deixando idiota de vez.

– Não seja estúpida. – Leire afastou o *tiramisù*, que ela tinha devorado depois de um transbordante prato de *spaghetti alla carbonara*. – Você vai comer toda a musse de limão?

– Não! E você também não deveria... Você parece uma piranha devorando tudo. – Mas ela lhe passou a taça. – Escuta, falando sério. O que você ganha contando pra ele?

Leire deteve a colher no ar antes de atacar.

– Não é o que eu ganho ou deixo de ganhar. Ele é o pai. Acho que tem o direito de saber que existe um menino com os seus genes dando voltas pelo mundo.

– Está bem, e onde está esse menino agora? Quem vai carregá-lo no ventre durante nove meses? Quem vai pari-lo gritando como uma louca? Ele só soltou quatro bichinhos e se mandou, porra! E se nesse fim de semana não tivesse ficado sem programa, você nunca mais ouviria falar dele.

Leire sorriu.

– Você pode dizer o que quiser, mas ele me mandou uma mensagem.

– Espera aí, o que você quer dizer com isso? Não, não fica vermelha e responde.

– Nada. – Ela enfiou uma colherada de musse na boca. Estava uma delícia. – Deixa quieto. Talvez você tenha razão. Quando eu me encontrar com ele eu decido.

– Quando eu me encontrar com ele eu decido... – repetiu María em tom de gozação. – Terra chamando Leire Castro! Houston, temos um problema. Pode-se saber onde está Leire "um encontro apenas" Castro? Não era você que sempre dizia que o amor é uma invenção perversa de Hollywood pra dominar as mulheres do mundo?

– Tudo bem, dá um tempo, por favor! – Leire bufou. – É a primeira vez na vida que eu fico grávida. Desculpa se eu não sei o que fazer.

María a fitou com carinho.

– Escuta, só mais uma coisinha antes de mudar de assunto. Eu também tenho umas histórias pra te contar. – Ela parou antes de perguntar: – Você tem certeza de que quer ter essa criança?

– Tenho. – Ela hesitou. – Não. Bom... Tenho certeza de que ele está aqui – disse ela apontando a barriga – e de que vai nascer em sete meses. – Acabou a musse e lambeu a colher. – Bom, e você? O que aconteceu com Santi?

– Vamos sair de férias! – exclamou María, radiante.

– Mas ele não ia com uma ONG? Para abrir um consultório na África?

– Isso. E ele me pediu para ir junto com ele.

Leire se esforçou para não cair na gargalhada. A visão de María construindo qualquer coisa, ainda mais um consultório em uma aldeia africana, lhe parecia mais marciana ainda do que a de si mesma arrumando um bercinho.

– Vou ficar só alguns dias.

– Quantos?

– Doze – mentiu ela. – Bom, talvez mais, ainda não sei. Mas vai ser demais; nós dois vamos fazer uma coisa útil. Olha, estou cheia de caras que só falam de futebol, dos seus chefes ou do tanto que sofreram por causa da última namorada, de metrossexuais que roubam os teus cremes e de divorciados que esperam que você cuide dos filhos deles nos fins de semana em que eles têm de ficar com as crianças. Santi é diferente.

– Ah... – Os gostos de ambas em relação a homens eram uma fonte inesgotável de discussão, mas uma parte fundamental de sua amizade. Elas jamais tinham gostado do mesmo tipo de homem. Leire achava Santi um chato metido que precisava de um bom desodorante. E ela tinha certeza de que María ia achar que Tomás era um conquistador barato que acreditava que era George Clooney só porque usava terno com camisa branca e tinha uns dentes perfeitos. Ergueu o copo de água e disse em voz alta:

—Vamos brindar ao turismo sexual solidário!

María a imitou com seu copo de vinho tinto.

— Pelo turismo sexual solidário! E pelos bichinhos que deixam rastro!

— Peste!

O lençol estava todo amassado de tanto ela se virar. Leire fechou os olhos e tentou relaxar na escuridão. Uma escuridão quente, porque não havia a menor brisa; a janela aberta só servia para que o quarto fosse invadido pelos miados da bendita gata. Fazia apenas alguns meses que ela estava nesse apartamento, e durante as primeiras semanas acordara sobressaltada pelos gemidos que pareciam o choro de um bebê; ela saía para o pequeno terraço à procura da fonte daqueles soluços lancinantes sem conseguir descobrir de onde vinham, até que afinal, uma noite, cruzou com os olhos daquela gata insone, imóvel como uma estátua, que a observavam impassíveis ao compasso daquele miado felino. Agora ela já se acostumara, apesar de no fundo continuar se sentindo incomodada com aquele grito animal, aquele instinto fodido que pedia por sexo sem o menor pudor. Nesse momento pensou que fechar a janela só diminuiria os gemidos, e por outro lado aumentaria o calor.

Acendeu um cigarro, apesar de nesse dia já ter consumido os cinco que havia determinado fumar, e saiu para o diminuto terraço, apenas um quadrado com dois vasos de barro pendurados na balaustrada e uma mesinha redonda de madeira. Procurou a gata com o olhar; ali estava ela, agora subitamente calada, contemplando-a como um pequeno buda de bigodes. As primeiras tragadas a tranquilizaram um pouco; uma falsa paz, ela sabia, mas, de qualquer modo, paz. Como se quisesse lembrá-la de sua existência, a gata miou de novo do telhado em frente, e Leire a fitou com mais carinho que antes. Terminado o cigarro, ela o atirou no chão, surpreendendo-se com isso, mas sem vontade de ir buscar um cinzeiro. A gata a observava, e inclinou a cabeça em um gesto de franca reprovação. "Você está com fome?", perguntou Leire em voz baixa, e pela primeira vez desde que morava ali lhe ocorreu a ideia de pôr um pouco de leite para ela numa tigela. Fez isso e se meteu em casa, certa de que o animal se aproximaria assim que a visse fora dali. Ficou alguns minutos postada na porta, com a luz de dentro acesa, à espera de que a gata vencesse o medo e saltasse no terraço, mas não percebeu o menor movimento. De repente sentiu-se esgotada e resolveu voltar para a cama; eram quatro e vinte, e com um pouco de sorte ainda poderia dormir pelo menos duas horas e meia. Já deitada, esticou a mão e pegou o celular. Duas novas mensagens de Tomás: "Chego amanhã Sants, trem-bala 17:00. Estou louco para te ver. T.". "Ah, tenho uma coisa pra te propor. Beijos."

Ela pousou a cabeça no travesseiro já frio e fechou os olhos, decidida a dormir. Nesse momento doce que precede a perda de consciência, pensou no sorriso de Tomás, no teste de gravidez, no turismo sexual solidário e na tigela de leite do terraço, até que de repente um detalhe destoante, uma coisa fora de lugar, a acordou de novo. Sentou-se na cama subitamente alerta e tentou se lembrar. Sim, tinha certeza. Visualizou o sótão de onde o jovem Marc Castells havia caído para o vazio, a janela, o parapeito, o corpo no chão. E compreendeu que algo não se encaixava, que a sequência de acontecimentos não podia ser do jeito que eles a tinham reconstruído. Havia alguma coisa deslocada naquela cena, algo tão simples como um cinzeiro no lugar errado.

sexta-feira

15

O café da manhã era um dos momentos preferidos de Ruth. Ela o tomava na cozinha, sentada em um banquinho alto, e lhe dedicava o tempo necessário. Gostava do ritual de preparar o suco de laranja e as torradas, da combinação do cheiro do café com o do pão quente. Era um prazer que nunca tinha conseguido compartilhar com nenhum dos seus companheiros; Héctor comia muito pouco de manhã, e com Carol era a mesma coisa. E como eles costumavam olhá-la entre surpreendidos e incrédulos ao vê-la dedicar tanta atenção a cada detalhe, desfrutava muito mais quando o fazia sozinha. Algumas vezes ela havia questionado se esse prazer matutino e solitário não seria um prenúncio do que a esperava no futuro; cada vez com mais frequência via a si mesma como uma pessoa inclinada à independência, algo curioso para alguém que, na verdade, nunca havia ficado sem companhia. Seus pais, seu marido, seu filho, e agora Carol... Franziu o cenho ao pensar que não conseguia chamá-la por outro nome que não fosse o dela: "amante" soava vulgar, "namorada" era algo que ainda não conseguia dizer, e "companheira" lhe parecia falso, um eufemismo chocho para dissimular a verdade. Enquanto passava manteiga na torrada com um cuidado raro e a cobria com uma fina camada de geleia de pêssego feita por ela mesma, perguntou-se o que era Carol na verdade. Era a mesma pergunta que a própria interessada lhe havia feito na noite anterior, depois da discussão com Héctor, e para a qual parecia que Ruth não conseguira dar uma resposta satisfatória, já que o jantar para dois havia ficado intacto, e Carol, sua amante, sua namorada, sua companheira ou o que quer que fosse, tinha voltado para o seu apartamento envolta num silêncio desagradável, sem que ela fizesse o menor esforço para evitá-lo. Sabia que uma palavra teria sido suficiente para detê-la, um simples aperto de mão para dissipar seu ataque de impaciência ou de ciúme, mas simplesmente não tivera vontade de fazer isso. E, apesar de depois terem conversado por telefone durante quase uma hora, que Carol havia ocupado desculpando-se por sua brusca partida e reiterando-lhe sua compreensão e seu amor incondicional, a sensação de cansaço não diminuíra nem um pouquinho. Ao contrário, toda a cena havia despertado nela uma louca vontade de sumir, de sair por um fim de semana, esse fim de semana, sem esperar mais, para algum lugar onde pudesse ficar sossegada, sem pressões, sem desculpas nem promessas de amor. "Que merda de noite!", disse Ruth para si mesma. Ela tinha chegado de bom humor, disposta a desfrutar uma noitada agradável com Carol, e a encontrara histérica, gritando ao telefone, xingando seu ex-marido como uma possessa. Pedira-lhe explicações com o olhar, e por fim conseguira que ela desligasse o telefone e lhe contasse a que vinha aquela cena surrealista. Carol se limitara a dizer: "Veja você mesma. Isso estava dentro da caixa de alfajores que o cretino do teu ex te deu ontem". E depois de dizer isso apertara o botão do controle remoto. A tela se havia enchido de imagens dela e de Carol, filmadas dias atrás; ambas em uma praia nudista de Sant Pol, ao cair da tarde. Ruth se lembrava bem desse dia, mas ver aquilo ali, ver os seus beijos transformados em uma gravação barata e grosseira, provocou nela uma profunda sensação de repugnância. O fato de ver os corpos de ambas acariciando-se naquela praia solitária despertou nela uma súbita sensação de pudor. A partir daí as coisas tinham ido de mal a pior. Ela tinha tentado argumentar com Carol, dizer que Héctor estava na Argentina quando as imagens haviam sido filmadas, e que, mesmo que ele estivesse ali, jamais teria cometido um ato tão... obsceno. Por fim Carol havia cedido, apesar de continuar argumentando que havia detetives particulares encarregados de fazer esse tipo de coisa e de perguntar como essa merda de DVD fora parar na caixa de *alfajores* que Héctor lhe havia dado de presente e por que Ruth defendia mais o ex-marido do que a ela, e fazer afinal a pergunta crucial: "Que diabo eu sou na tua vida?" Perguntas que não tinham resposta e que haviam mergulhado Ruth numa vertigem esgotante. Ela só queria atirar aquele vídeo no lixo e esquecer tudo aquilo. Mas antes pensou que precisava ligar para Héctor e falar com ele, ter uma conversa rápida para tranquilizá-lo, o que, é claro, Carol não compreendeu de modo algum. Quando desligou ela já tinha ido embora, e de repente Ruth se sentiu aliviada por estar sozinha afinal.

Continuava remoendo a mesma ideia, apesar de estar absolutamente consciente de que Carol não ia gostar, e não sem razão: tinham planejado fazer algumas coisas nesse fim de semana, aproveitando que Guillermo não voltaria até domingo à noite. De acordo com Carol, precisavam de mais tempo juntas. Acordar, almoçar, jantar e dormir juntas, como um casal de verdade. Ruth tinha ficado olhando para ela sem saber como se explicar; não podia dizer que essa lenga-lenga de atividades em comum, enunciadas em tom mais imperativo que carinhoso, lhe havia soado mais como um castigo que outra coisa. Precisava ter paciência com Carol, disse a si mesma enquanto atacava a segunda torrada. Ela era jovem, impetuosa, e tendia a ser exigente quando queria demonstrar carinho. Essa atitude, essa franqueza extrema que a princípio havia conseguido derrubar as defesas de Ruth quando elas se haviam conhecido no ano anterior, revelava-se extenuante no dia a dia. Carol tinha os olhos mais negros que Ruth já vira, e um corpo perfeito, forte sem deixar de ser feminino, esculpido à base de horas de Pilates e dietas rígidas. Era sem dúvida uma bela mulher: não simplesmente bonita, mas linda. E, por outro lado, sua insegurança, o medo diante da possibilidade de que Ruth renegasse essa nova sexualidade descoberta aos trinta e sete anos, lhe dava um ar frágil que, combinado com seu temperamento apaixonado, tornava-se irresistível. Nada era plácido em Carol, refletia Ruth; ela explodia e se arrependia, passava do ciúme frio a uma paixão transbordante, ria às gargalhadas ou chorava como uma garotinha diante de qualquer filme triste. Um encanto, sim, mas um encanto que podia ser constrangedor.

No segundo café ela já havia tomado uma decisão. Ligaria para os pais e, se eles não fossem para lá, passaria o fim de semana no apartamento de Sitges. Não costumava ir no verão porque a multidão a agoniava, mas precisava de um refúgio próximo e conhecido, e isso era melhor do que nada. De repente a perspectiva de passar três dias sozinha, fazendo o que lhe desse na telha, pareceu-lhe maravilhosa, e, apesar de ainda ser cedo, ligou para a mãe para saber se o apartamento estava livre, cruzando os dedos para que a resposta fosse afirmativa. Foi, e então, sem perder um minuto, mandou uma mensagem para Carol comunicando-lhe seus planos, um texto breve e seco, que não admitia réplica. Hesitou um segundo, no entanto, antes de fazer o mesmo com Héctor; não tinha por que informá-lo de suas idas e vindas, mas na noite anterior tinha notado que ele estava preocupado. Seu tom de voz denotava inquietação, e Héctor, que tinha muitos defeitos, não era homem de se perturbar facilmente. Brincou com o celular, até que por fim decidiu falar com ele.

– Alô! – respondeu ele quase antes que o telefone tocasse. – Tudo bem?

– Sim, sim – apressou-se ela a esclarecer. – Escuta, ontem à noite você me deixou preocupada. Precisa me contar o que está acontecendo.

Ele suspirou profundamente.

– A verdade é que não tenho a menor ideia. – Héctor lhe contou com um pouco mais de calma a mesma coisa que lhe havia dito na noite anterior: aquela velada ameaça que parecia pairar sobre ele e, talvez, sobre sua família. – Não acredito que aconteça nada, talvez só pretendam me deixar nervoso, criar problemas, mas se por acaso... fica atenta, está bem? Se notar alguma coisa estranha ou suspeita, me avisa imediatamente.

– Claro. Na verdade, liguei pra te dizer que vou a Sitges este fim de semana. Para a casa dos meus pais. No caminho vou aproveitar para passar por Calafell e pegar o Guillermo domingo à noite.

– Você vai sozinha? – Ele perguntou isso mais por medida de segurança que por outra coisa, mas na mesma hora se arrependeu, e o tom áspero de Ruth lhe confirmou que havia sido uma intervenção inoportuna.

– Você não tem nada com isso.

– Desculpa. Eu não... não queria me meter na tua vida.

– Ah. – Ruth mordeu a língua para não ser desagradável. – Mas deu a impressão. Tchau, Héctor, segunda nos falamos.

– Sim, fica bem. E Ruth... – Era evidente que ele não sabia como se expressar. – O que eu disse: se você notar alguma coisa estranha, liga pra mim imediatamente, está bem?

– Tchau, Héctor. – Ruth desligou em seguida, e viu que havia duas chamadas perdidas de Carol. A última coisa que queria era discutir, de modo que optou por ignorá-las, e começou a preparar as poucas coisas que queria levar consigo.

Héctor também não perdeu tempo. Tinha dormido muito pouco e mal, como de costume, mas nessa manhã a falta de sono se traduziu em hiperatividade. Independentemente do que havia dito a Ruth, estava preocupado. Principalmente porque, apesar de pressentir a ameaça, não sabia de onde viria, nem o que estava realmente acontecendo. Algo lhe dizia que não era só ele que corria esse perigo indeterminado, que a vingança, se é que era disso que se tratava, se estenderia àqueles que o rodeavam. Quando, na noite anterior, conseguira por fim se comunicar com o filho, soltara um suspiro de alívio. Guillermo estava encantado na casa de seu amigo, e por um momento Héctor ficou tentado a lhe dizer que ficasse ali mais alguns dias, mas, apesar de isso ser possível, não o fez; tinha uma enorme vontade de vê-lo. Entre os acontecimentos que haviam antecedido sua partida para Buenos Aires e a viagem em si, fazia um mês que o vira pela última vez. E tinha muita saudade dele, mais do que nunca. De certo modo, a relação com o filho fora se estreitando à medida que ele crescia. Héctor não podia presumir ter sido um pai modelo; o excesso de trabalho, por um lado, e por outro uma verdadeira incapacidade de se emocionar com as brincadeiras infantis, o haviam transformado em um pai carinhoso, mas vagamente ausente. Entretanto, nos últimos tempos tinha se surpreendido com a maturidade com que Guillermo aceitava as mudanças de sua vida. Era um garoto introvertido sem chegar a ser insociável, que havia herdado da mãe a habilidade para o desenho e do pai um ar irônico que o fazia parecer mais velho. Héctor se pegara pensando que não apenas amava o filho, disso não tinha a menor dúvida, mas que além disso se dava muito bem com ele, e entre ambos havia começado a se estabelecer uma relação que, se não era de amizade – isso lhe parecia absurdo –, tinha laivos de camaradagem. A separação, o fato de terem que passar alguns fins de semana sozinhos, havia contribuído para melhorar a relação entre pai e filho, em vez de atrapalhá-la.

Mas na noite anterior Héctor não se havia limitado a confirmar que sua família estava sã e salva; tinha feito outra ligação, para um número que ainda conservava em sua agenda da época em que investigava o caso das garotas nigerianas. Tinha marcado uma entrevista com Álvaro Santacruz, doutor em teologia especializado em religiões africanas que dava aulas na Faculdade de História. Seu nome havia surgido como perito na matéria durante suas pesquisas anteriores, mas não tinha chegado a falar com ele. Agora sentia a imperiosa necessidade de obter a ajuda de alguém que jogasse um pouco de luz no assunto, alguém que pudesse acrescentar certo rigor a suas suspeitas. O doutor Santacruz o esperava às dez e meia, a ele e a Martina Andreu, em sua sala na faculdade, e foi para lá que ele se dirigiu. Tinha se encontrado com Andreu um pouco antes, para que ela o pusesse em dia com as novidades, se é que havia alguma.

Continuava havendo mais perguntas que outra coisa. Uma subinspetora Andreu cheia de olheiras, que também não parecia ter dormido particularmente bem naquela noite, o informou a respeito enquanto tomavam o café da manhã numa cafeteria perto da faculdade.

– Definitivamente, há algo estranho nesse doutor Omar – disse Andreu. – Bom, o pouco que sabemos já é bem estranho. Vejamos: nosso estimado doutor chegou à Espanha há oito anos e se instalou em Barcelona há cinco. Antes esteve no Sul, apesar de não estar muito claro o que fazia lá. O que se sabe realmente é que ele chegou aqui com dinheiro suficiente para comprar aquele apartamento e começar com suas histórias. E ou ele guardava dinheiro em uma gaveta em casa, ou os negócios em que estava metido não rendiam muito. Suas movimentações bancárias eram raras, e ele não vivia com muito luxo, como você viu. Sempre resta a possibilidade de que ele mandasse o dinheiro para fora, mas no momento não sabemos de nada. Segundo as aparências, o doutor Omar, cujo verdadeiro nome é Ibraim Okoronkwo, vivia modestamente de suas consultas. Se não fosse pelo que aquela garota disse, e pode ser que ela tenha se enganado, nós não teríamos nada que o relacionasse com a rede de tráfico de mulheres, nem com nenhum outro crime além de vender água sagrada para curar gastrite e afugentar os maus espíritos.

Héctor assentiu.

– E a respeito do seu desaparecimento?

– Nada. A última pessoa que o viu foi esse seu advogado, Damián Fernández. O sangue que havia na parede e no chão indica um sequestro ou algo pior. E a bendita cabeça de porco parece uma mensagem, mas pra quem? Pra nós? Pra Omar?

Héctor se levantou para pagar, e Andreu se juntou a ele no balcão. Atravessaram a rua e foram juntos para o escritório do doutor Santacruz.

A Faculdade de História era um prédio feio, e os amplos corredores, meio vazios no mês de julho, também não ajudavam. Os doutores em teologia intimidavam de algum modo um ateu convicto como Héctor, mas o doutor Santacruz, um homem mais perto dos sessenta que dos cinquenta cuja aparência não tinha muito de místico, unia a seus conhecimentos uma ampla base investigativa. Seus livros sobre cultura e religião africanas eram clássicos estudados nas faculdades de antropologia de toda a Europa. Apesar de sua idade, Santacruz parecia se conservar em plena forma, para o que contribuía uma estatura de quase um metro e noventa e umas costas de *pelotari* basco. Héctor não podia imaginar nada mais oposto a um teólogo, e isso o fez sentir-se mais à vontade.

Santacruz ouviu com atenção e absoluta seriedade o que eles tinham para lhe contar. Héctor se remeteu à operação contra o tráfico de mulheres e à morte de Kira, e logo passou a lhe relatar os últimos acontecimentos, mas omitiu tanto a surra que havia dado em Omar quanto aqueles misteriosos DVDs que tinham aparecido na última noite e dos quais nem Andreu tinha a menor ideia. Falou-lhe do desaparecimento de Omar, da cabeça de porco e do relatório com o seu nome. Quando terminou, seu interlocutor permaneceu um momento calado, pensativo, como se algo do que tinha ouvido não o tivesse convencido plenamente. Meneou ligeiramente a cabeça em um gesto de negação antes de falar.

– Sinto muito. – Remexeu-se na cadeira, incomodado. – Tudo isso que o senhor me contou realmente me surpreende. E me preocupa, para ser sincero.

– Por alguma razão especial? – perguntou Andreu.

– Sim. Por várias coisas. Vejam, a parte das prostitutas não é nenhuma novidade. O vodu, em sua pior acepção, tem sido usado como um meio de controle. Esses ritos dos quais ouviram falar são absolutamente reais, e, para os que acreditam neles, de uma grande eficácia. Essas meninas estão convencidas de que sua vida e a vida de sua família estão ameaçadas, e de fato, de certo modo, estão. Eu poderia lhes contar vários casos que presenciei durante meus estudos na África e em certas partes do sul do Caribe. O condenado passa alguns dias mergulhado no mais profundo terror, e é esse terror que ocasiona a sua morte.

– E então? – perguntou Héctor, um pouco impaciente.

– O terror absoluto é uma emoção difícil de explicar, inspetor. Não obedece à lógica nem pode ser curado com argumentos. Além disso, como certamente aconteceu nesse caso, a vítima escolheu uma forma de morrer rápida, para aliviar o pânico e ao mesmo tempo salvar a família. Não tenham dúvida de que essa pobre menina se imolou, por assim dizer, convencida de que era sua única saída. E, ainda que lhes pareça absurdo, para ela era mesmo.

– Isso eu entendo. Pelo menos acho que entendo – comentou Héctor –, mas o que é que o surpreende?

– Tudo o que aconteceu depois. O desaparecimento desse indivíduo, esse grotesco episódio da cabeça de porco, suas fotos num relatório... Isso não tem nada que ver com o vodu em sua forma mais pura. Parece mais uma encenação. Um teatro dedicado a alguém. – Fez uma pausa e observou os dois detidamente. – Intuo que há algo que não querem me contar, mas, se quiserem que eu os ajude, devem responder a uma pergunta. Esse homem tem alguma dívida pendente com algum de vocês?

Houve um instante de hesitação antes de Salgado responder.

– Pode ser. Não – corrigiu –, ele tem.

O doutor Santacruz poderia ter sorrido de pura satisfação, mas seu semblante passou a expressar uma inquietude clara e franca.

– É o que eu temia. Vejam, vocês têm que entender isto. Por poderosa que seja a magia, como às vezes a chamam, ela é absolutamente inócua para aqueles que não acreditam nela. Estou errado ao pensar que o senhor é o mais cético, inspetor? Não apenas no que se refere a esse tema, mas em todos os relacionados com as ciências ocultas? Não, já imaginava. Mas se o senhor receia por sua família, pela segurança dos seus...

– Por acaso eles estão em perigo?

– Não me atrevo a dizer tanto, nem desejo alarmá-lo. É só que... como diria? Eles querem que o senhor sinta medo, querem inquietá-lo. Tirá-lo do seu enfoque racional, ocidental, e atraí-lo ao deles, mais atávico, sujeito a elementos sobrenaturais. E para isso estão usando uma parafernália que qualquer pessoa pode compreender. – Voltou-se para Andreu. – Seu companheiro me disse que a senhora revistou o consultório desse Omar. Encontrou algo que apoie o que estou dizendo?

Martina baixou os olhos, obviamente inquieta.

– Já disse. Achamos umas fotos de Héctor e de sua família.

– Nada mais?

– Sim. Desculpe, Héctor, eu não te disse porque me pareceu ridículo: haviam queimado alguma coisa em um canto do consultório. E as cinzas estavam guardadas em um envelope, junto com um desses bonecos grotescos feitos de corda. Isso tudo estava dentro da pasta com as tuas fotos e as de Ruth e de Guillermo. Eu tirei de lá antes que você chegasse.

O doutor Santacruz interveio antes que Héctor pudesse dizer alguma coisa.

– Estava estranhando que não tivessem encontrado nada assim, simplesmente porque é o rito mais conhecido do vodu, um daqueles de que todos nós já ouvimos falar. – Olhou para Salgado e disse com franqueza: – Querem assustá-lo, inspetor. Se não há medo, seu poder é nulo. Mas vou lhe dizer mais: pelo que vejo, parecem decididos a lhe provocar esse medo, a assustá-lo com coisas que o senhor pode temer. A segurança da sua família, a inviolabilidade do seu lar. Inclusive a de seus amigos íntimos. Se o senhor entrar no jogo, se começar a acreditar que suas ameaças podem se traduzir em perigos reais, aí sim, o senhor estará nas mãos deles. Como aquela menina.

16

Quando chegaram à delegacia, Héctor notou que Leire tinha algo para lhe dizer, mas, antes que tivesse tempo de se aproximar dela, Savall o chamou a sua sala. Pela cara dele, a reunião a portas fechadas não pressagiava nada de bom, e Héctor se muniu de paciência para aguentar o sermão, que intuía estar relacionado à questão do doutor Omar. No entanto, compreendeu que o assunto não era esse ao ver que havia outra pessoa sentada diante da mesa do delegado: uma mulher de cabelos claros, de uns cinquenta anos, que se voltou para ele e lhe dirigiu um olhar intenso. Héctor não se surpreendeu quando Savall fez as apresentações; tinha certeza de que se tratava de Joana Vidal. Ela o cumprimentou com um leve movimento de cabeça e continuou sentada. Tensa.

— Héctor, eu estava informando a senhora Vidal das investigações. — O tom de Savall era suave, conciliador, com um toque de advertência. — Mas acredito que é melhor que você mesmo lhe conte.

Héctor demorou alguns segundos para tomar a palavra. Sabia o que o comissário estava lhe pedindo: um relato neutro e amável, ao mesmo tempo que persuasivo, que convencesse aquela mulher de que seu filho havia caído da janela. O mesmo discurso que um professor usaria com um aluno que tivesse sido reprovado por um décimo: pode ir embora de cabeça erguida, porque foi uma reprovação mais do que digna... Volte no próximo ano, e com certeza vai passar. No caso de Joana Vidal: vá e não volte mais. Mas ao mesmo tempo algo lhe dizia que essa mulher, que permanecia com as pernas cruzadas e agarrava com força os braços da cadeira, guardava um ás na manga. Uma bomba que ela soltaria quando achasse oportuno, e que os pegaria a todos desprevenidos e sem saber o que dizer.

– É claro – disse ele afinal, e se calou de novo para medir as palavras. – Mas antes talvez a senhora Vidal também tenha algo para nos contar.

O rápido olhar da mulher lhe indicou que tinha acertado em cheio. Savall arqueou as sobrancelhas.

– É verdade, Joana?

– Não tenho certeza. Talvez. Mas antes quero ouvir o que o inspetor Salgado tem a dizer.

– Muito bem. – "Agora sim", pensou Héctor ao notar que a mulher sentada ao seu lado relaxava um pouco. Moveu sua cadeira para poder ver o rosto dela e lhe falou diretamente, como se o delegado não estivesse na sala. – Pelo que sabemos, na noite da festa de São João, seu filho e dois amigos, Aleix Rovira e Gina Martí, fizeram uma festinha no sótão de Marc. Os relatos dos dois coincidem em linhas gerais: a reunião parecia se desenvolver normalmente, até que, por alguma razão, Marc ficou de mau humor, desligou a música e discutiu com Aleix quando este o acusou de ter voltado muito mudado de Dublin. Aleix foi embora para casa, mas Gina, que estava muito bêbada, ficou para dormir no quarto de Marc. O mau humor dele se estendeu para ela, porque, quando Aleix foi embora, ele a mandou para a cama dizendo que ela estava bêbada, o que a deixou muito chateada. Ela foi deitar e dormiu logo. Quanto a Marc, ficou sozinho no sótão e se comportou como de costume: fumou um último cigarro sentado no parapeito da janela.

Nesse ponto ele parou, apesar de o rosto da mulher indicar apenas concentração. Nem pesar nem dor. Havia algo nórdico nas feições de Joana Vidal, uma aparente frieza que podia ou não ser uma máscara. Era, pensou Héctor, mas ela a usava havia tanto tempo que a máscara estava começando a se confundir com seus traços originais. Apenas os olhos, de um tom castanho-escuro comum, pareciam contradizê-la; ocultavam um brilho que, nas condições adequadas, podia ser perigoso. Sem conseguir evitar, comparou mentalmente Joana com a segunda esposa de Enric Castells, e disse a si mesmo que havia uma semelhança superficial, uma palidez comum a ambas, mas que as analogias acabavam aí: nos olhos de Glòria havia hesitação, insegurança, até obediência; nos de Joana via-se rebeldia, desafio. Não havia dúvida de que Castells não quisera correr o mesmo risco duas vezes, e havia escolhido uma mulher mais suave, mais dócil. Mais fácil de manejar. Ele disse a si mesmo que a mulher merecia saber a verdade, e prosseguiu no mesmo tom, sem fazer caso da expressão de impaciência que se apoderava do semblante do delegado:

— Mas os garotos estão mentindo, ao menos em parte. Não estou dizendo que eles tenham algo a ver com o que aconteceu depois — esclareceu. — Apenas que há uma parte da história que eles... suavizaram, por assim dizer.

Passou a lhes contar o que Castro havia descoberto ao ver as fotos do Facebook de Gina Martí, bem como o achado da camiseta que Marc usava durante a festa: limpa, mas com umas manchas que bem podiam ser de sangue.

— Portanto, o passo seguinte é interrogar a fundo Aleix Rovira — disse ele sem olhar para Savall —, porque a suposta discussão que nos contaram poderia ter sido mais violenta do que sugere o relato. E falar com o irmão de Aleix para que confirme novamente que o rapaz chegou em casa e não tornou a sair. Sinceramente, acho que é o mais provável; talvez só tenha acontecido isso, uma briga entre amigos, nada muito sério, mas o suficiente para que Marc manchasse a camiseta de sangue e trocasse de roupa. Uma briga que talvez tenha feito o *notebook* de Marc cair no chão e quebrar...

Ficou pensativo. Por que Gina não lhes tinha dito nada a respeito do computador quebrado? Inclusive, se tivesse sido uma simples discussão, como ela dissera, seria menos suspeito contar uma coisa que eles averiguariam de qualquer modo. Obrigou-se a parar; seus pensamentos estavam muito rápidos, e ele precisava continuar.

— Isso não muda o que aconteceu depois — disse ele, mas sua voz não soou muito convincente. — Só que estão faltando algumas peças pra completar a imagem. Por enquanto, trouxemos o *notebook* e o celular de Marc Castells, pra ver o que podemos descobrir. E deveríamos interrogar novamente Aleix Rovira. — Nesse momento, olhou para o delegado. Ficou contente em ver que ele assentia, apesar da má vontade. — E agora, há algo que deseje nos dizer, senhora Vidal?

Joana descruzou as pernas e procurou no bolso até encontrar uns papéis dobrados. Manteve-os na mão enquanto falava, como se não quisesse se desfazer deles.

— Há alguns meses, Marc entrou em contato comigo por *e-mail*. — Era difícil para ela contar isso. Pigarreou e jogou a cabeça para trás; tinha um pescoço comprido e branco. — Como já devem saber, não nos víamos desde que eu me afastei, há dezoito anos. Portanto, fiquei muito surpresa quando recebi sua primeira mensagem.

— Como ele obteve o seu endereço? — perguntou o delegado.

— Fèlix, o irmão de Enric, deu o endereço pra ele. Vai achar estranho, mas nós mantivemos contato durante todo esse tempo. Meu ex-cunhado, quero dizer. Você o conhece? — perguntou, dirigindo-se a Héctor.

— Sim, eu o vi ontem. Em casa do seu ex. Parecia gostar muito do sobrinho.

Ela concordou.

— Bom, Enric é um homem ocupado. — Fez um gesto negativo com a cabeça. — Não, não tenho o direito de criticá-lo. Tenho certeza de que ele fez o que pôde... mas Fèlix não tem outra família além do irmão, e sempre se preocupou muito com Marc. Enfim, o caso é que recebi uma mensagem no começo do ano. De... meu filho. – Era a primeira vez que dizia isso, e não tinha sido fácil para ela. – Fiquei muito surpresa. É claro que algo assim podia acontecer a qualquer momento, mas a verdade é que eu não esperava por isso. A gente nunca espera.

Fez-se um silêncio que Savall e Héctor não se atreveram a romper. Ela o fez.

– No começo fiquei sem saber o que responder, mas ele insistiu. Me mandou mais duas ou três mensagens, e não pude mais deixar de responder, então começamos a nos escrever. Já sei que parece estranho, não vou negar. Uma mãe e seu filho, que praticamente nunca tinham se visto, comunicando-se por *e-mail*. – Esboçou um sorriso amargo, como se os estivesse desafiando a fazer o menor comentário. Nenhum dos dois abriu a boca. Ela continuou: – Eu tinha medo das perguntas, mas Marc não perguntou nada; ele se limitou a me contar coisas da sua vida em Dublin, a falar de seus planos. Era como se tivéssemos acabado de nos conhecer, como se eu não fosse sua mãe. A correspondência continuou durante uns três meses, até que... – Ela se calou uns instantes e desviou o olhar. – Até que ele sugeriu que podia ir me ver em Paris.

Baixou a vista para os papéis que tinha na mão.

– A ideia me apavorou – disse ela simplesmente. – Não sei por quê. Eu disse que precisava pensar.

– E ele ficou chateado? – perguntou Héctor.

Ela encolheu os ombros.

– Imagino que deve ter sido um balde de água fria. A partir daí seus *e-mails* foram ficando menos frequentes, até que ele quase parou de escrever. Mas, no final da sua estada na Irlanda, ele me mandou esta mensagem.

Ela desdobrou os papéis, escolheu um e o deu para Savall. Este o leu e depois passou a folha para Héctor. O texto dizia assim:

Oi, sei que faz tempo que não dou sinal de vida, e não vou insistir para nos vermos, pelo menos por enquanto. Na verdade, devo voltar a Barcelona para resolver um assunto pendente. Ainda não sei como fazer, mas sei que preciso tentar. Quando tudo isto tiver passado, gostaria que nos encontrássemos. Em Paris ou em Barcelona, onde você preferir.

Um beijo.
Marc.

Héctor levantou a cabeça do papel e Joana respondeu a sua pergunta antes que ele chegasse a formulá-la.

– Não, não tenho a menor ideia de que assunto era esse. Naquele momento, achei que devia se tratar de algum assunto relativo aos seus estudos, de focar os estudos ou alguma coisa assim. A verdade é que não dei importância a isso até ontem à tarde. Comecei a ler todos os *e-mails*, um depois do outro, como se fossem uma conversa de verdade. Esse foi o último que recebi.

Os olhos do delegado Savall e de Héctor se encontraram. Não havia muita coisa a dizer. Essa mensagem podia se referir a tudo e a nada.

– Certo, já sei que isso parece um pouco de exagero, mas não sei... talvez seja outra coisa, talvez tenha algo a ver com a sua morte. – Mexeu as mãos num gesto mais de impaciência que de desconsolo e se pôs de pé. – Bom, imagino que tenha sido uma estupidez da minha parte.

– Joana. – Savall também se levantou e rodeou a mesa para se aproximar dela. – Nada é uma estupidez quando se faz uma investigação. Eu te disse que iríamos até o fundo desse assunto, e assim será. Mas você tem de entender, tem de aceitar que talvez o mais evidente seja o que realmente aconteceu. Os acidentes são difíceis de aceitar, e no entanto eles acontecem.

Joana assentia, mas Héctor tinha a sensação de que não era isso que a preocupava. Ou pelo menos não só isso. Ela devia ter sido uma mulher muito bonita, e de certo modo ainda era, pensou ele. Elegante e com estilo, apesar de o rosto deixar entrever a passagem dos anos sem que ela fizesse nada para disfarçar. Nem maquiagem nem operações. Joana Vidal aceitava a maturidade de maneira natural, e o resultado denotava uma dignidade de que careciam outros rostos da sua idade. Observou-a, aproveitando o fato de ela parecer estar absorta no que o delegado lhe dizia.

– Nós te manteremos informada. Pessoalmente. O inspetor Salgado ou eu mesmo, prometo. Tenta descansar.

Savall se ofereceu para acompanhá-la até a porta, mas ela recusou com o mesmo gesto de impaciência que Héctor havia notado minutos antes. Não devia ser uma mulher fácil, disso ele também tinha certeza, e enquanto a via afastar-se lhe veio à cabeça a imagem de Meryl Streep. A figura de Leire Castro, que tinha se aproximado quando Joana Vidal saiu, o devolveu à realidade.

– Posso lhe falar um instante, inspetor?

– Sim, mas, sinceramente, preciso de um cigarro. Você fuma? – perguntou pela primeira vez.

– Mais do que deveria e menos do que tenho vontade.

Ele sorriu.

– Pois agora você vai fumar por ordem do seu superior.

Sem saber por quê, Leire entrou no jogo dele.

– Já me pediram coisas piores.

Ele levantou as mãos num gesto de falsa inocência.

– Não posso acreditar... Vamos contaminar o ar na rua enquanto você me conta essa história.

Conseguiram encontrar um lugar à sombra, o que em Barcelona no verão significava um falso refúgio. O sol do meio-dia caía a pino sobre a cidade, e a umidade aumentava a temperatura até níveis africanos.

– Essa era a mãe de Marc, não é? – perguntou ela.

– É. – Ele aspirou profundamente e foi soltando a fumaça devagar. – Me diz uma coisa, tem alguma coisa no *notebook* ou no celular?

Ela assentiu.

– Estamos investigando os números, mas a maioria das ligações e das mensagens dos dias anteriores à morte é pra Gina Martí e Aleix Rovira. E pra uma tal Iris, só que no caso dela são basicamente por WhatsApp. – Ele ficou desconcertado, e ela lhe explicou de que se tratava: – É gratuito, e pelo prefixo sabemos que essa garota estava na Irlanda. Em Dublin, imagino. Falavam pouco em inglês, a garota deve ser espanhola, e, pelo que li, Marc estava muito ligado a ela. Transcrevi todas as mensagens para ver se existe alguma coisa, mas à primeira vista parecem normais: sinto saudade de você, gostaria que você estivesse aqui... Acho que eles estavam planejando se ver, porque há alguma referência a "logo tudo isso vai acabar". – Ela sorriu. – Tudo com abreviações muito pouco românticas, na verdade. E quanto ao *notebook*, estão tentando consertá-lo, mas me disseram que está bem estropiado. Como se tivessem quebrado de propósito.

– Sei. – A história do computador o preocupava. Ia comentar suas dúvidas em voz alta, mas Leire não deixou.

– Tem mais uma coisa, inspetor. Eu percebi isso ontem à noite, em casa. – Seus olhos brilhavam, e Héctor notou pela primeira vez que eram verde-escuros. – Eu não conseguia dormir com o calor que fazia, então saí para o terraço para fumar um cigarro. Esqueci o cinzeiro e acabei apagando o cigarro no chão, achando que depois pegaria. Não é muito higiênico, reconheço. Depois, enquanto estava na cama, me ocorreu isto: o que o senhor faria se fosse fumar um cigarro sentado na janela?

Ele pensou um segundo.

– Bom, eu atiraria a cinza no ar ou levaria um cinzeiro e o poria perto de mim, ao lado, ou mesmo na mão.

– Exatamente. E, pelo que me contou a empregada, Glòria Vergés é obcecada por limpeza. Não suporta o fumo nem as bitucas. Acho que era por isso que o rapaz fumava na janela. – Ela fez uma rápida pausa antes de continuar: – A bituca não estava no chão, pelo menos não de manhã, quando nós processamos a cena. Claro, ele podia ter atirado ela longe, mas de algum modo não imagino Marc sujando o jardim. O mais lógico seria que ele levasse o cinzeiro pra janela, pra evitar a bronca. Mas ele não estava ali. Estava dentro, lembro perfeitamente, na estante que fica ao lado da janela. Acho que até aparece em alguma das fotos que nós tiramos.

O cérebro de Héctor funcionava a todo o vapor, apesar do calor.

– O que significa que Marc apagou o cigarro e tornou a entrar.

– Foi isso que eu pensei. Fiquei dando tratos à bola, e não é nada definitivo. Ele podia perfeitamente fumar, entrar e depois voltar pra janela. Mas, segundo o que nos disseram, ele não costumava fazer isso. Quero dizer que a ideia que nos venderam é que Marc se sentava na janela pra fumar. Não pra pensar, nem pra passar o tempo.

– Existe outra opção – retrucou ele. – Que alguém tenha tirado o cinzeiro da janela.

– Sim, também pensei nisso. Mas a empregada precisou ficar com Gina Martí, que teve um ataque de nervos ao acordar; ela não subiu pro sótão antes de nós chegarmos. O senhor Castells chegou com seu irmão, o padre, ao mesmo tempo que nós; sua mulher e sua filha chegaram depois; a senhora Castells não quis que a menina visse o cadáver, como é lógico, então ficou no chalé de Collbató até a tarde.

– Você tem certeza de que Gina não tornou a entrar no sótão de manhã?

– Segundo o que ela declarou, não. Os gritos da empregada a acordaram, e ela desceu correndo até a porta. Ao ver Marc morto, teve um ataque de nervos, e a mulher precisou fazer um chá de tília, que ela não bebeu. Nós chegamos logo depois. E também não a imagino tirando o cinzeiro da janela e colocando no lugar.

– Então... – Héctor semicerrou os olhos. – Vamos imaginar a cena: Marc estava com seus colegas, e a noite acabou mal. Brigaram. O suficiente pra que ele manchasse a camiseta de sangue. Aleix tinha ido embora, e ele havia mandado Gina pra cama. São quase três da manhã, e faz calor. Ele troca a camiseta suja, e antes de ir pra cama faz o de sempre: fuma um cigarro sentado na janela. Vamos aceitar que ele tenha levado o cinzeiro, tenho certeza de que fazia isso sempre. Então, ele fuma tranquilamente, apaga o cigarro e torna a entrar no sótão; deixa o cinzeiro...

– Está vendo? – insistiu Castro. – Isso não se encaixa na ideia de que ele estivesse tonto e tenha caído acidentalmente. Além disso, se ele estava tonto, deve ter percebido, e nesse caso pra que tornar a sair?

Héctor pensou no medo que havia lido nos olhos de Joana Vidal um momento atrás, nas palavras de Enric Castells, que negavam com uma veemência exagerada a possibilidade de que seu filho tivesse se jogado no vazio por vontade própria. Podia ter sido suicídio? Um arroubo de desespero por alguma coisa que havia acontecido nessa noite, talvez? Ou alguém tinha entrado, haviam discutido e essa pessoa tinha acabado por empurrá-lo pela janela? Teria de ser uma pessoa medianamente forte, o que descartava Gina. Aleix? Eles tinham brigado e o resultado dessa briga havia sido o computador quebrado? Leire parecia seguir seu raciocínio, pois seus olhos emitiam chispas.

– Eu fiz mais uma coisa – disse ela. – Esta manhã liguei pra Faculdade de Informática onde Aleix Rovira estuda. Demorou um pouco, mas por fim me disseram: ele não passou em nenhuma matéria; na verdade, ele praticamente não vai às aulas desde a Semana Santa.

– Ele não era uma espécie de menino prodígio?

– Pois parece que perdeu seus superpoderes quando entrou na universidade.

– Investiga as ligações dele. Quero saber tudo sobre Rovira: pra quem ele liga, por onde ele anda; como se costuma dizer, com que ele ocupa o tempo livre... que deve ser muito, já que não assiste às aulas. Me dá a impressão de que esses dois garotos mimados estão brincando conosco. Vou chamá-lo à delegacia na segunda-feira, então você precisa se apressar. Algum problema?

Leire negou com a cabeça, mas sua expressão não demonstrava a mesma certeza. Na verdade, nessa tarde ela devia ir buscar Tomás na estação de Sants, e em teoria estava de folga nesse fim de semana. Ia dizer isso em voz alta quando pensou que ter algo para fazer talvez não fosse ruim.

— Nenhum problema, inspetor.

— Muito bem. Outra coisa, Marc escreveu pra mãe comentando que tinha uma coisa pra resolver aqui. Não creio que isso tenha importância, mas...

— Mas neste caso estamos às cegas, não acha?

— Completamente às cegas. – Lembrou o que Savall lhe havia dito e acrescentou, sem conseguir evitar um tonzinho irônico: – E não se esqueça de que tudo isto é "extraoficial". Vou falar já com o delegado. Quero recolher todas as informações possíveis sobre Aleix Rovira antes de segunda-feira. Cuide disso, eu vou me encarregar de Óscar Vaquero.

Ela aparentou surpresa.

— O gordinho que estavam zoando. É, já sei que isso aconteceu há uns dois anos, mas os rancores nem sempre acabam com o tempo; às vezes acontece o contrário. – Um sorriso cínico lhe surgiu no rosto. – Garanto.

17

O ar-condicionado daquele quarto triste fazia um barulho infernal. Com as cortinas corridas – rígidos pedaços de pano verde-musgo – para ocultar o sol de torrar que caía sobre a cidade àquela hora, o zumbido do aparelho lembrava o rugido entrecortado de uma besta do submundo. Poderia ter sido um motel de estrada, um desses estabelecimentos que, apesar da sordidez, têm um halo romântico, ou ao menos sensual. Quartos cheirando a lençóis suados e a corpos entregues, a sexo furtivo mas inevitável, a desejos nunca completamente saciados, a perfume barato e chuveiro rápido.

Na verdade, não se tratava de um motel, mas de uma pensão situada perto da Plaza Universitat, discreta e até limpa se a olhássemos com bons olhos – ou melhor, se não a olhássemos muito –, especializada em alugar quartos por hora. Dada a proximidade do "Gayxample", a zona *gay* por excelência de Barcelona, a maior parte da clientela era homossexual, o que de certo modo deixava Regina mais tranquila.

No decurso desse ano ela tinha ido mais ou menos regularmente a essa pensão sem nunca topar com uma cara conhecida. O pior era o momento de entrar e sair, mas até então ela tivera sorte. Também porque no fundo pouco lhe importava. Não é que ela e Salvador tivessem uma relação explicitamente aberta, mas devia ser mais ou menos óbvio para o marido que, se ele não fazia amor com ela, outra pessoa devia ocupar o seu lugar na cama, pelo menos de vez em quando. Para ser sincera consigo mesma, Regina devia admitir que quando se casara com Salvador, dezesseis anos mais velho que ela, não o fizera porque o homem fosse uma fera na cama, apesar de nos primeiros anos não ter tido a menor queixa a respeito. Não, Regina não era uma mulher especialmente apaixonada, mas orgulhosa. Estava casada havia vinte e um anos, e durante a primeira metade desse tempo havia sido tremendamente feliz. Salvador a adorava, com uma devoção que parecia inquebrantável, eterna. E ela florescia com o seu carinho, sob esse olhar que a acariciava como uma malha justa que realça as curvas sem apertar demais.

A única coisa que ela não calculou quando decidiu se casar com esse cavalheiro atraente num sentido pouco convencional, alto e grisalho já na fotografia do casamento, foi que os gostos desse intelectual reconhecido não mudariam com os anos. Se aos quarenta e quatro Salvador gostava das mocinhas de vinte e cinco, aos sessenta e quatro, transformado pelos caprichos do destino num autor popular, seu interesse continuava fixado nos corpos jovens, nos mesmos rostos insultantemente lisos. Desses que só precisam de água e sabonete para brilhar. E essas jovenzinhas, ainda mais tontas que Regina anos atrás, o consideravam ilustre, encantador, inteligente. Até mesmo romântico. Liam emocionadas seus romances de amor, contos de fadas urbanos com títulos como *O doce amor dos primeiros encontros* ou *Um olhar para a tristeza* – que ele começara a escrever quando até os críticos mais impertinentes consideravam aborrecidos os seus sisudos livros com pretensões experimentais –, e assistiam a suas conferências, nas quais palavras como "desejo", "pele", "sabor" e "melancolia" eram repetidas *ad nauseam*.

Havia sido um duro golpe perceber que aquela admiração constante se apagava pouco a pouco. Ou, melhor dizendo, deslocava-se sutilmente em outras direções. Aos trinta e oito anos, Regina deixou de ser a bola branca da partida de bilhar, o centro das atenções do marido, e aos quarenta e cinco transformou-se definitivamente na bola preta, aquela que só se toca no final da partida e quando não há mais remédio. Agora, beirando os cinquenta, depois de vários retoques faciais que não tinham recebido de Salvador mais que um fugaz olhar de reconhecimento, ela decidira mudar de jogo. Um belo dia, a lógica se impôs ao amor-próprio; ela percebeu que estava lutando contra um inimigo tão brutal como implacável, que podia ser contido, mas do qual não podia ganhar.

Essa foi a sua resolução de ano-novo: elevar sua autoestima a qualquer preço. E, ao observar o que a rodeava, descobriu que esses olhares que o marido já não lhe dirigia podiam vir, surpreendentemente, de ângulos insuspeitados. Em certo sentido, pensou, a infidelidade restaurou a ordem e equilibrou seu casamento. E apesar de no princípio seu objetivo não ser realmente o sexo, mas recuperar um ego maltratado que não respondia aos tratamentos antirrugas nem às incisões do bisturi, foi uma verdadeira surpresa a avalanche de sensações que lhe proporcionaram aqueles braços fortes e musculosos, aquelas nádegas duras e suaves como seixos, aqueles beijos lascivos e aquela língua inquieta que chegava aos cantos mais recônditos do seu sexo. Esse amante da nova geração, capaz de transar com ela até o esgotamento sem perder o sorriso, de lhe morder o pescoço como um cachorro brincalhão, até mesmo de esbofeteá-la quando o prazer era tão intenso que os olhos se fechavam sem querer. Como ela, como todos, ele desejava ser visto e admirado, mas, ao contrário dos outros, a alta conta em que ele se tinha ficava na rua; na cama tornava-se generoso e incansável, exigente e carinhoso. Algumas vezes, um verdadeiro cafajeste; outras, um garoto assustado ansiando por carinho. Ela não saberia dizer qual deles preferia; o que sabia era que, semana após semana, fora se deixando cativar por esse jogos a portas fechadas, e a perspectiva de ficar um mês sem vê-lo, desterrada na Costa Brava com aquele marido sexagenário que agora lhe parecia repulsivo – a imagem de Salvador em traje de banho se havia transformado num pesadelo do qual não conseguia se livrar – e uma filha momentaneamente desequilibrada, era francamente desagradável. Graças a Deus, não estava apaixonada por alguém que podia ser seu filho; de fato, fazia tempo que duvidava da existência desse amor com maiúscula a respeito do qual seu marido não se cansava de escrever, para deleite das mulheres que gostariam de viver nesses livros. Era apenas o estímulo indispensável de umas semanas que sem ele perdiam a graça. Apesar disso, às vezes, sozinha no quarto, desfrutava tanto a recordação daqueles momentos que acreditava poder passar sem eles... tudo a seu tempo, tinha certeza, mas enquanto isso continuaria armazenando na memória os detalhes cálidos aos quais seu corpo respondia sem hesitação.

— Em que você está pensando? — sussurrou Aleix ao seu ouvido.

— Achei que você estava dormindo — disse ela, beijando-o na testa. Ergueu-se um pouco para que ele a rodeasse com o braço. Suas mãos se entrelaçaram. A força que esses dedos fortes irradiavam lhe dava vida.

— Só um pouquinho. Mas a culpa é tua — respondeu ele ronronando obscenamente. — Você me deixa esgotado.

Ela riu, satisfeita, e ele enfiou a outra mão entre os lençóis até lhe roçar as coxas.

— Chega — protestou ela, afastando-se um pouco. — Precisamos ir embora.

— Não. — Ele a prendeu com o peso do próprio corpo. — Quero ficar aqui.

— Ei... Vamos, levanta. Malandro... Está muito quente pra você ficar em cima de mim. — Ela usava um tom de falsa severidade; ele, como uma criança rebelde, a estreitava em seus braços com mais força. Por fim, Regina conseguiu se desvencilhar, sentou-se na beirada da cama e acendeu a luz da mesinha de cabeceira.

Aleix abriu os braços e as pernas em cruz, ocupando praticamente todo o espaço. Ela não conseguiu evitar que a beleza desse corpo nu voltasse a surpreendê-la. Era uma sensação agridoce, uma mescla de admiração e de vergonha. Sem se levantar, esticou o braço para pegar o sutiã e a blusa, atirados em uma cadeira próxima.

– Você pode ficar na cama, se quiser – disse ela enquanto se vestia, de costas para ele.

– Não vá embora ainda. Preciso falar com você.

Algo em seu tom de voz a alarmou de repente, e ela se voltou, com a blusa meio abotoada.

– Tem que ser agora? – Terminou de fechar a blusa e pegou o relógio de pulso da mesinha. – Já é muito tarde.

Ele se ergueu até ficar de joelhos sobre os lençóis e lhe beijou o pescoço.

– Para... Se ontem você não tivesse me deixado plantada, teríamos tido mais tempo. Salvador chega dentro de uma hora, e tenho que ir buscá-lo no aeroporto.

– Fiz isso por causa de Gina, já te disse... E a culpa é um pouco tua: nada de mensagens pelo celular, nenhum contato fora daqui. Não pude te avisar.

Ela concordou com um gesto rápido, impaciente.

– Tem que ser assim. Bom, aproveita enquanto me visto. O que você precisa me dizer? – Levantou-se da cama e começou a vestir a calcinha e depois a saia. Não tinha nem tempo para passar em casa e tomar um banho. Iria diretamente pegar o Velho.

– Estou metido em uma encrenca. Uma grande encrenca.

Silêncio.

– Preciso de dinheiro.

– Dinheiro? – Regina ficou sem saber o que dizer. Ficou rígida e terminou de se vestir.

Ele notou que a havia ofendido; pulou da cama ainda nu e aproximou-se dela. Regina desviou os olhos.

– Ei, ei... Olha para mim – disse ele. Ela o fez, e então, ao ver o rosto dele, compreendeu que o assunto era realmente sério. – Eu não te pediria se não fosse imprescindível. Entrei numa fria, e preciso do dinheiro. De verdade.

– Você tem pais, Aleix. Com certeza eles vão te ajudar.

– Não diga absurdos. Não posso pedir pra eles.

Regina suspirou.

– O que aconteceu? Você engravidou alguma universitária ou algo assim?

Ele mudou de expressão e lhe segurou a mão.

– Me solta!

Ele não o fez. Segurou-a com mais firmeza e a atraiu para si.

– Não estou brincando, Regina. Se eu não conseguir três mil euros antes de terça-feira...

Ela não o deixou terminar. Interrompeu-o com uma gargalhada seca, irônica.

– Três mil euros? Você está louco!

Aleix apertou-lhe a mão com mais força, mas de repente a soltou. Ficaram frente a frente, medindo-se com os olhos.

– Eu vou te devolver.

– Olha aqui, nem pensar. Não se trata de você me devolver ou não. Você acha que eu posso tirar três mil euros da conta sem que Salvador perceba? E o que vou dizer pra ele? Que a transa custou um pouco mais caro desta vez?

Estava ofendida; era o que ele receava, fazê-la sentir-se como alguém que tem de pagar para ter sexo. Tentou se explicar:

– Olha, não estou te pedindo como amante. Estou pedindo como amigo. Estou pedindo porque se eu não devolver esse dinheiro, esses caras vão me matar.

– Mas do que você está falando? – Estava ficando tarde. Queria terminar aquela conversa e ir embora dali. – Que caras?

Ele baixou a cabeça. Não podia lhe contar tudo.

– Eu não estaria te pedindo isso se não fosse importante.

Regina não queria lhe dar mais opções; sentou na cadeira para calçar as sandálias brancas, mas o silêncio, só interrompido pelo barulho do ar-condicionado, ficou pesado demais.

– Aleix, estou falando sério. Se você está mesmo numa encrenca, vai ter que recorrer aos teus pais. Não posso resolver os teus problemas. Você entende?

– Não me fale nesse tom protetor. Não depois de eu te comer duas vezes.

Ela esboçou um meio sorriso.

– Vamos parar com isso, Aleix. Não estou com a menor vontade de brigar com você.

Era sua última cartada: jogou-a em desespero de causa, com uma pontada de remorso. Deixou-se cair na cama e cravou os olhos nela.

– Eu também não quero discutir. – Tentou usar um tom frio, subitamente despreocupado. – Mas acho que você vai acabar me ajudando. Nem que seja apenas pela tua filha.

– Não se atreva a meter Gina nisso.

– Calma, não vou contar que eu como a mãe dela uma vez por semana. Isso eu deixo pra você fazer. – Baixou a voz; já tinha começado, e agora não podia mais parar. – O que eu vou fazer é contar para aquele inspetor argentino que vi a inocente e assustada Gina empurrar Marc pela janela.

– Que merda você está dizendo?

– A verdade nua e crua. Por que você acha que Gina está desse jeito? Por que você acha que eu fui ontem à tua casa? Pra não deixar ela sozinha com a polícia, porque a tua garotinha está apavorada com o que fez.

– Você está inventando isso. – Sua voz tremia. Pela sua cabeça começaram então a passar imagens fragmentadas dos últimos dias. Tentou dissipá-las antes de continuar falando. Aquilo era uma mentira, tinha que ser uma puta mentira daquele moleque sacana. Ela estava ficando cada vez mais indignada.

Aleix continuou falando:

– Ela morreu de ciúme desde que Marc nos contou que tinha conhecido uma garota em Dublin. E na noite de São João ela não conseguiu aguentar mais; tinha posto aquele vestido pra transar com ele, mas ele nem percebeu.

Regina se levantou e se aproximou de Aleix. Tinha de controlar a voz, tinha de se controlar para não perder as estribeiras e lhe meter a mão na cara. Tinha de se controlar para que não ficasse nenhuma dúvida de que ela estava falando a sério.

– Você saiu de lá... você disse isso pra polícia, e Gina disse a mesma coisa.

Ele sorriu: Regina hesitava. Semear a dúvida nela era tudo o que precisava fazer no momento.

– Claro. Isso é o que a gente faz por uma amiga, não? Apesar de que Marc também era meu amigo. Está nas tuas mãos, Regina. É simples: um favor pelo outro. Você me ajuda, e eu ajudo você e Gina.

Exatamente nesse momento tocou o celular de Aleix, que ele tinha deixado na mesinha de cabeceira. Ele estendeu o braço para ver quem era e franziu o cenho. Respondeu, enquanto Regina o olhava fixamente.

– Edu? Aconteceu alguma coisa? – Seu irmão lhe telefonava poucas vezes, para não dizer nunca.

Enquanto ele ouvia o que Edu dizia, Regina pegou sua bolsa devagar. A conversa durou apenas um minuto. Aleix se despediu com um "obrigado" e desligou.

Fitou-a, sorridente. Continuava nu, consciente da beleza de seu corpo. Ela sabia que ele ia lhe dizer mais alguma coisa, notava-o em sua cara de satisfação, naquele sorriso que expressava mais arrogância que alegria.

– Que coincidência... Parece que a polícia quer me ver. Segunda-feira à tarde. O tempo justo para eu e você resolvermos esse assunto... entre nós.

Por um momento Regina hesitou. Uma máscara fria lhe cobriu o semblante. Parte dela, a parte que correspondia à mulher decepcionada, desejava meter a mão na cara desse moleque metido a besta, mas finalmente seu lado maternal se impôs. Melhor falar com Gina primeiro. A bofetada podia esperar.

– Eu te ligo – disse ela antes de dar meia-volta.

– O quê?

Regina sorriu com os seus botões.

– Isso mesmo. Eu te dou uma resposta logo. – Ela se voltou para ele com uma expressão de desprezo. – Ah, e se você precisa mesmo desse dinheiro, pode continuar procurando. No teu lugar, eu não confiaria muito que eu vá te dar.

Ele sustentou o seu olhar. "Puta", desenharam seus lábios.

Aleix procurou desesperadamente uma frase que resolvesse esse impasse a seu favor, mas não a encontrou, limitando-se a sorrir outra vez.

— Você sabe o que faz. Tem até segunda-feira de manhã para salvar tua filhinha dessa encrenca. Pensa nisso.

Ela esperou alguns segundos antes de abrir a porta e fugir.

18

Martina Andreu olhou o relógio. Seu turno acabava em menos de meia hora, e ela tinha o tempo justo para ir à academia antes de pegar os meninos. Precisava de um bom alongamento, as costas a estavam matando nos últimos dias, e ela sabia que em parte era devido à falta de exercício. Tentava se organizar, mas às vezes simplesmente não dava conta de tudo. Trabalho, marido, casa, dois filhos pequenos cheios de atividades extracurriculares...

Guardou os papéis do caso do doutor Omar na pasta com um suspiro de frustração. Se havia algo que a tirava do eixo eram os casos que não avançavam em direção alguma. Começava a achar que esse sujeito tinha ido tocar sua música macabra em outro lugar. Isso não era de modo algum uma ideia descabida; se a rede de tráfico de mulheres era sua principal fonte de renda, agora ele teria que procurar outra maneira de ganhar a vida. O sangue na parede e o número da cabeça de porco podiam ser apenas uma cortina de fumaça, uma forma de desaparecer pela porta principal, por assim dizer. Apesar de que, por outro lado, o sujeito não era nenhum garoto. Em Barcelona, tinha seus contatos e aquele consultório repugnante. Talvez não ganhasse o bastante para ficar milionário, mas com certeza mais do que ganharia em outro lugar onde tivesse que começar do zero.

A personalidade desse indivíduo era um mistério. As pessoas do bairro não tinham fornecido muitas informações. Ela mesma tinha ido de porta em porta durante toda a manhã tentando averiguar alguma coisa, e a única coisa que tinha ficado clara era que o nome do doutor inspirava no mínimo desconfiança, e, em alguns casos, um temor declarado. Uma das mulheres com quem havia falado, uma jovem colombiana que vivia no mesmo prédio, tinha dito francamente: "Ele é um tipo estranho... Eu me benzia cada vez que cruzava com ele. Aí dentro tem coisas ruins". Depois de pressioná-la um pouco, só havia obtido um vago "dizem que ele tira o diabo do corpo, mas se me perguntassem, eu diria que ele é o diabo em pessoa". E depois disso tinha se calado como um túmulo.

Isso não era de estranhar, pensou Martina; por incrível que parecesse, em cidades como Barcelona se realizavam regularmente uns quantos exorcismos, e, dado que agora os sacerdotes de Ciudad Condal não se metiam nesses assuntos, os que acreditavam nessas coisas tinham que buscar exorcistas alternativos. Ela tinha certeza de que o doutor Omar podia ser um deles. O registro do seu consultório tinha fornecido poucos mas significativos indícios: inúmeros crucifixos e cruzes, livros sobre satanismo, *santería* e outras histórias parecidas, escritos em francês e em espanhol. Suas movimentações bancárias eram ridículas; tinha comprado o apartamento à vista anos atrás; não tinha amigos, e se tinha algum cliente, este não iria admitir isso na delegacia.

Martina sentiu um calafrio ao pensar que essas coisas pudessem continuar acontecendo em uma cidade como Barcelona. Fachadas arrojadas e lojas modernas, hordas de turistas que saqueavam a cidade de câmera na mão... e por baixo de tudo isso, protegidos pelo anonimato, indivíduos como o doutor Omar: sem raízes, sem família, dedicando-se a ritos aberrantes sem que ninguém ficasse sabendo. "Já chega", disse ela a si mesma. Continuaria segunda-feira. Deixou o relatório fechado em cima da mesa e já estava se levantando quando o telefone tocou. "Merda", pensou. As ligações no último minuto sempre significavam problemas.

– Alô?

Uma voz de mulher, trêmula de nervosismo e com um forte sotaque sul-americano, balbuciou do outro lado:

– É a senhora que está cuidando do caso do doutor?

– Sou eu. Qual é o seu nome, por favor?

– Não, não... Me chame de Rosa. Tenho uma coisa pra dizer. Se quiser, podemos nos encontrar.

– Como conseguiu o meu número?

– Uma vizinha que foi interrogada me deu.

Martina olhou o relógio. A academia desapareceu no horizonte.

– E a senhora quer me encontrar justo agora?

– Sim, agora mesmo. Antes que meu marido volte...

"Espero que seja algo que valha a pena", pensou Martina, resignada.

– Onde podemos nos encontrar?

– Vá até o Parc de la Ciutadella. Eu a espero atrás da escada. Sabe onde é?

– Sei – respondeu Martina. Levar as crianças ao zoo de vez em quando tinha suas vantagens. – Estarei lá dentro de meia hora. Seja pontual, não tenho muito tempo...

A subinspetora ia acrescentar algo, mas a ligação foi cortada antes que pudesse fazê-lo. Pegou a bolsa e saiu da delegacia. Com um pouco de sorte, pelo menos conseguiria buscar os meninos.

A tarde também estava sendo frutífera para Leire Castro. Ela tinha diante de si um registro da atividade telefônica de Aleix Rovira nos últimos dois meses, e era extremamente interessante, nem que fosse pelo enorme número de chamadas. Com a lista sobre a mesa, foi assinalando os números que mais se repetiam, o que, dada a frequência de ligações daquele telefone, não era tarefa simples. As mais curiosas eram as feitas nos fins de semana; durante o dia e em grande parte da noite, o celular de Aleix recebia ligações curtas, de apenas alguns segundos. Havia outros números que se repetiam com relativa frequência. Leire os anotou, disposta a averiguar a quem pertenciam. Um deles havia efetuado várias chamadas – dez, mais exatamente – no dia 23 de junho. Aleix não havia respondido a nenhuma, mas entrara em contato com esse número no dia seguinte. Uma conversa de quatro minutos. Fora a única chamada que ele se incomodara em responder, depois de ter deixado várias sem retorno. Ela contou: seis números diferentes haviam efetuado várias chamadas, e Aleix havia atendido às duas primeiras. Nenhuma outra.

Tentou ordenar essas informações dispersas, enquanto repassava mentalmente a história que Gina e o próprio Aleix haviam contado em declarações anteriores. Por que ele e Marc Castells haviam brigado? Uma briga suficientemente violenta para que a camiseta de Marc tivesse ficado manchada de sangue. A quem pertencia o número que tinha ligado insistentemente naquela noite e ao qual Aleix se havia dado ao trabalho de responder no dia seguinte? Pelo menos isso seria fácil de verificar. Realmente, depois de algumas rápidas comprovações, obteve o nome desse usuário: Rubén Ramos García. Ela suspirou. O nome não lhe dizia nada. Digitou em seguida outro dos números que mais apareciam na lista. Esse nome sim, era-lhe familiar, e muito. Regina Ballester. A mãe de Gina Martí... Evidentemente, teriam algumas coisas para perguntar a Aleix na segunda-feira.

Olhou o relógio. Sim, ainda tinha tempo. Digitou o nome de Rubén Ramos García no computador. Alguns instantes depois, graças à magia da informática, apareceu na tela a foto de um jovem moreno. Leire leu a informação, totalmente desconcertada. Que diabo fazia um jovem de boa família, como diria o delegado, relacionando-se com esse sujeito que evidentemente não pertencia a seu círculo social? Rubén Ramos García, de vinte e quatro anos, fichado em janeiro do ano anterior e novamente em novembro por posse de cocaína. Suspeitas de tráfico de estupefacientes que não haviam sido confirmadas. Outra nota: interrogado em relação a uma agressão *skinhead* feita a uns imigrantes que acabaram retirando a denúncia.

Leire fez um relatório rápido de tudo aquilo e o deixou em cima da mesa, como tinha combinado com o inspetor. Depois, sem querer parar para pensar em mais nada, pegou o capacete e foi buscar a moto.

Martina Andreu atravessou o portão do Parc de la Ciutadella às cinco e vinte em ponto. Algumas nuvens escuras começavam a vir do mar, e um vento quente e forte agitava os ramos das árvores. Nos canteiros, meio secos pela falta de chuva, grupos de jovens tocavam guitarra ou simplesmente desfrutavam uma cerveja. Verão na cidade. Ela avançou em passo rápido pelo chão de terra até dar com a cascata, e o som da água lhe proporcionou uma passageira sensação de frescor. Rodeou-a, dirigindo-se a um canto do parque situado atrás, onde havia dois bancos dispersos. Percorreu o espaço com os olhos até localizar uma mulher de baixa estatura, de cabelo bem escuro, que estava brincando com uma menina pequena de costas para ela. A mulher se voltou justamente quanto ela se aproximava e assentiu levemente com a cabeça.

– Rosa?

– Sim. – Ela estava nervosa; suas olheiras escuras transmitiam um cansaço que era fruto de toda a vida. – Queridinha, mamãe vai falar de um trabalho com esta senhora. Fica aqui brincando sozinha um pouquinho, está bem?

A menina olhou a recém-chegada com seriedade. Havia herdado as olheiras da mãe, mas em troca tinha lindos olhos negros.

– Estamos nesse banco – acrescentou Rosa, e indicou o mais próximo. – Não se afaste, meu bem.

Martina foi até o banco e Rosa a seguiu; ambas se sentaram. O vento estava ficando mais forte, anunciando uma noite de chuva. "Já estava na hora", pensou a subinspetora.

– Vai chover – disse Rosa, que não tirava os olhos da filha nem parava de retorcer as mãos: dedos grossos e curtos, endurecidos de tanto limpar casas alheias.

– Quantos anos ela tem?

– Seis.

Martina sorriu.

– Um a menos que os meus. São gêmeos – esclareceu.

Rosa lhe sorriu, um pouco menos nervosa, apesar de as mãos continuarem tensas. "Cumplicidade entre mães", pensou a subinspetora.

– O que você tinha para me dizer, Rosa? – Não queria demonstrar impaciência, mas o tempo estava ficando curto. Ao ver que a mulher não respondia, insistiu. – Algo sobre o doutor Omar?

– Não sei se fiz bem, senhora. Não quero me meter em confusão. – Ela baixou a cabeça e levou a mão a uma medalha que trazia pendurada no pescoço.

– Calma, Rosa. Você achou que devia me ligar, então deve se tratar de algo importante. Pode confiar em mim.

A mulher olhou em redor e suspirou:

– É...

– E então?

– Eu... – Afinal ela tomou coragem e se decidiu a falar: – Prometa que não virá me procurar, e que eu não vou ter que dar declaração na delegacia.

Martina odiava fazer promessas que não sabia se poderia cumprir, mas esse tipo de mentira fazia parte do seu trabalho.

– Prometo.

– Bem... eu conhecia o doutor. Ele curou minha filha. – Sua voz começou a tremer. – Eu... eu sei que vocês não acreditam nessas coisas. Mas eu estava vendo, dia após dia. A menina estava cada vez pior.

– O que ela tinha?

Rosa a olhou pelo canto do olho e agarrou a medalha com força.

– Juro pela Virgem, senhora. Minha filha estava enfeitiçada. Meu marido não queria nem ouvir falar nisso. Ele até chegou a levantar a mão pra mim quando eu disse... mas eu sabia.

Martina sentiu frio de repente, como se essa mulher que tinha a seu lado o trouxesse consigo.

– E você a levou ao consultório do doutor Omar?

– Sim. Uma amiga recomendou, e nós não moramos longe. Então eu a levei, e ele a curou, senhora. Pôs suas mãos santas sobre o peito da menina e afugentou o maligno.

Ela se benzeu ao dizer isso. Martina não conseguiu evitar que seu tom ficasse gelado quando perguntou:

– Você me fez vir aqui pra me contar isso?

– Não! Não, eu queria que soubesse que o doutor era um bom homem. Um santo, senhora. Mas tem mais uma coisa. Eu não tinha dinheiro pra lhe pagar tudo de uma vez, então tive que voltar... Acho que eu o vi no dia em que ele desapareceu.

A subinspetora ficou alerta.

– Que horas eram?

– No fim da tarde, senhora, lá pelas oito. Eu fui pagar, e quando saí do consultório eu vi.

– Quem você viu?

– Um homem que estava esperando na porta da rua, fumando, como se não se decidisse a entrar.

– Como ele era? – Martina tirou seu bloco de notas, definitivamente alerta.

– Não preciso descrevê-lo. – A mulher estava quase caindo no choro. – A senhora... a senhora o conhece. No dia seguinte tornei a vê-lo com a senhora, almoçando num restaurante perto daqui.

– Você está falando do inspetor Salgado?

– Não sei como ele se chama. Estava almoçando com a senhora, como se fossem amigos.

– Tem certeza?

– Eu não teria ligado se não tivesse certeza, senhora. Mas me prometa que ninguém virá à minha casa. Se meu marido ficar sabendo que eu levei a menina a esse doutor...

– Calma – sussurrou Martina. – Não diga nada disso a ninguém. Mas tenho que poder localizá-la. Me deixe um número de celular, alguma coisa...

– Não! Eu venho aqui todas as tardes com a menina. Se precisar de alguma coisa, já sabe onde me encontrar.

– Muito bem. – Martina a olhou com seriedade. – Mais uma vez, Rosa: não diga nem uma palavra de tudo isso.

– Juro pela Virgem Maria, senhora. – Rosa beijou a medalha antes de se levantar do banco. – Agora preciso ir.

A menina, que havia permanecido alheia à conversa, se voltou ao ouvir a mãe se aproximar. Continuava sem sorrir.

Martina Andreu as viu afastar-se. Ela também precisava ir, mas suas pernas se negavam a se levantar do banco. Os cavalos dourados da quadriga que coroava a fonte pareciam empinar-se diante de um vento que continuava açoitando as árvores, e ao longe ouviu-se o eco de um trovão. "Uma tempestade de verão", disse ela para si mesma. "Tudo isso não vai passar de uma puta tempestade de verão."

19

O trem-bala procedente de Madri chegou na hora prevista, desafiando anos de atraso no serviço de trens do país. A essa hora da tarde, em uma sexta-feira de verão, o saguão da estação se encontrava repleto de gente que pretendia trocar o sufoco da cidade pelas multidões das praias, mesmo que isso implicasse uma viagem em um trem abarrotado. Sentada em um dos bancos do grande saguão, Leire observava a movimentação das pessoas: excursionistas de mochila que falavam aos gritos, mães com enormes sacolas ao ombro arrastando filhos pequenos que se empenhavam em enfiar desajeitadamente a passagem pela ranhura, imigrantes esgotados depois de uma jornada de trabalho que com certeza havia começado ao amanhecer, turistas que estudavam o painel de partidas como se fossem os Dez Mandamentos sem prestar atenção na carteira.

O olhar atento de Leire descobriu duas garotas que perambulavam pelo recinto sem se decidir a tomar nenhum trem. "Batedoras de carteira", disse ela a si mesma ao surpreender um olhar de cumplicidade entre elas: uma praga mais típica do verão que os mosquitos, e certamente mais difícil de combater. Furtos de pouca monta, condenações inexistentes, turistas amargurados e larápios triunfantes – esse era o único resultado, no melhor dos casos. Estava observando uma delas, que entrava no banheiro atrás de uma senhora de meia-idade, evidentemente estrangeira, quando percebeu que alguém se sentava ao seu lado.

– Espiando as pessoas? – perguntou o recém-chegado em tom irônico. – Lembra que agora você não está em serviço.

Leire se voltou para ele. Os mesmos óculos de sol de lentes espelhadas, a mesma barba de dois dias, não mais; os mesmos dentes branquíssimos, as mesmas mãos. O mesmo indivíduo que tinha encontrado na sala de espera de um consultório de fisioterapeutas e que, depois de observá-la como um lobo por cima do jornal, lhe havia dito: "As massagens despertam a minha parte mais carinhosa. Vamos nos encontrar lá embaixo dentro de mais ou menos uma hora?" E ela havia concordado, divertida, achando que era brincadeira.

– O crime nunca descansa – respondeu Leire.

– O crime talvez não, mas você deveria – brincou ele. Pôs-se de pé. – Meus pulmões precisam de nicotina. E eu de uma cerveja. Você veio de moto?

– Vim.

Ele lhe deu um beijo rápido. Como ela, não era muito amigo das carícias em público, mas aquele beijo o deixou com vontade de repetir.

– Por que não vamos para a beira da praia? Estou há uma semana morrendo de calor em Madri. Quero ver o mar com você.

A barraca da praia anunciava a chegada da noite de sexta-feira com música de discoteca, e os clientes, com o corpo brilhante de bronzeador, se deixavam seduzir por esse ritmo entre suave e insistente e a oferta de *mojitos* que uma linda jovem latino-americana preparava num balcão anexo. Com as pernas encolhidas e os pés apoiados na cadeira da frente, Tomás acendeu o terceiro cigarro e pediu a segunda cerveja. Tinha tomado a primeira quase de uma vez, e contemplava a praia, já meio vazia, e esse tranquilo mar de cidade, quase sem ondas, de um azul desbotado.

– Você não sabe a vontade que eu tinha de fazer isto... – disse ele, relaxando os ombros e soltando a fumaça devagar, como se com ela expulsasse algo de dentro que o esgotasse. Tinha tirado o *blazer* e desabotoado os primeiros botões da camisa.

Leire sorriu para ele.

– Você pode dar um mergulho, se quiser. A água não é pura e cristalina, mas não é tão ruim assim.

– Eu não trouxe sunga – disse ele. Bocejou. – Além disso, agora estou com vontade de fumar e beber. Você só quer uma Coca-Cola?

– Sim. – Ela tentou evitar que a fumaça lhe viesse direto no rosto. Como a fumaça alheia podia lhe provocar náusea e a sua não?

– Bom, e o que você me conta de novo? Algum caso interessante?

– Um ou outro. Mas não vamos falar de trabalho, por favor. Tive uma semana horrível.

– Tem razão. Mas o teu pelo menos é interessante. As auditorias em tempo de crise são deprimentes. – Ele a atraiu para si e lhe rodeou os ombros com o braço. – Fazia tempo que não nos víamos.

Ela não respondeu, e ele continuou falando:

– Pensei em te ligar várias vezes, mas não queria te pressionar. Durante uma semana tudo foi muito intenso.

Intenso. Sim, essa era a palavra. Uma delas. Só de estar ao seu lado, de ver aquele braço forte, todos os estímulos nervosos do seu corpo disparavam. Era uma sensação estranha. Pura química sexual, como se ambos tivessem sido feitos para agradar um ao outro.

– Mas no outro dia já não aguentei mais. – Ela não perguntou por quê. – Percebi que precisava te ver. Pelo menos este fim de semana.

Leire continuava com os olhos pousados no mar, em umas nuvens que avançavam a toda a velocidade no horizonte. Não queria vê-las.

– Vai chover – disse ela.

– Você não gosta de ficar na praia debaixo de chuva?

– Prefiro ficar na cama. Com você.

Esperaram apenas até entrar em casa. A proximidade na moto, misturada com o tenso ambiente de tempestade, fez subir a temperatura de ambos, e ele começou a tocá-la na escada, sem o menor pudor. Ela não opôs a menor resistência. Beijaram-se avidamente na porta, até que ela o arrastou para dentro pela mão. Não a soltou em nenhum momento, nem sequer quando ele procurou sua calcinha com os dedos enquanto lhe roçava os lábios com a língua sem chegar a beijá-la de fato, deixando-a com mais vontade. As mãos, entrelaçadas contra a porta, foram descendo à medida que ela se excitava. Quando chegaram à altura dos quadris, ele a beijou de verdade, com força, e tirou os dedos brincalhões. Então a tomou nos braços e a levou para a cama.

Tomás não era dos que dormiam depois do sexo, algo que para ela, francamente, tanto fazia. Na verdade, nesse dia até teria preferido que fosse assim. Por sorte, ele também não era dos que ficavam falando; estendido ao seu lado, mantinha o contato e desfrutava o silêncio. Fora, uma intensa chuva açoitava as ruas. Ela se deixou embalar pelo rumor, pelo contato, enquanto pensava que esse era o momento. Que talvez ele não tivesse direito algum, como lhe havia repetido María na noite anterior, mas que ela, em sã consciência, devia lhe contar. Não pretendia lhe pedir nada, nem exigir dele nenhuma responsabilidade. Só dizer a verdade.

– Leire – sussurrou ele. – Quero te contar uma coisa.

– Eu também. – Ele não pôde ver seu sorriso no escuro. – Começa você.

Ele voltou o rosto para ela.

– Fiz uma loucura.

– Você?

– Não fica chateada, está bem? Promete.

– Prometido. E a mesma coisa digo eu.

– Aluguei um barco. Para o mês que vem. Quero ir alguns dias para as ilhas, para Ibiza ou Menorca. E gostaria que você fosse comigo.

Por um momento ela não acreditou. A perspectiva de viajar com ele, os dois sozinhos, de noites inteiras transando sem parar em um camarote, de praias e águas azuis e cenas românticas na coberta, deixou-a sem palavras. Pensou em María, carregando baldes de água para construir o consultório na aldeia africana, e caiu na risada.

– Do que você está rindo?

Ela não conseguia parar.

– De nada... – balbuciou, sem poder evitar outra gargalhada.

– Por acaso você acha que eu não sei manejar um barco?

– Não é isso... verdade...

Ele começou a lhe fazer cócegas.

– Você está rindo de mim! Está rindo de mim? Você é...

– Para, para... Para, por favor! Chega!

A última ordem surtiu efeito, porque ele se deteve, apesar de dizer, em tom ameaçador:

– Diz que você vai comigo... ou eu te mato de tantas cócegas.

Leire suspirou. Tudo bem. Não podia demorar mais. A chuva parecia ter diminuído. Uma tempestade se afastava, pensou ela. Tomou fôlego e começou:

– Tomás, tem...

Um telefone interrompeu a frase.

– É o teu – disse ele.

Leire pulou da cama, aliviada pela trégua momentânea. Levou alguns segundos para encontrar o celular, porque não sabia nem onde tinha deixado o casaco. Encontrou-o no chão da sala de jantar, perto da porta, e conseguiu responder antes que desligassem. A ligação foi curta, apenas alguns segundos, o suficiente para comunicar a terrível notícia.

– Aconteceu alguma coisa? – perguntou ele. Estava de joelhos, nu, no meio da cama.

– Tenho que ir – respondeu ela. – Sinto muito.

Recolheu a roupa a toda a pressa e correu para o banheiro, ainda atordoada com o que acabava de ouvir.

– Voltarei quando puder – disse ela antes de sair. – Depois conversamos, ok?

20

Já tinha começado a chover quando Héctor chegou à delegacia. Ia com a esperança de ainda encontrar Martina Andreu, mas sua sala estava vazia. Cumprimentou alguns conhecidos sentindo-se muito pouco à vontade, como se esse já não fosse o seu lugar, e, sem conseguir evitar, olhou pelo canto do olho a porta de sua própria sala. Apesar de tecnicamente ter estado de férias, todo mundo sabia do sucedido. Trabalhava havia muitos anos em delegacias, e estas eram como qualquer escritório: um lugar onde fervilhavam os boatos e os comentários. Principalmente se afetavam alguém que até então se havia distinguido por um histórico inatacável. Com passos resolutos, dirigiu-se para a mesa de Leire Castro e logo viu o relatório, colocado sobre o teclado do computador, dentro de uma pasta. Apoiado na mesa, revisou o relatório das ligações de Aleix Rovira. Esse menino estava se transformando numa fonte inesgotável de surpresas, pensou ele ao ver os nomes de Rubén Ramos e de Regina Ballester no relatório anexo. E entretanto, o primeiro nome era mais uma confirmação que uma verdadeira surpresa, disse a si mesmo, relembrando a conversa que acabava de manter com Óscar Vaquero.

Tinha combinado de se encontrar com ele na porta de uma academia no centro da cidade, e enquanto o esperava pensou que o rapaz devia estar levando a sério a questão de perder peso. No entanto, quando viu aproximar-se um jovem não muito alto mas de ombros largos, com uns braços musculosos que ameaçavam romper as mangas da camiseta e de modo algum obeso, teve que olhar para ele duas vezes antes de reconhecer a descrição que lhe haviam feito de Óscar Vaquero. É claro, tinham se passado dois anos desde aquele vídeo que havia terminado com a suspensão de Marc Castells e a mudança de colégio de Óscar. E, a julgar pelos resultados, este último havia aproveitado o tempo. Depois, já sentados em um calçadão, apesar das nuvens que começavam a cobrir o céu, pôde constatar que a mudança de Óscar não havia sido apenas física. Héctor pediu um café puro, e Óscar, depois de pensar um pouco, optou por uma Coca-Cola zero.

– Você ficou sabendo do que aconteceu com Marc Castells? – perguntou Héctor.

– Sim. – Ele encolheu os ombros levemente. – Uma pena.

– Bom, não acredito que você sentisse muito carinho por ele – insinuou o inspetor.

O rapaz sorriu.

– Nem por ele nem pela maioria das pessoas daquele colégio... Mas isso não significa que eu fique alegre com a sua morte. – Algo no seu tom de voz desmentia em parte a frase. – Aqui não são os Estados Unidos; aqui os marginalizados não entram no colégio com uma espingarda e atiram na classe toda.

– Por falta de armas ou de vontade? – perguntou o inspetor, mantendo o tom leve.

– Não acho que eu deva ter essa conversa sobre anseios homicidas com um policial...

– Os policiais também foram alunos um dia. Mas, falando sério – disse Héctor, mudando de tom e tirando um cigarro do maço –, é claro que todo esse assunto do vídeo o prejudicou.

– Isso sim é que faz mal – respondeu ele apontando o cigarro. – A verdade é que eu não gosto muito de falar nisso... É como se fosse outra época. Mas é claro que me ferrou muito. – Ele desviou os olhos, como se de repente estivesse muito interessado nas manobras de uma caminhonete na esquina oposta para tentar se meter em um espaço que evidentemente era muito estreito para ela. – Eu era o gordinho bicha. – Esboçou um sorriso amargo. – Agora sou um *gay* malhado. Tento me esquecer daquela época, mas às vezes ela volta.

Héctor assentiu.

–Volta quando menos se espera, não é?

– Como sabe?

– Já te disse que todos já fomos garotos um dia.

– Tenho fotos dessa época guardadas, para não me esquecer. Mas me diga, o que deseja?

– Estou apenas tentando fazer uma ideia de como era Marc Castells. Quando alguém morre, todo mundo fala bem dele – disse ele, e surpreendeu-se ao pensar que nesse caso o ditado não estava certo.

– Claro... E veio procurar alguém que o odiasse? Mas por quê? Não foi um acidente?

– Estamos encerrando o caso, e não podemos descartar outras possibilidades.

Óscar concordou.

– Ah... Bom, pois receio que tenha errado de pessoa. Eu não odiava Marc. Nem na época nem agora. Ele era um dos poucos com quem eu conversava.

– E não te estranhou que ele colocasse o vídeo na internet?

– Inspetor, não diga besteira. Marc nunca teria feito isso. Na verdade, ele não fez isso. Todo mundo sabia. Por isso só o suspenderam por uma semana.

– Então ele arcou com a culpa de outro?

– Claro. Em troca de ajuda nos exames. Marc não era muito inteligente, sabe? E Aleix o tinha em suas mãos. Fazia todas as suas provas.

– Então você está me dizendo que quem gravou o vídeo e o colocou na internet foi Aleix Rovira, e que Marc levou a culpa por ele?

– Sim. Por isso é que eu fui embora. Esse colégio me dava nojo. Aleix era o número um, o rapaz inteligente, um intocável. Marc também, mas não tanto quanto ele.

– Entendo – disse o inspetor.

– Mas no fundo esse imbecil do Aleix me fez um favor. E acho que estou bem melhor que ele, pelo que tenho ouvido dizer.

– O que você tem ouvido dizer?

– Digamos que Aleix deu para andar pelo *wild side*. E ele é idiota o bastante para achar que é durão. O senhor entende o que eu quero dizer, inspetor Salgado.

– Não. Durão em que sentido?

– Veja, todo mundo sabe que se alguém quer alguma coisa pro fim de semana, alguma coisa pra se divertir, só precisa ligar para o Aleix.

– Você está dizendo que ele é um avião?

– Ele era um avião *amateur*, mas acho que ultimamente está fazendo isso a sério. Traficar e consumir. Pelo menos é o que dizem. E que ele também está andando com gente da pesada.

Por isso, agora, ao ver o nome do outro rapaz quase da mesma idade e com antecedentes de posse de cocaína, Héctor compreendeu que Óscar não tinha mentido. Ignorava se isso tinha algo a ver com a morte de Marc, mas o que estava claro era que Aleix Rovira tinha que lhe explicar muitas coisas sobre brigas, sobre drogas, sobre culpas endossadas por outros... Tinha vontade de dar um aperto naquele moleque, pensou. E agora já sabia como fazer isso.

– Inspetor?

A voz o sobressaltou. Estava tão absorto em seus pensamentos que não tinha ouvido ninguém chegar.

– Senhora Vidal... Estava me procurando?

– Sim. Mas me chame de Joana, por favor. Senhora Vidal me faz pensar em minha mãe.

Usava a mesma roupa de antes, e parecia cansada.

– Não quer sentar?

Ela hesitou.

– Preferia... Se importa de ir comigo tomar alguma coisa?

– Não, claro que não. Posso lhe oferecer um café, se quiser.

– Estava pensando em um gim-tônica, inspetor, não em um café.

Ele olhou o relógio e sorriu.

– Héctor. E tem razão. Depois das sete o café produz insônia.

Chovia a cântaros quando saíram, o que os fez entrar no primeiro bar que encontraram, um desses lugares que servem refeições e que de tarde só sobreviviam graças aos fregueses que não saíam do balcão, onde ficavam discutindo futebol e consumindo uma cerveja atrás da outra. As mesas estavam livres, então, apesar do olhar reprovador do garçom, Héctor a conduziu à mais afastada do balcão, onde poderiam conversar com tranquilidade. O garçom a limpou de má vontade, mais atento à discussão que se mantinha no balcão sobre os novos contratados do Barça do que aos clientes. No entanto, apressou-se a levar-lhes dois gins-tônicas bem servidos, mais para que o deixassem conversar em paz que por generosidade.

– Fuma? – perguntou Héctor.

Ela negou com a cabeça.

– Parei de fumar há anos. Em Paris não se podia fumar em nenhum lugar.

– Bom, aqui não vai durar muito. Mas por enquanto estamos resistindo. Te incomoda?

– Absolutamente. Na verdade, eu até gosto.

De repente ambos se sentiram pouco à vontade, como um par de desconhecidos que acabam de se azarar em um bar fuleiro e se perguntam que diabo estão fazendo. Héctor pigarreou e bebeu um gole do gim-tônica. Não conseguiu evitar uma careta de desgosto.

– Isto está horrível.

– Não vai nos matar – respondeu ela. E deu um gole corajoso.

– Por que foi à delegacia? Tem alguma coisa que não nos contou antes, não é?

– Eu notei que você tinha percebido.

– Olha... – Ele se sentiu pouco à vontade tratando-a com informalidade, mas continuou: – Vou ser muito sincero, mesmo que te pareça brusco: esse pode ser um desses casos que não se resolvem nunca. Não tive muitos assim na minha carreira, mas em todos eles a dúvida sempre ficou no ar. Ele caiu? Pulou voluntariamente? Foi empurrado? Sem testemunhas, com poucos indícios que apontem para um crime, acabam sendo classificados como "morte acidental" por falta de outras provas. E a dúvida sempre fica pairando no ar.

– Eu sei. É exatamente isso que eu quero evitar. Tenho que descobrir a verdade. Já sei que vai parecer contraditório, e, como meu ex se empenha em me lembrar cada vez que me vê, é um interesse que chega tarde demais. Mas não vou embora sem saber o que aconteceu.

– Talvez tenha sido um acidente. Você precisa contar com essa possibilidade.

– Quando tiverem condições de me assegurar que foi um acidente, eu acreditarei. Mesmo.

Deram um gole na bebida. O céu se desfazia em água, e tanto o gim-tônica como a conversa fluíam melhor. Joana tomou fôlego e decidiu confiar nesse inspetor de aspecto melancólico e olhos amáveis.

– Outro dia recebi mais um *e-mail*. – Procurou no bolso e tirou um papel impresso. – Leia.

From: sempreiris@gmail.com
To: joanavidal@gmail.com
Assunto:

Oi... Desculpe escrever para a senhora, mas não sabia a quem me dirigir. Fiquei sabendo do que aconteceu, e acho que deveríamos nos ver. É importante que não diga nada a ninguém até que a senhora e eu conversemos pessoalmente. Por favor, faça isso pelo Marc. Sei que tinham começado a se escrever, e espero poder confiar na senhora.

Tomarei um avião de Dublin para Barcelona no próximo domingo pela manhã. Gostaria de vê-la logo para lhe contar algumas coisas sobre Marc... e sobre mim.

Muito obrigada.
Sempreiris

Héctor levantou a cabeça da folha de papel.

– Não entendo. – Os fios daquele caso pareciam se multiplicar, apontando para várias direções, nenhuma definitiva. Se meia hora antes estava bem certo de que a briga entre Aleix e Marc estava relacionada com assuntos de drogas, agora esse nome, Iris, aparecia de novo. Havia uma tal de Iris no celular de Marc. – Sempreiris. É um jeito estranho de assinar um *e-mail*, não acha? Como se seu nome não fosse esse. Como se fosse uma espécie de homenagem.

Joana pegou o gim-tônica com a mão ligeiramente trêmula. Aproximou-o dos lábios mas não chegou a beber. A conversa do balcão estava alcançando tons de uma discussão apaixonada.

– Ontem quase cheguei a contar isso para meu ex-marido. Ia perguntar se ele sabia alguma coisa dessa Iris, se o nome lhe era familiar. Ele se mostrou tão cruel que achei que era melhor não fazer isso. Além do mais, essa garota me pediu que não contasse a ninguém, como se ela estivesse correndo perigo, como se estivesse escondendo alguma coisa...

–Você fez bem em me contar – assegurou Héctor.

– Espero que sim. – Joana sorriu. – Mal posso reconhecer Enric. Quer saber de uma coisa? Quando éramos namorados, achei que ia ficar com ele a vida inteira.

– Não é isso o que todos nós achamos?

– Acho que sim. Mas tudo mudou quando nos casamos...

– Por que você foi embora?

– Por isso, e porque a ideia de ser mãe me apavorava.

Joana terminou de beber o gim-tônica e tornou a colocar o copo na mesa.

– Isso soa mal, não é?

– O medo é humano. Só os estúpidos são imunes a ele.

Ela riu.

– Boa intenção, inspetor Salgado. – Ela olhou para a porta. – Se importa se sairmos para dar uma volta? Acho que já parou de chover. Preciso de ar.

A chuva havia dado uma capa de brilho a uma cidade que se preparava para o fim de semana. Corria uma brisa leve, nada especial, mas entre isso e as ruas molhadas respirava-se um frescor que era bem-vindo depois daqueles dias de intenso mormaço. Héctor e Joana começaram a andar sem rumo. Caminharam até a Plaza Espanya, e, uma vez ali, ouviram uma animada música étnica que vinha da zona do Palacio de Montjuïc, onde parecia que estavam celebrando uma dessas festas de verão. Talvez estivessem se sentindo à vontade um com o outro, talvez nenhum dos dois tivesse muita vontade de voltar para uma casa vazia; o certo é que ambos, de comum acordo, encaminharam os passos em direção à música. Anoitecia, e o cenário iluminado os atraiu. No caminho, barracas de empanadas, *tacos* e *mojitos* feitos a granel ofereciam seus produtos entre bandeirinhas coloridas e poças de água. Os responsáveis pelas barracas tentavam parecer animados diante do mau tempo, mas era óbvio que a chuva tinha estragado parte da festa.

– Posso lhe perguntar se você é casado? – disse ela, enquanto um grupo de *salsa* enchia o cenário de sensuais danças tropicais.

– Já fui.

– Outra vítima do desamor?

– E quem não é?

Ela riu. Fazia tempo que não se sentia tão bem com alguém. Ele parou diante de uma das barracas e pediu dois *mojitos*.

–Você não deveria fazer isso, inspetor. Não se deve convidar uma mulher solteira pra mais de um drinque.

– Chhh, baixe a voz. – Quando ia pagar, tirou o celular do bolso e percebeu que havia três ligações perdidas que tinham passado despercebidas com os acordes do som caribenho. – Espera um momento – disse ele, afastando-se alguns passos. – O quê? Desculpa, estou na rua, e aqui tem muito barulho. Por isso não ouvi o celular. O quê? Quando? Na tua casa? Vou para aí.

Joana dirigiu o olhar para o cenário, com os dois *mojitos* nas mãos. Ao fundo, as fontes de Montjuïc lançavam seus jorros coloridos, e a rua começava a se encher de gente que, como eles, havia decidido se unir à festa depois da chuva. O *mojito* estava aguado. Deu um longo gole e estendeu o outro copo para Héctor, com um gesto quase sedutor, mas seu sorriso desapareceu ao ver a expressão do rosto dele.

21

A casa dos Martí parecia ter sido invadida por uma tropa de soldados cautelosos, que falavam em voz baixa e desempenhavam as tarefas pertinentes com uma cara circunspecta. Na sala, um severo Lluís Savall dava ordens sucintas a seus homens, olhando pelo canto do olho Salvador Martí e a mulher, que, apesar de estarem sentados um ao lado do outro no sofá escuro, davam a impressão de se achar a quilômetros de distância. Ele tinha a vista cravada na porta; ela permanecia tensa, enrijecida por uma força interior, e seus olhos secos e avermelhados denotavam uma mescla de incredulidade e dor. Nessa casa fechada, o horror estava apenas na mente deles, nessas imagens que dificilmente conseguiriam apagar da memória. No banheiro, no entanto, a tragédia explodia em todo o seu macabro esplendor: pinceladas dispersas nas paredes esmaltadas da banheira, uma lâmina de barbear na prateleira, a água tingida de vermelho e o corpo inerte de Gina, meio submerso, com o semblante tranquilo de uma menina adormecida.

Diante da porta, Héctor ouvia com atenção o que lhe dizia a agente Castro, séria, enquanto um colega da polícia científica terminava de recolher os indícios da tragédia. Não foi um relatório longo, não era necessário. Regina Ballester tinha ido buscar o marido no aeroporto às sete, mas o avião chegara com atraso. Durante a espera, de mais de uma hora, ela tinha ligado para a filha várias vezes, mas esta não havia respondido. O voo de Salvador Martí aterrissara afinal, e ambos chegaram em casa às nove e quinze, depois de se livrarem de um engarrafamento provocado pela chuva e pelos que saíam para o fim de semana. Regina havia subido imediatamente para o quarto da filha, e quando não a viu pensou que talvez tivesse saído, mas quando passava diante do banheiro percebeu que a porta estava entreaberta, e a luz acesa. Seus gritos ao ver Gina na banheira, submersa em um mar de sangue, alertaram o marido. Foi ele que ligou para o telefone de emergência, apesar de saber que a ciência médica já não podia fazer nada para reviver sua única filha. A conclusão aparente, na falta de outras provas, era que Gina Martí tinha cortado as veias na banheira.

— Ela deixou alguma carta?

Leire concordou com a cabeça.

— No computador, apenas duas linhas. Diz algo assim como: não aguento mais, tenho que fazer isso... o remorso não me deixa em paz.

— Remorso? — Héctor imaginou Gina meio bêbada, despeitada, observando Marc sentado no parapeito da janela. Caminhando até ele, possuída pela raiva, e empurrando-o antes que ele se voltasse para ela e a fizesse fraquejar. Isso tinha sentido. O que ele não conseguia acreditar era que essa mesma garrota tivesse descido depois para se deitar na cama do rapaz que amava e que acabava de matar e tivesse ficado ali, dormindo ou não, como se nada tivesse acontecido. Não acreditava que Gina Martí tivesse sido capaz de agir com essa frieza.

— Inspetor Salgado, tinham me dito que estava de férias. — A médica-legista, uma mulher miúda e viva, famosa por sua eficiência e pela língua viperina, dirigiu-se a eles e interrompeu seus pensamentos.

— Estava sentindo saudade de você, Celia.

— Pois pra quem estava sentindo tanta saudade de mim, você está bem atrasado. Estávamos esperando pra saber se você queria ver o corpo. – Olhou para o interior com a inexpressividade de quem examina cadáveres há anos: velhos, jovens, doentes e sadios. – Ouvi dizer que existe um bilhete de suicídio?

– É.

– Pois então não tenho muita coisa a acrescentar. – Mas seu tom e o cenho franzido indicavam outra coisa.

Héctor entrou no banheiro e contemplou o corpo sem vida da pobre Gina. Recordou de repente sua explosão no sofá, quando, diante do olhar condescendente da mãe, anunciara aos gritos que ela e Marc se amavam. Havia detectado naquele momento um vislumbre de triunfo em sua voz; Marc já não estava ali para contradizê-la; ela podia se aferrar a esse amor, fosse real ou não. Com o tempo, diante de pessoas alheias a todo aquele assunto, tinha inclusive mudado o seu relato; tinha excluído dele o repúdio de Marc na última noite, transformando-o no jovem apaixonado que lhe dera um beijo, lhe dissera carinhosamente "me espera acordada, não vou demorar", e depois se jogara no vazio em um acidente nunca explicado.

– A agente Castro me disse que vocês a interrogaram ontem. Ela lhe pareceu uma moça decidida? Segura de si?

Decidida? Héctor hesitou só um instante. A voz de Leire foi mais taxativa:

– Não. Absolutamente.

– Pois nesse caso tinha muito bom pulso. Vejam. – Celia Ruiz se dirigiu à banheira e, sem pensar duas vezes, tirou a mão direita da água. – Um único corte, profundo e firme. O outro é igual. Os suicidas adolescentes costumam fazer vários cortes até se atreverem a fazer o definitivo. Ela não; sabia muito bem o que queria, e sua mão não tremeu. Nenhuma das duas.

– Podemos retirar o cadáver? – perguntou um agente.

– Por mim, sim. Inspetor Salgado?

Ele concordou e afastou-se da banheira para deixar os outros passarem.

– Obrigado, Celia.

– De nada. – Héctor e Leire já estavam saindo pela porta quando Celia acrescentou: – Receberão o relatório completo segunda-feira, está bem?

– Às suas ordens. – Héctor lhe sorriu. –Vamos para o quarto dela. Quero ver essa mensagem.

Leire acompanhou o inspetor. A caixa com os bichos de pelúcia estava no mesmo canto onde a agente a tinha visto na tarde anterior. Sobre a mesa, ao lado do computador, havia um copo com restos de suco.

– Vou dizer aos rapazes que o levem ao laboratório para ver se encontram alguma coisa. – Com as mãos protegidas por luvas, Leire moveu o *mouse*, e a tela do computador voltou à vida. Havia um texto curto, escrito em letras grandes: "Não aguento mais, tenho q fazer isso... o remorso não me deixa em paz". – Tem mais alguma coisa.

Leire minimizou o texto e maximizou outra página. A primeira coisa que Héctor viu foi a foto apagada de uma menina, e, justamente debaixo dessa, outra, em preto e branco, que mostrava uma jovem de cabelos loiros agitados pelo vento. Leire foi subindo com o cursor até chegar ao início da página. Um cabeçalho simples, típico dos formatos de *blog*, anunciava: "Coisas minhas (principalmente porque não creio que interessem a ninguém!)". Ao lado, uma pequena foto revelava que esse era o *blog* de Marc Castells. Mas o que mais chamou a atenção do inspetor Salgado foi o *post* do *blog* que Gina estava lendo antes de morrer, datado de 20 de junho. O último que Marc havia escrito antes de morrer. Era muito curto, apenas algumas linhas: "Tudo está preparado. A hora da verdade se aproxima. Se o fim justifica os meios, a justiça vai avalizar o que vamos fazer. Por Iris".

– O nome me pareceu familiar da lista de ligações de Marc, mas o texto é muito estranho.

Héctor pensou na mensagem de Joana. Sempreiris...

—Vamos levá-lo. — Antes de fechar, viu que o *blog* de Marc não tinha muitos seguidores, apenas dois: gina m. e Sempreiris. — Temos que falar com os Martí. Depois cuidaremos disto.

Enquanto desciam, ele pôs Leire a par de sua conversa com Joana Vidal.

— A tal Iris que assinou a mensagem lhe pediu que não a mencionasse a ninguém até que pudessem se encontrar pessoalmente. Acho que por enquanto será melhor seguir as suas instruções. Espero que o domingo nos conte algo importante.

Leire concordou.

— Inspetor, o que acha de tudo isso?

Héctor permaneceu alguns instantes com o olhar perdido.

— Acho que está morrendo gente jovem demais. — Voltou a cabeça para o quarto do qual acabavam de sair. — E acho que há muitas coisas que nós não sabemos.

— Para dizer a verdade, Gina Martí não me pareceu do tipo suicida. Estava triste, sim, mas ao mesmo tempo tive a impressão de que estava... desfrutando seu papel. Como se a morte de Marc a tivesse elevado à categoria de protagonista.

— As protagonistas às vezes também morrem — respondeu ele. — E talvez o problema de Gina não fosse depressão, mas sentimento de culpa.

Leire negou com a cabeça.

— Não consigo vê-la empurrando-o pelas costas só porque ele não correspondia ao seu amor. Eles eram amigos desde crianças... Qualquer um poderia ter digitado essa mensagem.

— As amizades às vezes podem se transformar de maneira impensável.

— Acha que ela o matou por amor? — perguntou ela com um toque de ironia.

Nesse momento, um soluço histérico, seguido de um rumor de passos, elevou-se acima deles. Regina, que não havia pronunciado uma só palavra em toda a noite, rompeu em um pranto sonoro e incontrolável quando os agentes tiraram Gina da banheira, colocada sobre uma maca e completamente coberta por um lençol branco.

Savall os esperava ao fim da escada, junto à porta que dava para a sala. Era evidente que tinha uma enorme vontade de sair dali.

— Salgado, você trata disso? Não acredito que possam falar com os Martí esta noite.

A voz tensa e rouca de Regina chegou até eles:

— Não quero um calmante. Não quero me acalmar! Quero ir com Gina. Para onde a estão levando? — Regina se livrou dos braços do marido e caminhou até a porta. Viram-na sair quase correndo atrás dos agentes. Mas ao chegar à porta ela se deteve, como se uma barreira invisível a impedisse de cruzá-la. Seus joelhos se dobraram, e ela teria caído no chão se não fosse por Héctor, que estava atrás dela.

O marido se aproximou com os passos vacilantes de um velho e fitou os agentes com olhos que revelavam uma hostilidade arraigada. Pela primeira vez, Salvador Martí ficou sem palavras, e exigiu apenas:

— Podem nos deixar em paz por hoje? Minha esposa precisa descansar.

Parecia mentira que a rua estivesse tão tranquila, tão alheia ao drama que se desenrolava a apenas alguns metros dali. Se nos fins de semana de verão o bairro já ficava vazio, nesse então, depois daqueles dias de calor infernal, o êxodo fora quase absoluto. Nem mesmo a chuva da tarde tinha conseguido dissuadir as pessoas. Um senhor de meia-idade passeava com um cachorro de raça indefinida pelo centro da Via Augusta; lojas fechadas, cafeterias às escuras, vagas para estacionar dos dois lados da rua. Um panorama de sossego que só era interrompido pelas luzes azuladas dos carros de polícia que se afastavam sem fazer barulho, vislumbres silenciosos que levavam consigo os últimos restos da tragédia.

Héctor e Leire passearam até a Diagonal quase sem pensar. Inconscientemente, procuravam por luz, tráfego, alguma sensação de vida. Ela sabia que Tomás a esperava, mas não se sentia com ânimo de falar com ele. Héctor retardava o momento de ligar para Joana para lhe contar o sucedido, porque não sabia muito bem o que lhe dizer, e precisava clarear as ideias. Tampouco lhe apetecia voltar ao seu apartamento. Tinha a sensação de que naquele espaço, antes acolhedor, podiam aguardá-lo surpresas terríveis. A visão de si mesmo espancando sem piedade aquele bastardo não era fácil de esquecer nem agradável de lembrar.

— Vi o que você me deixou a respeito das ligações de Aleix Rovira — disse ele. E passou a lhe contar sua conversa com Óscar Vaquero: as suspeitas de que Aleix podia estar passando cocaína tinham relação com os telefonemas daquele avião sem importância, o tal Rubén. Mais intrigantes eram as ligações para Regina Ballester, pensou Héctor. Prosseguiu sem lhe dar tempo de dizer nada, falando consigo mesmo em vez de para ela: — Acho que estou começando a fazer uma ideia do que aconteceu naquela noite. Era a festa de São João, um bom dia para os negócios de Aleix. Gina nos disse que ele chegou mais tarde, portanto, já devia ter vendido alguma coisa, mas com certeza tinha mais. Foi recebendo as chamadas, e, se admitirmos que ele se dedicava a fazer isso, deviam ser de possíveis clientes. Mas ele não respondeu a nenhuma delas. E, se o que seu irmão disse é verdade, ele chegou em casa tão depressa como se estivesse voltando da casa de Marc. Se houve briga, e o sangue da camiseta de Marc deixa isso bem claro, é possível que a coca fosse o motivo da discussão. Ou, no mínimo, fosse parte dela.

Leire seguia seu raciocínio.

— Quer dizer que eles brigaram e Marc se desfez da cocaína? Isso explicaria por que Aleix não respondeu às ligações dos clientes. Mas por que teriam brigado? Gina nos falou de uma discussão; disse que Marc tinha voltado mudado da Irlanda, que não era o mesmo... Mas deve ter havido uma razão mais importante, algo que desse motivo para Marc enfrentar Aleix e se vingar dele jogando fora a cocaína.

– Aleix tinha dominado os dois. E Marc se revoltou.

– Você está sugerindo que Aleix voltou à casa de Marc para ajustar contas com ele? E depois matar Gina, forjando um suicídio, para que ela não o delatasse?

– Proponho que não deveríamos chegar a nenhuma conclusão até interrogar esse rapaz como manda o figurino. Também sugiro que armemos uma pequena armadilha para seu amigo Rubén. Quero agarrar os dois pelos colhões. – Ele fez uma pausa e prosseguiu: – E depois temos Iris. No *e-mail* de Joana, no celular de Marc e agora em seu *blog*. Parece um fantasma.

– Um fantasma que vai aparecer depois de amanhã. – Leire suspirou. Estava esgotada. Notou que seus músculos começavam a se relaxar depois da tensão acumulada na casa dos Martí.

– Sim. Já é tarde, e amanhã teremos um dia duro. – Olhou-a com afeto. – Você devia descansar.

Ele tinha razão, pensou ela, apesar de intuir que ia demorar para pegar no sono essa noite. Sem saber muito bem por quê, começava a sentir-se à vontade com esse sujeito tranquilo, um pouco taciturno mas firme. Seus olhos castanhos insinuavam um poço de tristeza, sim, mas não de amargura. De sã melancolia, se é que isso significava alguma coisa.

– Sim. Tenho que ir pegar a moto.

– Claro. Nos vemos amanhã – disse ele. Afastou-se alguns passos, mas de repente se voltou para chamá-la, como se tivesse se lembrado de uma coisa importante. – Leire, antes você me perguntou se eu achava que Gina tinha matado Marc por amor. Nunca ninguém matou alguém por amor, isso é uma mentira dos tangos. Só se mata por cobiça, por despeito ou por inveja, pode acreditar. O amor não tem nada que ver com isso.

22

Héctor entrou em sua sala como se fosse um intruso. Não tinha vontade de voltar para casa, e decidiu ir para a delegacia ler o *blog* de Marc Castells. Tentou se livrar da sensação de estar fazendo algo que não devia, sem muito resultado. Ligou o computador, lembrou-se de sua senha – kubrick7 – e digitou o nome do *blog* de Marc Castells no navegador, enquanto pensava na falta de pudor que esses diários do século XXI revelavam. Agora a vida privada era exibida na rede, o que, tinha certeza, impunha certa censura na hora de escrever. Se não se podia ser absolutamente sincero, para que se dar ao trabalho de escrever? Seria para chamar a atenção do mundo? "Ei, escutem, minha vida está cheia de coisas interessantes! Façam o favor de ler..."

Talvez ele é que estivesse ficando velho, pensou. Hoje em dia as pessoas se conheciam pela internet; alguns, como Martina Andreu, até se casavam com pessoas que haviam conhecido nesse espaço difuso que era o cibermundo, pessoas que às vezes viviam em outras cidades e com as quais talvez jamais cruzassem se não tivessem sentado uma tarde diante do computador. "Definitivamente, você está fora da moda, Salgado", concluiu ele enquanto abria a página. "Coisas minhas (principalmente porque não acredito que interessem a ninguém mais!)". Era um bom nome, apesar de parecer irônico que as coisas de Marc interessassem a alguém depois de ele ter morrido.

Pelo que pôde ver, Marc havia começado no mundo do *blog* quando fora para Dublin, provavelmente como forma de se comunicar com sua melhor amiga, que comentava profusamente quase todos os seus *posts*. Incluía fotos de seu quarto em uma república de Dublin, do *campus*, de ruas molhadas de chuva, de portas coloridas em austeros edifícios georgianos, de parques imensos, de canecas de cerveja, de colegas que seguravam as canecas. Marc não dedicava muito tempo a escrever; seus textos eram na maioria curtos e comentavam aspectos tão apaixonantes como o tempo – sempre chuvoso –, as aulas – sempre chatas – e as festas – sempre repletas de álcool. À medida que ele mesmo ia se cansando dos próprios comentários, estes se faziam menos frequentes.

Héctor foi descendo a tela até encontrar uma foto que lhe chamou a atenção: mostrava uma jovem loira, de cabelos agitados pelo vento, aos pés de um despenhadeiro. Sem querer, ele pensou em *A mulher do tenente francês*, que passeava sua dor por outros penhascos açoitados pelas ondas. Ao pé da foto estava escrito: "Excursão a Moher, 12 de fevereiro". Gina não escrevera nenhum comentário. O *post* seguinte estava datado de sete dias depois, e a disparidade de seu tamanho em relação aos outros do *blog* era enorme. O título era "Em memória de Iris".

Faz muito tempo que não penso em Iris nem no verão em que ela morreu. Acho que tentei me esquecer de tudo, da mesma forma que superei os pesadelos e os terrores da infância. E agora, quando quero me lembrar dela, só me vem à mente o último dia, como se essas imagens tivessem apagado todas as anteriores. Fecho os olhos e me transporto àquela casa grande e velha, ao dormitório de camas desertas que esperam a chegada do próximo grupo de crianças. Tenho seis anos, estou no acampamento e não consigo dormir porque tenho medo. Não, estou mentindo. Naquela madrugada eu me comportei com bravura: desobedeci às regras e enfrentei a escuridão só para ver

Iris. Mas encontrei-a afogada, flutuando na piscina, rodeada por um cortejo de bonecas mortas.

Héctor não conseguiu evitar um estremecimento, e seu olhar procurou a foto em preto e branco daquela menina loira. Sentado na sala vazia que lhe parecia estranha, em uma delegacia à meia luz, esqueceu-se de tudo e mergulhou no relato de Marc. Na história de Iris.

Lembro que o chão estava frio. Reparei nisso ao descer descalço da cama e caminhar depressa até a porta. Tinha esperado que amanhecesse porque não me atrevia a sair de noite do enorme dormitório deserto, mas fazia um bom tempo que estava acordado, e não podia esperar mais. Levei alguns segundos para fechar a porta com cuidado, a fim de não fazer barulho. Tinha que aproveitar esse momento, enquanto todos dormiam, para conseguir levar a cabo o meu plano.

Sabia que não tinha tempo a perder, então andei depressa; no entanto, quando ia percorrer o longo corredor, parei e tomei fôlego para ter coragem. As persianas do térreo deixavam entrever uma débil réstia de luz, mas o corredor de cima continuava às escuras. Como eu odiava essa parte do casarão! Na verdade, odiava a casa toda. Principalmente em dias como esse, em que estava quase desabitada até que chegasse o grupo seguinte de meninos com quem eu teria que passar dez dias. Por sorte já era o último: logo poderia voltar para a cidade, para aquele quarto conhecido que era só meu, para os móveis novos que não rangiam de noite e para as paredes brancas, que protegiam em vez de assustar.

Soltei o ar sem perceber, e tive que inspirar novamente. Era algo que Iris tinha me ensinado: "Você toma fôlego e expira o ar enquanto corre, assim acaba com o medo". Mas no meu caso isso não adiantava muito, talvez porque não coubesse muito ar nos meus pulmões, mas eu não havia lhe contado nada porque tinha vergonha disso.

Tentei avançar colado à balaustrada de madeira colocada ao longo de todo o corredor para que ninguém pudesse cair lá embaixo e manter o olhar fixo à frente para não ver aquele enorme pássaro ereto que, da mesinha apoiada na parede, parecia vigiar meus passos. De dia ele não era tão horrível, mas na penumbra essa coruja de olhos de cristal parecia amedrontadora. Eu devia ter agarrado o parapeito com mais força, porque este rangeu, e eu o soltei de repente: não queria fazer barulho. Avancei em linha reta, seguindo o estranho desenho das lajotas frias, e me lembro perfeitamente da sensação de pisar em algo áspero quando apoiava o pé em alguma que estava quebrada. Já faltava pouco: o quarto de Iris era o último, no fim do corredor.

Eu precisava vê-la antes que os outros se levantassem, porque senão não me deixariam fazê-lo. Iris estava de castigo, e mesmo que no fundo até eu achasse que ela tinha merecido, não queria passar outro dia sem falar com ela. Quase não tivera tempo de fazê-lo na tarde anterior, quando um dos monitores a havia encontrado depois que ela fugira e passara a noite inteira no bosque. Só de pensar nessa possibilidade, naquele bosque povoado de sombras e de corujas imóveis, eu ficava todo arrepiado. Mas ao mesmo tempo morria de vontade de que Iris me contasse o que tinha visto lá. Ela talvez tivesse se comportado mal, mas era corajosa, e isso era algo que eu não podia deixar de admirar. Claro que por isso mesmo ela fora castigada; sua irmã e sua mãe tinham me contado. Para que ela não tornasse a fugir, a lhes dar um susto como aquele.

Afinal cheguei à porta, e, apesar de terem me ensinado que sempre se devia bater à porta antes de entrar, eu disse a mim mesmo que isso não tinha importância; ela devia estar dormindo, e, além disso, o principal era não fazer barulho. Iris compartilhava o quarto com sua irmã, em vez de fazê-lo com as outras crianças, porque elas não estavam acampando: eram as filhas da cozinheira. E essa noite sua irmã estava dormindo com a mãe. Eu tinha ouvido tio Fèlix dizer isso. Iris devia ficar dois dias fechada no quarto, sozinha, para aprender a lição. Ao abrir, vi que as janelas do quarto estava completamente fechadas;

eram estranhas, diferentes das de minha casa de Barcelona. Tinham um vidro e logo depois uma tábua de madeira que não deixava passar nem um pouco de luz.

"Iris", sussurrei, caminhando no escuro, "Iris, acorda!" Como não encontrei o interruptor, me aproximei da cama e a apalpei às cegas, desde o pé. De repente minhas mãos roçaram em algo mole e peludo. Eu me afastei de um salto e ao fazê-lo bati na mesinha, que balançou um pouco. Então me lembrei de que em cima dessa mesinha havia um abajur pequeno, que Iris costumava deixar aceso até altas horas da noite para ler. Ela lia muito, dizia sua mãe. Ameaçava tirar-lhe os livros se ela não terminasse de jantar. O abajur estava ali; fui seguindo o fio com a mão até dar com o interruptor. Não era uma luz muito forte, mas o suficiente para ver que o quarto estava quase vazio: as bonecas não estavam nas estantes, nem Iris na cama, claro. Só o ursinho de pelúcia, o mesmo que Iris tinha me emprestado durante as primeiras noites para que eu não tivesse medo, mas que eu lhe devolvi quando um dos meninos riu de mim. Ele estava ali, sobre o travesseiro, estropiado: a barriga estava aberta, como se o tivessem operado, e dela saía um recheio verde.

Tomei fôlego de novo e me agachei para verificar se havia alguém debaixo da cama; só havia pó. E de repente também eu fiquei bravo com Iris, como todos. Por que ela fazia aquelas coisas? Fugir, desobedecer. Nesse verão sua mãe brigava com ela o tempo todo: porque não comia, porque lhe respondia mal, porque não estudava, porque não parava de provocar sua irmã Inés. Se ela tivesse voltado a fugir enquanto estava de castigo, tio Fèlix ia ficar muito bravo. Lembro que por um momento pensei em ir contar para ele, mas depois disse a mim mesmo que isso não seria legal; nós éramos amigos, Iris e eu, e apesar de ela ser mais velha, nunca se incomodava de brincar comigo.

Então prestei atenção na janela e pensei que talvez ela tivesse descido para o pátio bem cedo, do mesmo jeito que eu, enquanto todos dormiam. Foi um pouco difícil, mas consegui mover o fecho metálico que prendia a madeira. Já era de dia. Diante de meus olhos se estendia o bosque, fileiras de árvores muito altas que se elevavam pelas ladeiras da montanha. De dia não me dava medo, era até bonito, com diferentes tons de verde. Não vi nada no pátio, e já ia fechar a janela novamente quando me lembrei de olhar na direção da piscina. Só conseguia ver um pedaço dela, então pus a cabeça um pouco para fora, para ter uma visão mais ampla.

Me lembro como se fosse agora da alegria que senti ao vê-la: essas alegrias infantis, intensas, que surgem diante de coisas tão simples como um sorvete ou a visita a um parque de diversões. Iris estava ali, na água. Não tinha fugido, só tinha descido para nadar! Me contive para não gritar e me conformei em lhe acenar com a mão para chamar sua atenção, até que me dei conta de que era uma bobagem, porque de onde estava ela não poderia me ver. Eu teria que esperar que ela chegasse ao lado oposto da piscina, onde a água era mais rasa, onde os pequenos tomavam banho, e também aqueles que não se atreviam a ficar na parte mais funda.

E agora, anos depois, ao pensar em tudo isso, ao reviver cada detalhe daquela madrugada, me invade a mesma estranheza fria de então. Porque apenas alguns segundos depois percebi que Iris não avançava, que ela estava quieta sobre a água, como se brincasse de morto, mas ao contrário. De repente já não me importava que me ouvissem, e desci correndo para a piscina, mas não tive coragem de entrar na água. Apesar de só ter seis anos, eu sabia que Iris tinha se afogado. E então vi as bonecas: elas flutuavam de boca para baixo, como pequenas Irises mortas.

A imagem era tão poderosa, tão inquietante, que Héctor minimizou a tela com um gesto automático. Procurou o maço de cigarros e acendeu um, contrariando todas as regras. Deu uma profunda tragada e expirou o ar devagar. À medida que ia se acalmando – bendita nicotina –, seu cérebro começou a colocar essa nova peça em um quebra-cabeça que estava se tornando cada vez mais macabro. E ele percebeu, com toda a certeza que dão os anos de trabalho, que enquanto não soubesse exatamente como Iris tinha morrido, não poderia entender o que havia acontecido com Marc na janela, nem com Gina na banheira. "Mortos demais", disse ele novamente. "Acidentes demais. Jovens demais que perderam a vida."

O telefone interrompeu seu raciocínio, e ele olhou a tela, entre aborrecido e aliviado.

— Joana? — respondeu.

— É muito tarde? Desculpa...

— Não. Estava trabalhando.

— Fèlix me ligou. — Ela fez uma pausa. — Ele me falou da garota.

— É?

— É verdade? Essa menina tinha deixado uma mensagem dizendo que tinha matado Marc? — Havia um toque de incredulidade e de esperança em sua voz.

Héctor demorou alguns segundos para responder, e falou com cautela:

— Parece que sim. Mas eu não teria muita certeza disso. Ainda... ainda existem muitas questões por esclarecer.

Silêncio. Como se Joana estivesse digerindo essa resposta vaga, como se estivesse pensando no que dizer em seguida.

— Não quero ficar sozinha esta noite — disse ela afinal.

Ele olhou a tela; pensou em seu apartamento hostil, na ausência de Ruth, no rosto maduro e belo de Joana. Por que não? Dois solitários que faziam companhia um ao outro numa noite de verão. Não podia haver nada de mal nisso.

— Eu também não — respondeu ele. — Vou para aí.

sábado

23

No fundo da consciência, Héctor sabe que está sonhando, mas afasta essa ideia e mergulha nessa paisagem de cores vivas, nesse desenho infantil que pretende representar um bosque: borrões verdes e quase redondos, listras azuis salpicadas de simpáticos algodões brancos, um sol amarelo que sorri pela metade. Um cenário *naïf* desenhado por Tim Burton e pintado com lápis de cera. No entanto, enquanto pisa nas pedras marrons que formam o caminho, todo o espaço muda, como se sua presença humana transformasse o entorno de repente. As manchas verdes se transformam em árvores de ramos altos, povoados de folhas; as nuvens se convertem em fios tênues, e o sol esquenta de verdade. Ele escuta o ranger de suas pisadas sobre o cascalho e avança com decisão, como se soubesse para onde vai. Surpreende-se ao levantar a vista e comprovar que os pássaros continuam sendo de mentira: duas linhas curvas unidas pelo centro, suspensas no ar. Essa é a prova de que necessita para ter certeza de que se trata de um sonho e seguir adiante, como se de repente se tivesse convertido no protagonista de um filme de animação. É então que o vento começa a soprar; a princípio é um rumor surdo, que cresce pouco a pouco até formar um vendaval cinzento que varre esses falsos pássaros e sacode sem a menor clemência os ramos das árvores. Ele não tem outra opção senão continuar; cada passo é uma luta contra esse turbilhão inesperado que obscureceu o quadro; as folhas saem disparadas das árvores e formam um manto verde que oculta a luz. Ele precisa continuar, não pode parar, e de repente entende por quê: tem de encontrar Guillermo antes que esse furacão o arraste para sempre. Maldito seja... Tinha lhe dito que não se afastasse, que não se internasse no bosque sozinho, mas, como de costume, seu filho não lhe deu atenção. Essa mescla de preocupação e de aborrecimento o faz recuperar as forças e seguir adiante, apesar do turbilhão imprevisto e de um caminho que agora sobe em forma de uma costa íngreme. Ele próprio se surpreende ao pensar que terá de castigá-lo. Nunca lhe havia encostado a mão, mas dessa vez ele tinha ido longe demais. Grita seu nome, apesar de saber que com esse turbilhão de folhas os gritos são inúteis. Sobe com dificuldade, de joelhos quando a intensidade do vendaval o impede de continuar de pé. Por alguma razão, sabe que só precisa chegar ao cume desse caminho escarpado, e tudo será diferente. Afinal volta a ficar de pé e, depois de cambalear ligeiramente, consegue se mover e continuar subindo. O vento deixou de ser seu inimigo e se transformou em seu aliado, empurrando-o para cima, e seus pés mal roçam o chão. Vislumbra o final do caminho e se prepara mentalmente para o que possa haver ali adiante. Deseja ver o filho são e salvo, mas ao mesmo tempo não quer que o alívio sufoque completamente sua irritação, como sempre acontece. Não, desta vez não. Um último empurrão o precipita até o outro lado do caminho, e ele reúne todas as forças para ficar de pé. Quando ultrapassa o cume, o vento amaina e o cenário muda. Luz e sol. Sim, tinha razão! Ali está. A figura de Guillermo, parado em um prado, de costas para ele, inocentemente alheio a tudo o que o pai sofreu para encontrá-lo. Não consegue evitar um suspiro ao constatar que o filho está bem. Descansa por alguns segundos. Percebe sem o menor espanto que a ira que o havia levado até ali começa a evaporar, parece sair a cada expiração, dissipando-se no ar. Então ele aperta a mandíbula e retesa os ombros. Cerra os punhos. Concentra-se em sua irritação para avivá-la. Caminha a passos rápidos e firmes, esmagando as suaves folhas de relva, e começa a se aproximar do menino, que continua imóvel, distraído. Desta vez vai lhe dar uma boa lição, mesmo que lhe custe. É o que deve fazer, o que seu pai teria feito em seu lugar. Agarra-o pelo ombro com força, e Guillermo se volta. Em silêncio, o menino aponta para a frente. E então Héctor vê a mesma coisa que o filho: a piscina de águas azuis e uma menina de cabelos loiros que flutua entre bonecas mortas. "É Iris, papai", sussurra o filho. E então, enquanto eles se aproximam devagar da beirada daquela piscina escavada na planície, as bonecas se voltam, devagar. Olham-nos com os olhos muito abertos, e seus lábios de plástico murmuram: "Sempreiris, Sempreiris".

Acorda sobressaltado.

A imagem era tão real que ele precisa fazer um esforço para apagá-la da mente. Para voltar ao presente e lembrar que seu filho já não é um menino e que jamais conheceu Iris. Para ter certeza de que as bonecas não falam. Respira com dificuldade. Ainda é noite, pensa ele aborrecido, porque sabe que já não conseguirá mais dormir. Mas talvez seja melhor, talvez não dormir não seja tão ruim depois de tudo. Permanece deitado de costas, tentando se acalmar, tentando dar sentido a esse sonho estranho e perturbador. Ao contrário de muitos outros pesadelos, que se esfumam quando abrimos os olhos, esse se empenha em continuar em sua mente. Revive a raiva, a firme decisão de dar um sopapo nesse menino desobediente, e agradece por não ter feito isso nem em sonho, apesar de saber que, se não fosse a terrível visão da piscina, seria isso exatamente o que aconteceria. Chega. Não é justo a gente se atormentar pelo que sonha. Tem certeza de que seu psicólogo estaria de acordo com ele em relação a isso. É então, ao pensar nesse rapaz e em seu rosto de gênio disfarçado, que escuta um barulho que parece música. São quatro da madrugada, quem põe música a essa hora? Aguça o ouvido; não é música propriamente, mas um cantochão, como um coro de vozes. Sem conseguir evitar, as bonecas lhe voltam à cabeça, mas ele sabe que isso era um sonho. Isto é real, as vozes balbuciam algo que ele não consegue entender, apesar de aumentar de intensidade. Parece uma oração, uma invocação ritmada em uma língua que ele não conhece e que parece sair das paredes de seu quarto. Desconcertado, ele se levanta. Outro ruído se une ao coro, uma espécie de silvo que não tem nada a ver com o resto. Ao pôr os pés nus no chão, seus olhos se voltam para a mala meio aberta que continua abandonada junto à parede. Sim. Não há dúvida, o silvo vem dali. Por um instante ele pensa na mala perdida, no fecho quebrado, e arregala os olhos quando distingue uma sombra sibilante saindo lentamente dela. É uma serpente, repugnante, resvalando, arrastando-se pelo chão em sua direção. O silvo fica mais agudo, o coro eleva o tom. E ele contempla aterrorizado aquele réptil se aproximar inexoravelmente, com a cabeça erguida e a língua fina lambendo o ar, enquanto as vozes murmuram algo que por fim ele consegue entender. Dizem o seu nome, uma vez, mais uma vez: Héctor, Héctor, Héctor, Héctor...

— Héctor! — A voz de Joana pôs fim a tudo. — Você está bem? Você me assustou!

Por um instante ficou sem saber onde estava. Não reconheceu as paredes, nem os lençóis, nem a luz acesa em um ângulo que não lhe era familiar. Só sentia o suor frio que lhe empapava o corpo.

— Merda! — sussurrou afinal.

— Você teve um pesadelo.

"Dois", pensou ele. "Daqueles..."

— Sinto muito — balbuciou.

— Não é nada. — Ela lhe acariciou a testa. — Você está gelado!

— Desculpa. — Passou as mãos no rosto. — Que horas são?

— Oito. Cedo para um sábado.

— Eu te acordei?

— Não. — Ela lhe sorriu. — Acho que perdi o costume de dormir acompanhada. Fazia um tempo que eu estava me revirando na cama. Com que diabo você estava sonhando?

Ele não estava com vontade de falar daquilo. Na verdade, não estava com vontade de falar.

–Você se importa que eu tome um banho?

Ela negou com a cabeça.

–Vou ser boazinha e preparo o café.

Héctor se obrigou a sorrir.

Tinham feito amor com uma doçura imprópria de dois desconhecidos. Lentamente, mais levados pela necessidade de contato, do roçar da pele, que por uma paixão incontida. E agora, enquanto tomavam café juntos, Héctor se deu conta de que o sexo tinha estreitado os laços de alguma coisa bem parecida com uma camaradagem. Já não eram crianças, tinham em seu histórico suficientes desenganos e ilusões, e aceitavam os momentos agradáveis sem projetar neles esperanças ou desejos. Não houve a menor sensualidade nesse café da manhã compartilhado; a luz do dia os devolvera a seu lugar, sem pressões. Em parte ele estava agradecido por isso, e em parte a ideia o entristeceu um pouco. Talvez isso fosse o máximo a que poderia aspirar agora: encontros agradáveis, cordiais, que deixavam uma boa lembrança. Reconfortantes como aquele café quente.

– A camisa é do seu tamanho? – perguntou Joana. – Philippe a deixou aqui.

O comentário não era de todo casual, pensou Héctor. Sorriu.

– Eu devolvo – disse ele com uma careta significativa. – Agora preciso ir. Tenho que encontrar os pais de Gina Martí.

Ela assentiu.

– Isso não acabou, não é?

Héctor a fitou com estima. Gostaria de poder lhe dizer que sim. Que o caso estava encerrado. Mas a imagem de Iris na piscina, reforçada pelo sonho, lhe indicava exatamente o contrário.

– Acho que tem uma coisa que você deveria ler.

24

Nessa manhã, com mais força que nunca, Aleix desejou que o tempo pudesse retroceder. A morte de Gina havia sido um golpe inesperado, mais duro que todos os que havia levado nos últimos dias, e, deitado na cama, sem ânimo para se levantar, deixou que a mente rodasse até um passado recente, mas que agora parecia quase remoto. Gina viva, insegura, fácil de convencer, e também carinhosa, frágil. Tudo isso era culpa de Marc, pensou com raiva, apesar de no fundo saber que não era exatamente assim. Marc, seu mais fiel seguidor, que inclusive tinha aceitado arcar com a culpa de algo que não havia feito só porque ele pedira, tinha voltado de Dublin mudado. Já não era uma criança que ele podia manipular a seu bel-prazer. Tinha ideias próprias, ideias que estavam se transformando em uma obsessão, ideias que podiam meter todos eles numa grande encrenca. O fim justifica os meios, esse era o seu lema. E, como havia aprendido ao lado de um bom professor, tinha urdido um plano que beirava o absurdo, mas que por isso mesmo podia ter consequências imprevisíveis.

Por sorte, ele tinha conseguido frustrá-lo antes que as coisas fossem longe demais, antes que uma coisa levasse a outra e a verdade fosse descoberta. Gina o tinha ajudado sem saber de seus verdadeiros motivos; tinha se mostrado reticente, mas afinal havia cedido. Gina... Diziam que ela tinha deixado uma mensagem. Imaginou-a sozinha, escrevendo no computador como uma menininha, agoniada por ter traído Marc. Deprimida pelo que ele a obrigara a fazer.

Aquelas explosões que ressoavam como trovões o haviam acompanhado durante a tarde toda. Na véspera de São João, Barcelona se transformava em uma cidade explosiva. Bombinhas traiçoeiras espreitavam em cada esquina, enquanto todos se preparavam para a festa noturna que marcava o luminoso início do verão: fogos de artifício, fogueiras e *cava* que esquentavam a noite mais curta do ano. Ao chegar à casa de Marc, a primeira coisa que lhe chamou a atenção foi a beleza de Gina, e ele sentiu uma pontada de ciúme ao pensar que não era por ele que ela havia se vestido e maquiado assim. De qualquer modo, ela não estava à vontade com aqueles sapatos de salto, com aquela saia preta e o corpete justo. Na verdade, seu traje destoava do deles, simples camisetas com *jeans* desgastados e tênis. Gina brincava de princesa com dois mauricinhos desarrumados, pensou Aleix. Marc estava nervoso, mas isso não era novidade; fazia semanas que ele estava assim, tentando aparentar uma segurança que não possuía. Por Iris. Maldita Iris.

Ele havia chegado pedindo aos gritos uma cerveja, tentando dar à reunião um ar de festa. Tinha preparado duas carreiras antes de ir, porque intuía que lhe fariam falta, e nesse momento sentia-se eufórico, cheio de energia, insaciável. O cenário, umas pizzas que Marc e Gina tinham temperado e colocado no forno, já estava pronto, e durante um momento, enquanto esvaziavam os copos mais depressa que os pratos, aquilo pareceu uma festa como as de antes. Quando Marc desceu para a cozinha para pegar mais cerveja, Aleix aumentou o volume da música e dançou com Gina. Porra, essa noite a garota estava um tesão. E a coca, dissessem o que dissessem, era um afrodisíaco fantástico. Se não, que perguntassem à mãe da sua amiga, pensou, reprimindo-se para não a agarrar. Enquanto dançava com ela, quase se esqueceu de Marc; isso era o bom da coca: acabava com os problemas, fazia com que desaparecessem. Fazia com que a gente se concentrasse apenas no mais importante. As coxas de Gina, seu pescoço. Mordiscou-o de brincadeira, como faria um vampiro sedutor, desses de quem ela tanto gostava, mas Gina o afastou um pouco. Claro, agora ela reservava isso para Marc. Pobre tonta. Por acaso não via que seu querido Marc estava ligado em outra? Esteve a ponto de lhe lembrar isso, mas conteve-se; precisava de Gina como aliada essa noite, e não podia dizer nada que a colocasse contra si.

—Você fez o que eu te disse? – sussurrou ao ouvido dela.

– Fiz. Mas não sei...

Ele levou um dedo aos lábios.

– Isso já está decidido, Gi.

Gina suspirou.

—Tudo bem.

– Escuta, tudo isso é uma loucura. – Tinha repetido isso mil vezes na tarde anterior, e ter que voltar a fazê-lo o tirava do sério. Reuniu toda a sua paciência, como um pai moderno diante de uma menina teimosa. – Uma loucura que poderia ter consequências tremendas, principalmente para você e para Marc. Já imaginou o que as pessoas poderiam pensar se descobrissem a verdade? Como você ia explicar a elas o que tem naquele *pen drive*?

Ela concordou. Na verdade, estava certa de que Aleix tinha razão. Agora só faltava convencer Marc.

– E além disso, para quê? Vamos nos meter numa encrenca para ajudar essa garota de Dublin? Porra, quando essa paixonite passar, Marc até vai nos agradecer. – Ele fez uma pausa. – Vai te agradecer. Tenho certeza.

– O que é que eu vou agradecer a vocês?

Aleix percebeu então que tinha levantado a voz. Bom, tanto fazia. Tinha que lhe dizer, e quanto antes, melhor.

* * *

O ruído habitual da casa de manhã não mudava de modo algum aos sábados. Seu pai tomava o café às oito e meia, e seu irmão seguia seus costumes agora que tinha voltado para casa durante o verão. Alguém bateu na porta do seu quarto.

– O que é?

– Aleix. – Era Eduard. Ele abriu a porta e pôs a cabeça para dentro. – Você precisa levantar. Temos que ir à casa dos Martí.

Ele teve vontade de cobrir o rosto com o lençol, de se esconder.

– Eu não vou. Não consigo.

– Mas o papai...

– Porra, Edu! Não vou! Está claro?

O irmão o olhou fixamente e concordou com a cabeça.

– Tudo bem. Vou dizer ao papai que você vai depois.

Aleix se virou na cama e cravou os olhos na parede. Papai, papai. Porra, seus irmãos tinham quarenta anos e continuavam a seguir as ordens do pai como se ele fosse o papa. Eduard ficou alguns segundos no umbral, mas, ao ver que a figura da cama continuava imóvel, encostou a porta sem fazer barulho e se afastou. Melhor. Não queria ver Edu, nem os pais, nem muito menos Regina. Preferia olhar a parede branca como uma tela na qual sua mente podia projetar outras imagens.

– O que é que eu vou agradecer a vocês? – repetiu Marc, e dessa vez com uma leve suspeita na voz.

Gina baixou a cabeça. Um estrondo vindo do exterior sobressaltou os três. Ela soltou um grito.

– Estou cheia dessas bombinhas! – Foi até a mesa do sótão e se serviu de outra vodca com laranja. Era a terceira da noite. Com o copo de plástico na mão, observou seus amigos, que, um diante do outro, pareciam dois pistoleiros a ponto de disparar.

– Marc – disse Aleix afinal –, Gina e eu estivemos conversando.

– Sobre o quê?

– Você já sabe. – Aleix se calou, depois foi até a mesa para se juntar a Gina. Aproximou-se dela e parou ao seu lado. – Nós não vamos continuar com isso.

– O quê?

– Pensa bem, Marc – continuou Aleix. – É muito arriscado. Você pode se meter numa encrenca, podemos nos ferrar todos. E você nem tem certeza que isso vai funcionar.

– Funcionou outras vezes. – Era a cantilena de Marc, o refrão da sua música dos últimos dias.

– Porra, cara, isto não é o colégio! Não estamos falando de zoar uma professora idiota. Será que você não enxerga?

Marc não se mexeu. Entre ele e os outros, a janela aberta mostrava um pedaço de céu que de vez em quando se iluminava com as cores vivas do fogo.

– Não, não enxergo.

Aleix suspirou.

– Você fala isso agora. Daqui a alguns dias vai nos agradecer.

– Ah, é? Eu achava que era você que tinha alguma coisa pra me agradecer. Você me deve uma. E sabe disso.

– Estou te fazendo um favor, cara. Você não quer enxergar, mas é verdade.

Por um instante Marc pareceu hesitar. Baixou a cabeça, como se não tivesse mais argumentos, como se estivesse cansado de discutir. Gina tinha ficado calada durante toda a conversa, e escolheu esse momento para dar um passo na direção de Marc.

– Aleix tem razão. Não vale a pena...

– Vão à merda! – A resposta a assustou tanto quanto a bombinha. – Não entendo por que vocês se preocupam tanto. Vocês não precisam fazer mais nada. Me passem o *pen drive* que eu me encarrego de tudo.

Ela se voltou para Aleix. Sem saber o que dizer, bebeu toda a vodca com tanta avidez que quase se engasgou.

– Não tem *pen drive*, Marc. Acabou – disse ele.

Marc olhou para Gina sem acreditar. Mas, ao ver que ela baixava a cabeça, que não negava, explodiu:

– Você é um filho da puta! Um verdadeiro filho da puta. Eu estava com tudo preparado! – E, em voz mais baixa, continuou: – Vocês não percebem como isso é importante pra mim? Achei que fôssemos amigos!

– E somos, Marc. Essa é a razão de estarmos fazendo isso – retrucou Aleix.

– Ah, que grande favor! Eu também posso te fazer um. – A voz de Marc soou diferente, amarga, como se saísse do seu estômago. – Posso te livrar dessa merda que está te transformando num imbecil. Ou você acha que nós não percebemos?

Aleix levou alguns segundos para compreender a que ele se referia. O suficiente para que Marc se adiantasse e se jogasse sobre sua mochila.

– Que merda você está fazendo?

– Faço isso por você, Aleix. É um favor. – Tinha tirado os pacotinhos minuciosamente preparados com a dose que Aleix costumava vender, e com um sorriso triunfal correu para a porta.

Aleix pulou atrás dele, mas o outro o empurrou e desceu a escada para o seu quarto. Gina, atônita, viu Aleix ir atrás dele, agarrá-lo pela gola da camiseta na metade da escada e obrigá-lo a dar meia-volta. Ela gritou quando o primeiro golpe soou: um cruzado que pegou Marc direto na boca. Os dois amigos ficaram quietos. Marc notou que o lábio estava sangrando, passou a mão pela ferida e secou-a no peito da camiseta.

– Cara, sinto muito. Eu não queria te bater. Vai, vamos parar com isso.

A joelhada nos testículos o deixou sem ar. Aleix se dobrou e apertou os olhos, enquanto milhares de fogos de artifício em miniatura lhe explodiam na cabeça. Quando os abriu, Marc tinha desaparecido. Ele só ouviu o barulho da descarga do banheiro. Um jorro de água insolente, definitivo.

"Filho da puta", pensou, mas, quando ia dizê-lo em voz alta, a dor no meio das pernas se tornou insuportável, e ele teve que se apoiar na parede para não cair no chão.

Ouviu a porta da rua e imaginou que seus pais e seu irmão já tivessem saído. Saber que tinha a casa só para si lhe proporcionou uma sensação de alívio momentâneo, que foi sumindo pouco a pouco quando se deu conta de que, daquela reunião de três amigos que tinham acabado por brigar, dois estavam mortos. Mortos. Aleix não costumava parar para pensar na morte. Não tinha razão para isso. Às vezes relembrava os longos meses da sua doença; tentou lembrar se, enquanto estava na cama do hospital submetido às torturas dos homens de branco, sentira medo de morrer, e a resposta era que não. Isso acontecera depois, com o passar dos anos, quando tivera realmente consciência de que outras pessoas afetadas pela mesma enfermidade não tinham conseguido sobreviver. E, ao constatar isso, sentira-se poderoso, como se a vida já o tivesse posto à prova, e ele, com sua força, tivesse conseguido vencer. Os fracos morriam; ele não. Ele havia demonstrado que tinha valor. Edu não parava de lhe dizer isso: você é muito corajoso, aguenta um pouco mais, já está no fim, já vai acabar.

Levantou-se da cama, sem vontade de tomar banho. O quarto estava um horror: roupas por todo lado, tênis jogados no chão, cada um de um lado. Sem querer, pensou no quarto de Gina, nas fileiras de bichos de pelúcia nas estantes, que ela não queria jogar fora e que faziam parte do encanto de um espaço que ainda conservava um certo rastro de inocência. Merda, Gina...

Um alarme soou em seu cérebro. Que bermuda ele estava usando no último dia em que a vira? Revirou as três que estavam jogadas de qualquer modo sobre uma cadeira. Suspirou, aliviado. Sim, a porra do *pen drive* estava ali. Conectou-o ao computador por puro costume, não porque tivesse vontade de ver o que ele continha. Isso era certo. Na verdade, queria fazer pessoalmente o que tinha pedido a Gina, simplesmente porque não confiava completamente nela em tudo o que estivesse relacionado a Marc: apagá-lo, fazer aquelas imagens desaparecerem para sempre sem deixar rastro.

Quando a tela começou a mostrar seu conteúdo, ele ficou estupefato, e essa irritação tão própria dele em sua relação com os outros, a decepção que o paralisava ao constatar a cada vez que estava rodeado de inúteis, apoderou-se de sua mente. Repreendeu a si mesmo por ficar bravo com Gina agora que a pobrezinha já não estava ali, mas... Porra, tinha que ser uma idiota para trocar o dispositivo e lhe mandar suas anotações de história da arte. A irritação deu lugar a outro alarme, este mais forte. "Maldita seja!" O *pen drive* continuava no quarto de Gina, ao alcance de seus pais, da polícia, daquele argentino mal-humorado e daquela agente gostosa. Levou cinco minutos para se vestir e sair correndo de bicicleta. Bom, pensou maliciosamente, afinal de contas, seu pai ficaria contente.

25

Parado diante da porta senhorial de ferro forjado que dava passagem para a escada dos Martí, Héctor consultou o relógio. Tinha quinze minutos antes de se encontrar com Castro, para quem tinha ligado antes de sair da casa de Joana, e disse a si mesmo que mais um café não lhe cairia mal antes de enfrentar o que o esperava lá em cima. Ao que parecia, não era o único que tinha essa opinião, porque, apenas entrou na cafeteria, viu pelo canto do olho Fèlix Castells no fim do balcão, com o jornal aberto, absorto na leitura. Como queria falar a sós com ele, não teve dúvida. Aproximou-se dele e o cumprimentou usando o tratamento eclesiástico quase sem pensar.

– Me chame de Fèlix, por favor – disse ele afavelmente. – Hoje em dia ninguém mais nos chama de "padre".

– Não se importa de ir sentar comigo ali? – perguntou Héctor, indicando uma mesa ao fundo, relativamente afastada.

– É claro que não. Na verdade, estava esperando meu irmão e Glòria. Dada a situação, achamos que era melhor chegarmos os três juntos e ficarmos apenas o imprescindível.

"Muita consideração", pensou Héctor. Os Castells, em bloco, dando os pêsames a Salvador e Regina pela morte de uma filha que talvez tivesse matado seu filho e sobrinho. Claro, se havia algo que devia agradecer a todos os implicados no caso era que, até então, tinham se comportado com a maior delicadeza. Inclusive a grosseria de Salvador Martí na noite anterior soara mais cansada que insultante.

Já sentados diante das xícaras de café – Fèlix havia pedido outro para acompanhar o inspetor –, Héctor se apressou a abordar o tema antes que os outros chegassem.

– O nome Iris lhe diz alguma coisa?

– Iris?

"Embromação", pensou Salgado. Olhar baixo, colherinha remexendo o açúcar: mais embromação. Suspiro.

– Imagino que esteja se referindo a Iris Alonso.

– Me refiro à Iris que se afogou em uma piscina há anos durante um acampamento.

Fèlix assentiu. Tomou o café. Afastou a xícara e apoiou as duas mãos sobre a mesa diante do olhar perscrutador de Héctor.

– Fazia muito tempo que eu não ouvia esse nome, inspetor.

"Faz muito tempo que não penso em Iris", recordou Héctor.

– O que deseja saber? E – hesitou – por quê?

– Depois lhe digo. Primeiro me conte o que aconteceu.

– O que aconteceu? Gostaria de saber, inspetor. – Estava se recuperando, sua voz ganhava firmeza. – Como o senhor disse, Iris Alonso se afogou na piscina da casa que alugávamos todos os verões para os acampamentos.

– Ela era uma das meninas que estavam a seu cargo? – Já sabia a resposta, mas tinha que obter mais informações; queria chegar a Marc, o menino de seis anos que havia contemplado aquela imagem macabra.

– Não. A mãe dela era a cozinheira, uma viúva. Elas ficaram na casa conosco durante cerca de pouco mais de um mês.

– Conosco?

– Os monitores, as crianças, eu mesmo. Os garotos iam chegando em grupos, e ficavam lá por dez dias.

– Mas Marc ficava o verão todo?

– Sim. Meu irmão sempre trabalhou muito. Os verões eram um problema, então eu costumava levá-lo comigo, sim. – Ergueu as duas mãos da mesa num leve gesto de impaciência. – Continuo sem entender...

– Explicarei tudo no fim, prometo. Continue, por favor.

Héctor disse a si mesmo que estava diante de um homem mais acostumado a ouvir que a se expressar. Sustentou o olhar do sacerdote sem pestanejar.

– Exatamente de que modo morreu Iris Alonso? – insistiu ele.

– Ela se afogou na piscina.

– Sei. Ela estava sozinha? Teve uma congestão? Bateu a cabeça na beirada?

Houve uma pausa. Talvez Fèlix estivesse decidido a não se deixar pressionar, ou talvez estivesse simplesmente organizando as recordações.

– Isso aconteceu há muitos anos, inspetor. Não...

– Houve muitos afogamentos de meninas que estavam a seu cargo?

– Não! Claro que não!

– Então permita que lhe diga que não compreendo como pode ter se esquecido dela.

A resposta lhe saiu da alma, se é que as almas existem.

– Não a esqueci, inspetor. Garanto. Durante meses não consegui pensar em outra coisa. Quem a tirou da água fui eu. Tentei fazer respiração boca a boca, tentei reanimá-la, tudo... Mas já era tarde.

– O que aconteceu? – Mudou de tom, talvez tranquilizado pela expressão de dor que via diante de si.

– Iris era uma menina estranha. – Olhava para o outro lado, para além de Héctor, para além da cafeteria, da rua, da cidade. – Ou talvez estivesse em uma fase particularmente difícil. Não sei. Já perdi a capacidade de compreender a juventude.

O sacerdote esboçou um sorriso triste e continuou falando sem que Héctor precisasse pressioná-lo.

– Ela tinha doze anos, se estou bem lembrado. Estava em plena pré-adolescência. Naquele verão, sua mãe não sabia o que fazer com ela. Nos anos anteriores era uma menina feliz, integrada; divertia-se com as outras crianças. Inclusive cuidava de Marc. Mas naquele verão, por qualquer coisa ficava de cara feia. E depois, havia a questão da hora de comer. – Ele suspirou. – Afinal, tive que falar com sua mãe a sós e lhe pedir que não a pressionasse tanto.

– Iris não comia?

– Segundo a mãe, não, e na verdade ela estava que era pele e osso. – Lembrou-se do frágil corpinho molhado e estremeceu. – Dois dias antes de sua morte, ela desapareceu. Meu Deus! Foi horrível! Nós procuramos por toda parte, percorremos o bosque a noite inteira. As pessoas do povoado nos ajudaram. Acredite, mobilizei todo mundo para encontrá-la sã e salva. Por fim demos com ela em uma gruta do bosque à qual costumávamos ir nas excursões.

– Ela estava bem?

– Perfeitamente. Ela nos olhou com a maior frieza e disse que não queria voltar. Tenho de reconhecer que naquela hora fiquei irritado. Bem irritado. Nós a levamos para casa. Pelo caminho, em vez de se mostrar mais dócil, de compreender o susto que nos havia pregado, ela continuou indiferente. Insolente. E eu já estava farto, inspetor; eu disse para ela ficar no quarto e não sair, que ela estava de castigo. Eu a teria trancado se tivesse a chave. Talvez o senhor pense que estou exagerando, mas garanto que durante aquelas horas de busca rezei sem parar para que não tivesse acontecido nada grave com ela. – Fez uma pausa. – Ela também se negou a pedir desculpas à mãe... A pobre mulher estava desesperada.

– Ninguém entrou para vê-la?

– Sua mãe tentou falar com ela. Mas acabaram discutindo de novo. Isso foi na tarde anterior à sua morte.

O relato daquele homem coincidia nos pontos essenciais com o do *blog* de Marc. Mas faltava o final, e Héctor esperou que o sacerdote pudesse esclarecer alguma coisa.

– O que aconteceu?

Fèlix Castells baixou a vista. Um vislumbre de dúvida ou de culpa, ou de ambas as coisas, apoderou-se de seu semblante por um momento. Foi uma expressão fugaz, mas Héctor a notou. Não tinha a menor dúvida a respeito.

– Ninguém sabe exatamente o que aconteceu, inspetor. – Tornou a olhá-lo nos olhos, em um esforço para demonstrar sinceridade. – Na manhã seguinte, bem cedo, fui acordado pelos gritos de um menino. Demorei um pouco para compreender que se tratava de Marc, e saí correndo do meu quarto. Marc continuava gritando da piscina. – Fez uma pausa e engoliu em seco. – Quando cheguei lá, eu a vi. Pulei na água e tentei reanimá-la, mas já era tarde.

– Tinha alguém mais na piscina?

– Não. Apenas meu sobrinho e eu. Eu lhe disse para sair dali, mas ele não quis saber. Eu queria poupá-lo da impressão de ver o corpo da menina estendido junto dele, então fiquei na água com Iris nos braços. Ainda me lembro da sua carinha assustada...

– E as bonecas.

– Como sabe disso? – O sacerdote acariciou o queixo. Sua perturbação parecia real. – Era... sinistro. Havia meia dúzia delas na água.

“Pequenas Iris mortas”, recordou Héctor. Esperou alguns segundos antes de continuar.

– Quem as colocou lá?

– Iris, imagino... – Ele tinha feito um grande esforço para contê-las, mas as lágrimas lhe encheram os olhos cansados. – Aquela menina não estava bem, inspetor. Eu não notei, apesar do que sua mãe dizia. Percebi tarde demais que ela estava perturbada... profundamente perturbada.

– Está me dizendo que aquela menina de doze anos se suicidou?

– Não! – A negativa saiu mais pela boca do sacerdote que pela do homem. – Só pode ter sido um acidente. Já lhe disse que Iris estava muito fraca. Achamos que ela tinha ido para a piscina de noite com as bonecas, e que em algum momento passou mal e caiu na água.

– Achamos? Quem mais estava na casa?

– Faltavam três dias para a chegada do grupo seguinte de crianças, então estávamos apenas Marc, a cozinheira e suas filhas, Iris e Inés, e eu. Os monitores deviam chegar naquela tarde; alguns eram fixos, trabalhavam com todos os grupos, mas outros iam mudando ao longo do verão. No entanto, mesmo os fixos tinham voltado para a cidade para passar aqueles dias. Não se pode manter os jovens no campo por muito tempo, inspetor. Eles ficam entediados.

Héctor intuía que o padre não havia terminado. Que havia algo mais que ele precisava lhe contar, agora que tinha baixado a guarda. Não teve que esperar muito.

– Inspetor, a mãe de Iris era uma boa mulher, e já tinha perdido o marido. Pensar que a filha tinha se matado voluntariamente teria acabado com ela.

– Diga-me a verdade, padre – disse Salgado de propósito. – Esqueça o hábito, os votos, a mãe dessa menina e o que ela podia ou não aguentar.

Castells tomou fôlego e semicerrou os olhos. Quando voltou a abri-los, falou com decisão, em voz muito baixa e quase sem parar:

– Na tarde anterior, enquanto eu a repreendia por ter fugido, Iris me olhou muito séria e disse: "Eu não pedi que viessem me buscar". E quando insisti que tínhamos sofrido muito por sua causa, que ela tinha feito uma coisa realmente má, ela sorriu para mim e, em tom desdenhoso, replicou: "Vocês não imaginam como eu posso chegar a ser má".

De onde estava sentado, Héctor viu Leire Castro enfiar a cabeça pela porta da cafeteria.

– Tem mais alguma coisa que queira me dizer, padre?

– Não. Só gostaria de saber qual é o motivo de tudo isso agora. Desenterrar velhas tragédias não pode ajudar ninguém.

– Sabia que seu sobrinho Marc escrevia um *blog*?

– Não. Nem sei muito bem o que é isso, inspetor.

– Uma espécie de diário. E nele falava de Iris, do dia em que a encontrou.

– Ah... Achava que ele tinha esquecido. Depois daquele verão ele nunca mais falou disso.

– Pois ele se lembrou enquanto estava em Dublin. E escreveu sobre isso.

Leire continuava na porta da cafeteria. Héctor estava a ponto de se despedir quando Fèlix acrescentou:

– Inspetor... Se ainda tiver mais alguma dúvida, pode tirá-la com o delegado Savall.

– Com Savall?

– Naquela época ele era inspetor, e estava lotado em Lleida. Foi ele que se ocupou de tudo.

Apesar de a notícia ter surpreendido Salgado, ele fez o possível para não demonstrar.

– Farei isso. Agora preciso ir. Obrigado por tudo.

Fèlix Castells assentiu.

– Meu irmão deve estar a ponto de chegar.

– Então nos vemos lá em cima. Até já.

Enquanto caminhava em direção a Leire, notou que esta tinha a vista fixa no padre Castells. Fitava-o com receio, com dureza, sem a menor compaixão. E Héctor compreendeu que ela também havia lido o *blog* de Marc, e que, fosse ou não justo, pela mente da agente Castro cruzavam os mesmos pensamentos sombrios que tinham assaltado a sua.

26

Leire tinha lido o *blog* de Marc nessa manhã, antes de se reunir com o delegado e depois de aguentar um novo ataque de enjoos matinais. E, sem saber por quê, o relato de Marc a havia comovido mais do que poderia imaginar. Definitivamente, estava mais sensível, disse a si mesma quando acabou de lê-lo, diante do computador de sua casa. Ao menos dessa vez desejou ter alguém a seu lado para compartilhar essa inquietude, essa sensação de que ela – seu corpo e também sua mente – estava mudando em um ritmo alarmante. A visão daquela menina – a mesma da foto em preto e branco – submersa na água lhe revolveu o estômago e a encheu de uma mescla de raiva e tristeza que durou o bastante para que ela se perguntasse se não existia outra razão para as duas emoções combinadas. Claro que havia. Agradeceu por ser obrigada a ir trabalhar, mesmo sendo sábado, que teoricamente era dia de descanso. Qualquer coisa, menos ficar esperando um telefonema de Tomás.

Tinha visto o seu bilhete na noite anterior, quando chegara em casa. "Você está demorando muito... Uns colegas me ligaram, e vou beber alguma coisa com eles. Te vejo amanhã. T." "T."? Como se ela tivesse estado transando essa tarde com um Tomás, um Tirso e um Tadeo... Essa mania de Tomás de deixar sua marca em tudo o que fazia começava a irritá-la. E passar meia hora pensando em como lhe dar a notícia para depois chegar a um apartamento vazio a deixou ainda mais irritada. O fato de saber que isso não era muito justo não serviu para apaziguá-la.

Então, na porta da cafeteria, enquanto o inspetor caminhava em sua direção deixando atrás de si o padre Castells sentado à mesa com cara de ter visto um fastasma, Leire pensou exatamente o que Salgado havia imaginado. Que não gostava nem um pouco de histórias de meninas e padres.

– Vamos – disse Héctor. – Você dormiu bem? Não está com uma cara muito boa.

– É o calor – mentiu ela. – Vamos para lá agora?

– Vamos.

– Bonita camisa – disse ela enquanto atravessavam a rua, e se surpreendeu ao ver que ele enrubescia levemente.

Salvador Martí lhes abriu a porta, e por um momento Leire achou que ele ia colocá-los para fora novamente. No entanto, ele se pôs de lado e os deixou entrar sem dizer palavra. Ouviam-se vozes na sala, porém o pai de Gina não os conduziu para lá, mas para a escada que levava ao andar superior, onde ficavam os quartos. Eles o seguiram e aguardaram em um pequeno patamar que ele fosse ao quarto da mulher e entrasse, depois de bater suavemente na porta. Saiu pouco depois.

– Minha esposa quer falar com o senhor, inspetor. A sós.

Héctor concordou.

– A agente Castro vai examinar o quarto de Gina para verificar se algo nos passou despercebido ontem à noite.

Salvador Martí encolheu os ombros.

– Já sabe onde fica. Se precisar de alguma coisa, estarei lá embaixo. – Parou por um segundo na escada e voltou a cabeça. – As pessoas não param de ligar. Já vieram algumas. Regina não quer ver ninguém, e eu não sei o que dizer a elas. – Ele era a própria imagem da derrota, de ombros caídos e semblante fatigado. Negou com a cabeça, para si mesmo, e começou a descer lentamente.

* * *

Regina recebeu o inspetor vestida de preto e sentada diante da janela, junto a uma mesinha onde repousava uma bandeja com o café da manhã intacto. O contraste com a Regina deslumbrante, agitada e veranil de dois dias antes era absoluto. Parecia, entretanto, possuída por uma tranquilidade estranha. "O efeito dos calmantes", disse Héctor a si mesmo.

– Senhora Ballester, sinceramente, sinto muito incomodá-la nestas circunstâncias.

Ela olhou para ele como se não tivesse entendido e indicou uma cadeira vazia, colocada do outro lado da mesinha.

– Seu marido me disse que a senhora queria falar comigo.

– Sim. Preciso lhe contar uma coisa. – Falava devagar, como se lhe custasse encontrar as palavras. – Estão achando que Gina matou Marc – disse ela em um tom em que se notava um vislumbre de interrogação.

– É muito cedo para dizer qualquer coisa nesse sentido.

Regina moveu a cabeça em um gesto que podia expressar qualquer coisa. Cansaço, incredulidade, aceitação.

– Minha Gina nunca teria matado ninguém. – A frase era adequada, mas totalmente destituída de emoção. – Digam o que quiserem, eu sei.

– Quem lhe disse isso?

– Todos... Tenho certeza.

– As pessoas falam por falar. – Héctor se inclinou para ela. – A mim me interessa o que a senhora acha.

– Minha Gina não matou ninguém – repetiu Regina.

– Nem a si mesma? – A pergunta teria sido brusca se não fosse pelo fato de ter sido formulada em um tom amável.

Regina Ballester pareceu refletir na resposta com total seriedade.

– Não sei – disse afinal. Fechou os olhos, e Héctor pensou que não podia continuar a pressioná-la; então, fez o gesto de se levantar. – Por favor, não vá embora. Tenho que lhe contar uma coisa. E preciso fazer isso aqui, a sós. Não quero fazê-lo sofrer mais.

– A quem?

– A Salvador – respondeu ela.

E então, com uma voz trêmula que fez Héctor se lembrar da que Gina havia usado para responder a suas perguntas, Regina começou a lhe confessar, como se ele fosse um padre, tudo o que havia acontecido entre ela e Aleix Rovira.

Aleix havia chegado alguns minutos depois de Leire e Héctor, e encontrava-se agora no salão, diante do olhar severo do pai. Salvador Martí estava sentado no sofá, e o silêncio, apenas interrompido por algumas perguntas da senhora Rovira em voz baixa, dominava a reunião. Não havia nem sombra de Regina, graças a Deus, e Aleix, que ignorava que a polícia estava na casa, disse a si mesmo que ela devia estar descansando. Quando a campainha tocou de novo, o semblante do pai de Gina revelou um cansaço tão intenso que a própria senhora Rovira se levantou para abrir. Seu marido aproveitou para fazer um sinal aos filhos de que era hora de ir embora, e pôs-se de pé. Justo nesse momento entraram na sala Enric Castells e seu irmão. Glòria tinha ficado na porta, cochichando com a senhora Rovira. Era óbvio que perguntava por Regina, que era o objeto da sua visita. Aleix disse a si mesmo que essa era sua última oportunidade, e, enquanto Enric se aproximava do pai de Gina e Fèlix cumprimentava seu irmão Edu, ele se esgueirou entre sua mãe e Glòria, murmurando que precisava ir ao banheiro.

Subiu a escada e caminhou rapidamente até o quarto de Gina. A porta estava fechada, e ele a abriu sem pensar. Ficou boquiaberto ao ver a agente Castro.

– Sinto muito – balbuciou Aleix. – Estava procurando o banheiro...

Leire o cravou no chão com o olhar.

– Qual é, Aleix? – Seu tom indicava que não tinha acreditado em uma palavra do que ele havia dito. – Você já esteve aqui um milhão de vezes... O que está procurando?

– Nada. – Ele sorriu. Compôs um sorriso triste, aquele que costumava dedicar à mãe, às enfermeiras do hospital e, em geral, a qualquer mulher que tivesse alguma autoridade. As policiais também eram mulheres, não? – Bom, queria ver o quarto de Gina. Me lembrar dela aqui.

"Claro", pensou Leire. Mas já que ele estava ali, não tinha intenção de deixá-lo ir embora sem mais aquela.

– Quando você a viu pela última vez?

– Na tarde em que vocês vieram.

– Você não tornou a falar com ela?

– Pelo Messenger. Nessa mesma noite, acho.

– Você notou se ela estava deprimida? Triste?

– Claro que ela estava triste. Mas nunca me ocorreu que chegasse a... isso.

– Não?

– Não.

– Ela estava muito apaixonada pelo Marc, não é?

Ele olhou para trás e fechou a porta. Sentou-se na cama e, sem querer, pousou os olhos na caixa de bichos de pelúcia.

– Pobre Gina, afinal acabou guardando os bonecos...

Leire não se tinha deixado enganar pelo sorriso, mas disse a si mesma que a expressão de afeto de Aleix não podia ser fingida. E se era, o rapaz merecia um Oscar.

– Sim – respondeu ele afinal. – Estava muito apaixonada pelo Marc. Desde sempre. – Dessa vez sorriu de verdade.

– Mas ele não lhe correspondia?

Aleix negou com a cabeça. Ela insistiu:

– Ele tinha conhecido uma garota em Dublin, não é?

– Sim. Uma garota espanhola que estudava lá. Gina ficou muito mal com isso.

– O suficiente para empurrá-lo pela janela?

Ele lhe lançou um olhar carregado de impaciência.

– Gina estava bêbada nessa noite, agente. Era mais fácil ela ter caído... Essa hipótese é ridícula.

A certeza com que ele disse isso a desarmou. Ela tinha exatamente a mesma opinião.

– Então, a que você acha que ela se referia quando escreveu isto no computador? – Leire pegou suas anotações e leu em voz alta as últimas palavras que Gina havia deixado na tela. Observava Aleix pelo canto do olho enquanto lia, e percebeu em seu semblante uma sombra de culpa.

– Não tenho a menor ideia – disse ele. Levantou-se da cama e aproximou-se dela. – Posso ver isso?

Leire lhe mostrou a transcrição. A expressão de Aleix passou da surpresa à incredulidade, e desta a algo parecido com medo.

– Ela escreveu isso? Exatamente como está aqui? – murmurou ele.

– Sim. Anotei exatamente o que ela escreveu.

Ele esteve a ponto de dizer alguma coisa, mas ficou calado. E então ouviu-se a voz do doutor Rovira chamando-o lá de baixo.

– Preciso ir embora. – Parou na porta. – Ainda querem me ver na delegacia? Segunda-feira? – Havia um certo ar de desafio em sua postura.

– Sim.

– Nesse caso, até segunda.

Saiu depressa, e Leire releu a mensagem, pensativa. Alguma coisa estava lhes escapando, tinha certeza. Estava morta de vontade de encontrar Salgado para trocar impressões a respeito.

27

Depois da chuva do dia anterior, o sol se vingava fustigando com força a cidade desde as primeiras horas da manhã. Nem mesmo com a janela e o terraço abertos se podia ficar, pensou Carmen enquanto enxugava o suor da testa com uma folha de papel-toalha. E isso porque ela sempre havia gostado do verão, desde pequena, mas não assim: esse sol de fogo que caía a pino sobre as ruas, deixando-a o dia todo suada e mal-humorada. Serviu-se de um copo de água gelada da jarra e o bebeu em goles pequenos, cuidadosamente. Deu a volta e desligou o rádio: até a música lhe dava calor. Devia ter dado ouvidos àquele jovem tão amável que se apresentara à sua porta duas semanas atrás para convencê-la a instalar um aparelho de ar-condicionado. Carmen o escutara atentamente e até havia marcado outra entrevista com ele, mas afinal não se havia decidido. Os aparelhos modernos não a tranquilizavam, mas nesse momento se reprovou por não lhe ter dado atenção.

A água fresca a sossegou um pouco e lhe deu ânimo suficiente para terminar de preparar o gaspacho. Era a única coisa que conseguia tomar no verão: um copo de gaspacho fresquinho. Quando acabou, colocou-o na geladeira e arrumou a cozinha. "Pronto", pensou com um pouco de preguiça. Já tinha acabado de fazer tudo. Restava-lhe um longo dia cheio de mormaço pela frente. Dirigiu-se ao terraço, mas a essa hora o sol batia em cheio nele, e desistiu de ir para a rua. Como o bairro havia mudado... "Para melhor", disse a si mesma. Ela nunca fora propensa a falsas nostalgias. Nenhum tempo passado era melhor, mesmo que com certeza tivesse sido mais divertido. Isso era o pior da velhice: essas horas eternas que não se preenchiam nem com a televisão nem com as revistas. Antes pelo menos tinha Ruth e Guillermo no apartamento de cima. Aquele menino sim, era uma alegria. Como sempre que pensava nele, nessa criança de quem se tornara uma avó, Carmen se lembrava do próprio filho. Quando tempo fazia que não sabia nada a respeito dele? Quatro anos? Cinco? Pelo menos ele não tinha tornado a lhe pedir dinheiro; Héctor tinha cuidado disso. Héctor... Pobre Héctor! E não é que ela julgasse mal a Ruth, não. Cada casamento sabia de si, e se essa moça tinha ido embora depois de tantos anos, devia ser por alguma razão. Mas os homens não conseguiam ficar sozinhos. Isso era uma verdade verdadeira, tanto ali como na China. Tanto no século xx como no xxi. Nem mesmo se alimentavam como deviam.

Então lhe ocorreu uma ideia, e, apesar de não se sentir completamente à vontade a esse respeito, resolveu realizá-la. Certamente Héctor não se importaria se ela entrasse em sua casa. Foi até a cozinha, despejou metade do gaspacho numa jarra limpa, pegou as chaves do apartamento do vizinho e dirigiu-se para a porta. Ao ver a escada escura, quase voltou atrás, mas, impelida pela boa vontade e em parte pelo tédio, começou a subir com a jarra na mão. Essa escada estava com um cheiro estranho, disse a si mesma ao passar pelo patamar do andar seguinte. Cheirava a coisa fechada, a coisa podre. Ela vinha perdendo o olfato com os anos, mas definitivamente algo fedia ali por perto. Já tinha passado por ali outras vezes: algum animalzinho devia ter penetrado no apartamento vazio e ter morrido ali. Continuou subindo devagar, porque também não tinha pressa, até chegar à porta do apartamento do terceiro andar. Um segundo depois, sentindo-se como uma vizinha enxerida, estava dentro do apartamento.

A distribuição era basicamente idêntica à do seu, portanto, apesar de as persianas estarem fechadas, avançou em direção à cozinha sem acender a luz. A geladeira, vazia como um bordel na Quaresma, acolheu a jarra com um ronco de satisfação. Carmen a fechou, e já estava saindo da cozinha quando ouviu um barulho vindo do quarto de casal. Como se a porta se tivesse fechado de súbito com o vento. Mas não havia corrente, pensou. Nem uma leve brisa corria nesse apartamento de janelas fechadas. Levada pela curiosidade, atravessou a sala de jantar e viu-se diante do quarto grande. De fato, a porta estava fechada. Girou a maçaneta devagar e depois deu um leve empurrão na porta, que se abriu de par em par.

Tropeçou em algo que não identificou, um canto duro. Pelas frestas da persiana apenas entrava um pouco de luz, então ela apertou o interruptor para acender a do teto, mas, ao roçá-lo, seus dedos não tocaram o esperado plástico, mas uma mão que se apoiava sobre a sua. Recuou de um salto, subitamente consciente de que havia alguém ali, mas ao mesmo tempo suficientemente assustada para que o medo a impedisse de reagir. Ficou quieta, vendo aquela silhueta escura emergir das sombras. Teria gritado, por mais inútil que fosse, se a voz lhe tivesse saído da garganta, mas suas cordas vocais estavam paralisadas. Como ela.

Um segundo depois, Carmen fechou os olhos e levantou o braço, em uma tentativa pueril de se proteger da figura negra que empunhava uma espécie de taco comprido. O primeiro golpe caiu sobre o seu ombro e a obrigou a abaixar o braço com um gemido de dor. O segundo a mergulhou em um abismo sem fundo.

28

Héctor e Leire já tinham saído da casa dos Martí e enfrentavam agora o intenso calor do meio-dia que castigava o centro de Barcelona. Era um dia sem sombras, diáfano e sufocante. Um desses dias em que a cidade brilhava sem matizes, como um cenário em tecnicolor habitado quase unicamente por turistas de bermuda e boné, armados de câmeras digitais e mapas. Enquanto desciam lentamente a Rambla de Catalunya, Héctor pensava nos últimos momentos que passara na casa da Via Augusta: os Rovira, Aleix incluído, tinham saído antes, e os Castells demoraram um pouco mais para fazer o mesmo. Era óbvio que ninguém estava à vontade. Salvador Martí era o único que não parecia perceber as suspeitas que se expressavam em cada frase de pêsames, em cada "sinto muito", a apreensão com que Enric Castells lhe apertara a mão, os olhares de soslaio de Glòria e da senhora Rovira. Regina, por sua vez, havia se negado a sair do quarto e a receber qualquer pessoa, apesar de as outras mulheres terem ido bater na sua porta.

As esplanadas da calçada convidavam a sentar, apesar de no fundo ambos saberem que o ar-condicionado era, àquela hora, a única forma de fugir do calor. A rua, no entanto, lhes concedia certo anonimato na hora de comentar os últimos detalhes do caso. Já acomodados em uma daquelas mesas e com dois cafés gelados diante de si, Héctor pôs Leire a par de suas conversas com Fèlix Castells e Regina Ballester, mas calou-se prudentemente a respeito da menção feita por aquele ao nome do delegado Savall. Por sua parte, ela relatou a Salgado sua conversa com Aleix Rovira e sua impressão renovada de que o rapaz, do mesmo modo que Gina antes, lhes ocultava alguma coisa importante.

—Você percebe que todos os fios desse caso terminam em dois nomes? – perguntou Héctor quando ela terminou. – Como se nós nos movêssemos em um eixo de coordenadas: de um lado, Aleix, amigo de todos, amante de Regina, manipulador nato; de outro, essa Iris... apesar de morta.

Leire concordou. Apesar do calor, seu cérebro funcionava a todo o vapor.

– Tem uma coisa curiosa. Marc recordou tudo isso enquanto estava em Dublin. Por quê? E quem enviou esse *e-mail* a Joana Vidal?

Héctor começava a ter uma vaga suspeita em relação a essas perguntas.

– Iris Alonso tinha uma irmã mais nova. Inés, acho que é esse o nome dela. – Bufou de um modo que dava a medida de sua exasperação. – Amanhã eliminaremos essas dúvidas. Hoje precisamos nos concentrar no outro eixo.

– Aleix. – Leire esperou alguns segundos antes de continuar falando. – Uma coisa está clara: se Regina estava com ele ontem à tarde, conforme ela mesma disse há pouco, Aleix não pode ter ido à casa de Gina.

O inspetor concordou.

– Sabe de uma coisa? O pior de tudo isso é que não consigo imaginar ninguém desse caso como um assassino. São todos muito educados, muito corretos, estão preocupados demais com as aparências. Se algum deles matou Marc e depois Gina, deve tê-lo feito por um motivo muito forte. Um ódio profundo ou um medo terrível, descontrolado.

– O que leva novamente a Iris... Se ela simplesmente se afogou na piscina, se sua morte foi um acidente, nada disso tem sentido.

– Leire se lembrou da cara do padre Castells na cafeteria. – Mas a respeito dessa questão só temos a palavra do sacerdote.

Héctor a olhou nos olhos.

– Sei o que você está pensando, mas acho que não deveríamos nos precipitar.

– Leu o resto do *blog*, inspetor? Em seus últimos *posts* Marc não para de falar de justiça, de que o fim justifica os meios, de que falta pouco para que a verdade seja revelada.

– E no último *e-mail* para sua mãe ele comentou que precisava tratar de um assunto importante em Barcelona. Algo que precisava resolver. Algo com toda a certeza relacionado com a morte de Iris.

– Quando falava de eixos de coordenadas, acho que se esqueceu de um, inspetor. Exatamente o que o cruza pela metade. O único nome que aparece nos dois casos. – Leire adotou um tom duro, isento da menor simpatia. – O padre Fèlix Castells.

Não havia dúvida de que ela tinha razão, pensou Héctor. E sua impressão de que o sacerdote ocultava alguma coisa lhe voltou à mente com mais força.

– Se isso for verdade, o assunto pode ficar bem feio.

– Pense nisto: todos esses detalhes sobre Iris, a anorexia, a súbita mudança de comportamento, correspondem totalmente ao perfil de uma vítima de abusos sexuais. Marc era apenas um menino nesse verão, mas talvez em Dublin tenha começado a se lembrar, por qualquer razão, e tenha chegado à mesma conclusão que nós agora.

Héctor terminou de expor o argumento:

– E voltou a Barcelona disposto a desenterrar a verdade. Mas como? Terá acusado o tio abertamente?

– Talvez tenha feito isso. Talvez tenha ido vê-lo. Talvez o padre Castells tenha se assustado e tenha decidido acabar com o sobrinho.

A argumentação continha uma lógica esmagadora. Mas a lógica, como de costume, deixava de lado os sentimentos.

– Não podemos esquecer que eles se amavam – replicou Salgado. – Marc tinha vivido com um pai distante, e acredite em mim quando digo que sei o que é isso, e depois se viu metido em uma família postiça, que o relegava a um segundo plano. Seu tio sempre foi uma "mãe substituta". Ele precisaria ter muita certeza do que suspeitava para se atrever a traí-lo. E, por outro lado, esse homem amava o sobrinho como a um filho. Disso eu tenho certeza. Cuidou dele, criou-o... Não se pode matar um filho, faça ele o que fizer.

– Nem para salvar a si mesmo?

– Nem mesmo para isso.

Por alguns instantes eles permaneceram imersos em seus pensamentos. Héctor percebeu que precisava se despedir da agente Castro e falar com Savall. A mente de Leire, entretanto, pairava nesse momento longe do caso. Pai distante, amor entre filhos e seus progenitores... Tudo isso começava a afetá-la demais, e de repente sentiu necessidade de ver Tomás.

– Preciso tratar de alguns assuntos pessoais agora – disse Héctor, e ela suspirou, aliviada.

– Perfeitamente. Eu também – murmurou ela quase que para si mesma.

– Tem uma coisa que eu gostaria que você fizesse esta tarde. – E, baixando um pouco a voz, Héctor lhe explicou seu plano.

A subinspetora Andreu não estava desfrutando nem um pouco aquele luminoso sábado de verão. Na verdade, já tinha se levantado de mau humor depois de passar metade da noite acordada remoendo seu encontro com aquela mulher amedrontada no Parc de la Ciutadella. Mas as dúvidas não se haviam dissipado, e ao despertar a tinham atacado com mais força ainda. Acabou por discutir com o marido, algo que detestava fazer e que não costumava lhe acontecer, e, apesar da cara de poucos amigos, decidiu que precisava resolver essas questões o quanto antes. Embora gostasse de Héctor mais que de nenhum outro companheiro, ou talvez exatamente por isso, precisava chegar ao fundo dessa questão.

Tinha um único assunto para resolver antes de enfrentar o amigo e lhe perguntar diretamente se tinha visto Omar na tarde do seu desaparecimento, conforme tinha afirmado a tal Rosa. Era um tiro no escuro, mas valia a pena tentar. A bendita cabeça de porco tinha sido entregue por um açougue próximo que costumava fornecer delícias parecidas ao macabro doutor. Talvez nesse caso ele mesmo a tivesse pedido, como sempre. Ou talvez não... E quando empurrou a porta do estabelecimento, situado não muito longe do consultório do doutor, desejou com todas as forças que nessa ocasião tivesse sido o próprio Omar quem se encarregara do repugnante encargo.

O açougue estava vazio, e Martina não estranhou muito. Meio-dia de sábado, calor demais para ir às compras, e um gênero que sua mãe teria qualificado de segunda classe sem a menor hesitação. Do outro lado da vitrine, um sujeito entroncado, usando um avental que nunca mais voltaria a ser branco, a fitou com um sorriso nos lábios. Um gesto de boas-vindas que desapareceu quando ela lhe comunicou que o motivo de sua visita não era exatamente abastecer sua geladeira de costeletas.

– Já vieram me procurar por causa disso – respondeu o açougueiro de mau humor. – O que quer que eu diga? Se me pedem uma cabeça de porco, eu a vendo. O que fazem com ela não é da minha conta.

– É claro. Mas também não lhe pediam muitas, não é? Quero dizer que não costuma ter cabeças de porco no açougue, à venda...

– A cabeça inteira não, é claro. Apesar de que deve saber que se aproveita tudo do porco – frisou o homem, orgulhoso.

– O doutor as encomendava pessoalmente? Ou por telefone?

– No começo ele vinha em pessoa. Depois, por telefone. – Nesse momento, um rapaz de uns quinze anos, o retrato do açou-

gueiro em escala reduzida, saiu do fundo da loja. – Meu filho é
que entregava os pedidos na casa dele, não é, Jordi? Somos um
açougue pequeno, senhora, temos que cuidar da clientela.

"E limpar os vidros", pensou Martina.

– Quem atendeu a ligação dessa vez? O senhor ou seu filho?

– Eu – disse o rapaz.

–Você lembra quando foi que ele ligou?

– Dois ou três dias antes, não sei bem. – O rapaz não parecia
ser um gênio, e além disso não demonstrava muito interesse na
conversa. Entretanto, pareceu lembrar-se de alguma coisa de repente. – Mas dessa vez não foi ele que ligou.

– Não? – A subinspetora se esforçou para disfarçar o nervosismo da voz. – Quem foi?

O garoto encolheu os ombros. Tinha a boca meio aberta. Martina sentiu a tentação de sacudi-lo até lhe apagar aquela expressão
idiota da cara. No entanto, sorriu para ele e tornou a perguntar:

– Foi o ajudante dele? – Não sabia se Omar tinha um ajudante,
mas foi a única coisa que lhe ocorreu.

– Não tenho a menor ideia. – Jordi fez um leve esforço para
se lembrar, que se traduziu em uma boca dois milímetros mais
aberta.

– O que ele falou? É importante, sabe?

– Foi isso.

Martina mordeu os lábios, mas algo em seu gesto deve ter
inspirado o açougueiro júnior a continuar falando.

– Era um homem. Disse que estava ligando da parte do doutor Omar, que devíamos levar uma cabeça de porco na casa dele
terça-feira no fim da tarde.

– E você fez isso?

– Claro. Eu mesmo a levei.

–Você viu Omar?

O garoto negou com a cabeça.

– Não, esse mesmo sujeito me disse que o doutor estava ocupado. Que tinha visita.

– Como você sabe que era o mesmo?

Jordi pareceu se surpreender com a pergunta.

– Quem ia ser? –Viu que a resposta não satisfazia a essa senhora tão exigente e se lembrou de outro detalhe. – Além disso, eles tinham o mesmo sotaque.

– Que sotaque?

– Sul-americano. Bom, não exatamente.

Martina Andreu teve que fazer um esforço sobre-humano para não lhe extrair uma resposta clara a tapa.

– Pensa bem – insistiu ela em voz suave. Tentou encontrar algum exemplo que o garoto pudesse entender. – Ele falava como Ronaldinho? Ou mais como o Messi?

Isso clareou completamente as lembranças do aprendiz de açougueiro. Ele sorriu como um menino feliz.

– Isso! Como Messi. – Teria gritado "*Visca el Barça!*" se o olhar da subinspetora Andreu não o tivesse obrigado, sem margem de dúvida, a calar a boca.

29

Um surpreso Lluís Savall abriu a porta de sua casa, um cômodo apartamento na Calle Ausiàs March, perto da Estació del Nord. Receber inspetores em casa, sábado e na hora do almoço, não era exatamente o programa predileto do delegado, mas o tom de voz de Héctor lhe havia despertado algo além de curiosidade. Além disso, suas filhas não estavam em casa, para variar, e sua mulher tinha ido à praia com uma amiga, e não voltaria até a tarde. O delegado então dispunha do apartamento só para si, e tinha dedicado a parte da manhã a tentar completar um *puzzle* de cinco mil peças, das quais ainda faltavam mais de mil. Era seu passatempo favorito, tão inofensivo como relaxante, e tanto sua mulher como suas filhas o estimulavam dando-lhe um quebra-cabeça atrás do outro, quanto mais complicados, melhor. Esse com certeza acabaria formando a imagem da Catedral da Sagrada Família, mas no momento estava tão inacabado como o templo original.

– Você quer beber alguma coisa? Uma cerveja? – perguntou Savall.

– Não, obrigado, Lluís, sinto muito mesmo te incomodar hoje.

– Bom, não é que eu tivesse grande coisa pra fazer – respondeu o delegado, pensando em seu quebra-cabeça com um pouco de saudade. – Mas senta, não fica aí de pé. Vou buscar uma cerveja pra mim. Tem certeza de que não quer uma?

– Tenho.

Héctor sentou em uma das poltronas enquanto pensava em como entrar no assunto. Savall voltou logo com duas latas e dois copos. Diante dele, depois de aceitar por fim a bendita cerveja, Salgado disse a si mesmo que uma pessoa que tivesse um posto de autoridade jamais deveria usar *shorts*.

– O que te traz aqui? – perguntou o delegado. – Alguma coisa nova no caso dessa garota?

– De Gina Martí? – Héctor negou com a cabeça. – Poucas novidades. Ao menos até que chegue o relatório do médico-legista.

– Ah. E então?

– Queria falar com você fora da delegacia. – Héctor se irritou consigo mesmo por fazer tantos rodeios, e decidiu pegar o touro pelos chifres. – Por que você não me disse que já conhecia os Castells?

A pergunta soou a acusação. E Savall mudou de humor imediatamente.

– Eu te disse que tinha sido amigo da mãe dele.

– Sim. Mas você não falou que tinha participado de outro caso relacionado com eles. – Perguntou a si mesmo se devia dizer o nome ou se o delegado já sabia a que ele estava se referindo. Em todo caso, continuou: – Há anos uma menina se afogou em um acampamento. O diretor, ou como quer que se chame o cargo, era Fèlix Castells.

Savall poderia ter fingido: aparentar que tinha esquecido, que não havia associado os nomes, as duas mortes separadas por treze anos. E talvez Héctor tivesse acreditado nele. Mas seus olhos o traíram, revelando o que ambos sabiam: o caso de Iris Alonso, a menina afogada entre bonecas, era dos que permaneciam na memória ao longo dos anos.

– Não me lembro do nome da menina...

– Iris.

– Sim. Era um nome pouco comum naquela época. – O delegado pousou o copo na mesinha de centro. – Você tem um cigarro?

– Claro. Achava que você não fumava.

– Só de vez em quando.

Héctor lhe passou um cigarro e lhe ofereceu fogo, acendeu um para si e aguardou. A fumaça dos dois formou uma nuvenzinha branca.

– Depois vou ter que abrir a janela – disse Savall. – Senão Elena me dará a bronca de sempre.

– O que você lembra desse caso? – insistiu Salgado.

– Pouca coisa, Héctor. Pouca coisa. – Em seus olhos se podia ver que, apesar de não serem muitas, as lembranças não eram nada agradáveis. – A que vem isso agora? Tem algo a ver com o que aconteceu com o filho de Joana?

– Não sei. Talvez você possa me dizer.

– Me lembro dele. De Marc. Era apenas uma criança, e estava muito impressionado. Abalado.

– Foi ele que a encontrou, não é?

Savall concordou, sem perguntar como ele sabia disso.

– Foi o que me disseram. – Meneou a cabeça. – As crianças não deviam ver coisas assim.

– Não. E também não deviam morrer afogadas.

O delegado olhou para Héctor pelo canto do olho, e seu semblante, que alguns segundos antes denotava desalento e até apreensão, demonstrou então uma dura impaciência.

– Não estou gostando do seu tom. Por que você não me pergunta logo o que quer saber?

"Porque não sei muito bem o que perguntar", pensou Héctor.

– Lluís, faz anos que nos conhecemos. Você não é apenas meu chefe, sempre se comportou comigo como um amigo. Mas agora preciso saber se houve alguma coisa estranha no caso dessa menina. Algo que agora, treze anos depois, possa pressupor uma ameaça para alguém.

– Não estou entendendo.

Héctor apagou o cigarro.

– Você me entende, sim. – Tomou fôlego antes de continuar: – Você sabe perfeitamente do que estou falando. Há detalhes que tiveram que ser ventilados nessa investigação: Iris não comia, tinha fugido da casa alguns dias antes, mostrava um comportamento insolente e tinha mudado muito no último ano. Sua mãe não conseguia dominá-la. Tudo isso não te fez pensar em alguma coisa?

— Você está falando de muitos anos atrás, Héctor.

— Os abusos a menores não são coisa de agora, Lluís. Sempre existiram. E foram encobertos durante muitos anos.

— Espero que você não esteja insinuando o que estou pensando.

— Não estou insinuando nada. Estou me limitando a perguntar.

— Não havia nenhuma prova disso.

— Ah, não? O comportamento dele não te pareceu prova suficiente? Ou por acaso você acreditou no que te disse o padre Castells? Um sacerdote de boa família, por que duvidar de alguém assim?

— Chega! Não tolero que você me fale nesse tom.

— Vou dizer de outro modo, então. A morte de Iris Alonso foi um acidente?

— Acredite você ou não, foi. — Savall o fitou nos olhos, tentando imprimir toda a sua autoridade a essa afirmação.

Héctor não tinha outro remédio senão aceitá-la, mas não estava disposto a se render facilmente.

— E as bonecas? O que faziam aquelas bonecas flutuando na água?

— Eu já disse que chega! — Houve uma pausa, tão carregada de ameaças como de dúvidas. — Se você quiser revisar o caso, vai procurar o relatório. Não há nada para ocultar.

— Gostaria de acreditar em você.

Savall o observou com severidade.

— Não tenho razão alguma para te dar qualquer explicação. Aquela menina se afogou na piscina. Foi um acidente. É algo terrível, mas acontece todos os verões.

— Você não tem mesmo nada para acrescentar?

Savall negou com a cabeça, e Héctor se levantou da poltrona. Ia se despedir, mas o delegado tomou a palavra novamente.

– Héctor, você disse que somos amigos. Como tal, posso te pedir que aceite minha palavra a respeito desse assunto? Eu poderia exigir que você abandonasse esse caso, mas prefiro confiar na tua amizade. Demonstrei minha amizade por você. Talvez agora seja a hora de você fazer o mesmo.

– Você está me pedindo um favor? Se é assim, fala claramente. Fala, e então eu vou saber a que me ater.

Savall tinha os olhos cravados no chão.

– A justiça é um espelho de duas faces. – Levantou o rosto devagar e continuou: – De um lado, reflete os mortos, do outro, os vivos. Qual desses grupos te parece mais importante?

Héctor meneou a cabeça. De pé diante do superior, contemplou aquele homem que lhe havia estendido a mão nos momentos difíceis e tentou procurar em seu interior o agradecimento que lhe devia, a confiança que ele sempre lhe havia inspirado.

– A justiça é um conceito difuso, Lluís, nisso estamos de acordo. Por isso prefiro falar da verdade. A verdade é uma só, para os vivos e para os mortos. E isso foi a única coisa que eu vim procurar, mas estou vendo que não vou conseguir.

Parado diante do elevador, Héctor se deu conta de que estava saindo dessa casa com uma sensação desagradável, e pensou seriamente em voltar a bater na porta, entrar e começar aquela conversa de novo. Já estava com uma mão na campainha quando o celular tocou, e suas prioridades mudaram imediatamente. Era Martina Andreu, e ligava para lhe informar que a dona do seu apartamento, Carmen, tinha sofrido uma agressão na sua casa. O elevador tinha descido, mas ele não esperou mais; desceu correndo as escadas e tomou um táxi para o Hospital del Mar.

30

S e os homens são conquistados pelo estômago, era evidente que os quatro pratos que Leire havia comprado em um *delivery* não iam fazer com que Tomás se jogasse aos seus pés. Enquanto o via mastigar sem vontade os croquetes requentados, Leire quase ficou com pena dele. Tinha atendido ao telefone com uma voz cavernosa que indicava que bebera com os colegas até de madrugada, e concordara contra a vontade em ir almoçar na sua casa. Agora se esforçava por parecer esfomeado e bem disposto, sem adivinhar que a sobremesa que o esperava ia ser mais difícil de engolir que todo o resto.

– Como foi ontem à noite? – perguntou Tomás, enquanto hesitava entre pegar outro croquete ou uma empanada brilhante de azeite. Optou por beber água.

– Bem difícil. Uma garota morta. Na banheira da casa dela.

– Suicídio?

– Ainda não sabemos – disse ela em um tom que pretendia dar o assunto por encerrado. – Olha, desculpa ter te acordado cedo... mas precisamos conversar.

– Hum... Isso não está me cheirando bem. – Sorriu para ela. Afastou o prato com cara de nojo. – Não estou com muita fome.

Ela sim, mas isso não importava. Não conseguiria provar nada enquanto não tirasse de seus ombros aquele peso que a agoniava. Pela última vez recordou o conselho de María. O que ganhava em lhe dizer? Podia acabar com ele ali, naquele instante, dizer que tinha conhecido outro, e esse rapaz continuaria sua vida tranquilamente, sem saber que ela esperava um filho seu. Procuraria uma namorada com quem ir a um cruzeiro e esqueceria logo aquela meia dúzia de transas selvagens. Talvez tornasse a lhe telefonar algum dia, mas ela não responderia. Deixou escapar um suspiro. Que diabo, por que tinha de ser tão sincera? Nunca fora capaz de mentir, nem por si nem por ninguém. As mentiras lhe ocorriam, mas, quando chegava o momento de contá-las, algo em seu interior a obrigava a dizer verdade. E afinal de contas, repetiu para si mesma, ela não tinha a intenção de lhe pedir nada: nem dinheiro nem responsabilidades. O bebê fora gerado pelos dois, mas ela e apenas ela tinha decidido continuar a gravidez. Ele podia ir embora, e ela não iria procurá-lo. Essa ideia, a possibilidade factível de que isso podia acontecer, lhe doeu um pouco mais do que estava disposta a admitir. Percebeu então que ele estava lhe dizendo alguma coisa, e voltou à realidade.

– ... não tem problema. Já sei que você não gosta de compromissos, você deixou isso bem claro. Mas achei que seria divertido.

– O quê?

– O barco. – Olhou para ela, estranhando, e sorriu. – Achei que quem estava de ressaca era eu!

– Claro que seria divertido...

Ele abriu os braços num gesto de rendição.

– Não consigo te entender. Pensei que você tinha ficado aborrecida com a ideia de passar dez dias comigo... Que você tinha se sentido pressionada ou algo assim.

– Estou grávida.

Ele demorou alguns segundos para processar a informação. E mais alguns segundos para intuir que, se ela estava lhe contando, era porque provavelmente ele tinha alguma coisa a ver com isso.

– Grá... vida?

–Tenho que ir segunda-feira ao médico, mas tenho certeza, Tomás.

– E...? – Ele tomou fôlego antes de perguntar. Ela lhe poupou o esforço.

– É teu. Também tenho certeza disso. – Deteve-o com um gesto. – Calma. Espera um pouco. Não precisa dizer nada agora.

Ele parecia ter ficado sem palavras. Pigarreou. Remexeu-se na cadeira. Ela não conseguia interpretar a expressão do seu rosto: surpresa, perplexidade, desconfiança?

– Escuta – prosseguiu Leire. – Estou te contando porque acho que você tem o direito de saber. Mas se agora você levantar dessa cadeira e for embora, vou entender perfeitamente. Nós não somos namorados, nem nada disso. Não vou ficar decepcionada, nem desapontada, nem...

– Porra! – Ele se jogou para trás, apoiando as costas na cadeira, e a fitou como se não pudesse acreditar naquilo. – Eu não conseguiria me levantar da cadeira nem que quisesse.

Ela não pôde evitar o sorriso.

– Sinto muito – sussurrou. – Já sei que você não esperava por isso.

– Claro que não. Mas obrigado por me dizer. – Parecia que estava começando a reagir. Falou devagar: – Você tem certeza?

– De que é teu?

– De que você está grávida! Você ainda não foi ao médico...

– Tomás...

– Tudo bem. – Assentiu com a cabeça, devagar. – Então você está apenas me comunicando, não é?

Leire ia contradizê-lo, mas percebeu que no fundo ele tinha razão.

– Sim.

– E as alternativas que me restam são...

– Você pode sair para comprar cigarro e não voltar nunca mais – disse ela. – Ou ficar e ser o pai dessa criança.

– Acho que a opção do cigarro está fora de moda.

– O clássico não sai de moda.

Ele sorriu a contragosto.

– Você é incrível!

– Tomás... – Ela o fitou com seriedade e tentou fazer com que as frases que ia pronunciar refletissem exatamente o que queria dizer, que não soassem a ameaça, nem a coação, nem a autossuficiência. – A verdade é que eu gosto de você. Gosto bastante. Mas nós não temos uma relação, nem somos namorados, nem nada parecido. Não sei se estou apaixonada por você, nem acho que você esteja apaixonado por mim. Também não sei exatamente o que é estar apaixonada, pra ser sincera... Mas se eu não estivesse grávida, iria com você fazer esse cruzeiro, e veríamos no que isso daria. Dadas as circunstâncias – continuou, indicando a barriga –, tudo muda.

Ele concordou. Inspirou profundamente. Era óbvio que um torvelinho de ideias, de perguntas, de possibilidades se revolvia em sua mente.

– Não quero que você fique chateada – respondeu ele afinal –, mas acho que preciso de algum tempo para me dar conta da ideia.

– Você não é o único. Nós dois temos uns sete meses aproximadamente para resolver isso.

Ele se levantou, e ela percebeu que ele ia embora.

– Eu te ligo – disse ele.

– Claro. – ela não olhou para ele. Tinha os olhos fixos na mesa.

– Olha... – Ele se aproximou dela e lhe acariciou o rosto. – Não estou fugindo. Só preciso de um tempo.

Ela se voltou para ele e não pôde evitar o tom irônico:

– Você ficou sem cigarros?

Tomás tirou o maço do bolso superior da camisa.

– Não.

Leire não disse nada. Percebeu que a mão de Tomás se afastava de seu rosto e que ele dava um passo para trás. Fechou os olhos, e em seguida ouviu a porta da rua bater. Quando os abriu, ele já não estava.

31

A reluzente sala de espera do Hospital del Mar estava tão cheia como era de se esperar num sábado do mês de julho, e Héctor demorou alguns instantes para localizar a subinspetora Andreu. Na verdade, foi ela quem o viu primeiro e se aproximou dele. Apoiou uma mão em seu ombro, e ele se voltou, sobressaltado.

— Martina! O que aconteceu?

— Não sei. Parece que alguém entrou na tua casa e a atacou. Ela está mal, Héctor. Foi levada para a UTI. Não recobrou a consciência.

— Merda! — A expressão do seu rosto era tão intensa que a subinspetora receou que ele perdesse o controle.

— Héctor... vamos sair um instante. Não temos nada pra fazer aqui agora, e... Preciso falar com você.

Pensou que ele recusaria, que exigiria falar com o médico, mas em vez disso ele lhe fez a inevitável pergunta que ela já esperava:

— Como foi que você a encontrou?

A subinspetora o olhou fixamente, tentando ver naquele semblante alterado um sinal que lhe permitisse decidir, saber. Não o encontrou, de modo que se limitou a responder em voz baixa:

— Queria conversar com você sobre isso. Vamos lá fora.

O sol arrancava faíscas dos retrovisores dos carros. Eram três e meia da tarde, e o termômetro marcava trinta graus centígrados.

Suando, Héctor acendeu um cigarro e tragou avidamente, mas seu estômago estava revirado, e a nicotina tinha um gosto horrível. Atirou a bituca no chão e pisou em cima.

— Calma, Héctor. Por favor.

Ele atirou a cabeça para trás e respirou fundo.

— Como você a encontrou?

— Espera um pouco. Tem algumas coisas que você precisa saber. Tenho novidades do caso de Omar. — Esperava ver alguma reação no rosto do companheiro, mas a única coisa que pôde ver foi interesse, vontade de saber. — Héctor, quarta-feira eu te perguntei isso enquanto almoçávamos, mas agora vamos ser claros. Você viu Omar na terça-feira?

— A que vem isso agora?

— Responde, porra! Você acha que eu ia insistir se não fosse importante?

Ele a fitou com uma mescla de frustração e raiva.

— Pela última vez, não vi Omar na terça-feira. Não tornei a vê-lo depois daquele dia. Está claro?

— E o que você fez na terça à tarde?

— Nada. Voltei pra casa.

— Você não falou nem com a tua ex nem com o teu filho?

Héctor desviou os olhos.

— Que merda você fez?

— Sentei pra esperar que alguém se lembrasse de me ligar. Era meu aniversário.

Martina não conseguiu reprimir uma gargalhada.

— Porra, Héctor! O cara durão do mês, aquele que vai distribuindo porrada nos suspeitos, e depois se senta em casa chorando porque ninguém se lembrou dele...

Ele sorriu, apesar de tudo.

— A idade torna as pessoas sensíveis.

— O pior é que eu acredito em você, mas uma testemunha te viu diante da casa dele na terça no fim da tarde, às oito e meia.

— O que você está dizendo?! — ele quase gritou.

– Héctor, só estou te informando o que averiguei. Eu nem devia ter te contado, portanto, faça o favor de não levantar a voz pra mim. – Martina passou então a lhe contar o testemunho de Rosa, sem omitir um único detalhe, bem como as informações obtidas no açougue naquele dia. – Por isso fui à tua casa. A porta da escada estava aberta, e eu subi; quando passava diante do primeiro andar, percebi que essa porta também não estava fechada, e isso me pareceu estranho. Eu empurrei e... encontrei a pobre mulher no chão, inconsciente.

Salgado ouviu o relato da companheira sem interrompê-la uma única vez. Enquanto a escutava, seu cérebro tentava encaixar as outras peças: as inquietantes gravações dele espancando Omar e de Ruth na praia. Não conseguiu, mas achou que Andreu merecia saber disso. Não queria lhe ocultar mais nada, então contou tudo assim que ela terminou de falar. Depois ambos ficaram calados, meditando, cada um absorto em suas próprias dúvidas e temores. Héctor reagiu antes e pegou o celular. Nervoso, procurou o número do filho na agenda e apertou a tecla de chamada. Por sorte, dessa vez Guillermo respondeu logo. Salgado falou com ele por alguns minutos, tentando aparentar um ar normal. Depois, sem pensar, ligou para Ruth. Uma fria voz anunciando que o número estava desligado ou fora de área foi sua única resposta.

Enquanto isso, Martina Andreu o observava atentamente. Ele percebeu, mas disse a si mesmo que ela tinha direito de fazer aquilo. Havia motivos para suas suspeitas, e de repente se deu conta de que, por ironia do destino, teria que usar com ela o mesmo argumento que tinha ouvido de Savall uma hora antes. Apelar para a amizade, a confiança, os anos de serviço juntos.

– Ruth não responde? – perguntou ela quando ele guardou o celular.

– Não. Está fora. No apartamento dos pais, em Sitges. Mais tarde eu ligo novamente. Ela não achou nenhuma graça na história do DVD, como você pode imaginar. – Voltou-se para a subinspetora Andreu. – Estou com medo, Martina. Sinto que tudo o que me cerca está ameaçado: eu, minha casa, minha família... E agora essa história da Carmen. Isso não pode ter sido um acaso. Alguém está destruindo minha vida.

— Você está levando a sério as maldições do doutor Omar?

Ele engoliu uma risada amarga.

— Agora eu poderia acreditar em qualquer coisa. — Lembrou-se do que o catedrático da Faculdade de História tinha dito. — Mas acho que preciso me esforçar para não cair numa armadilha dessas. Vou ver se há notícias de Carmen. Você não precisa ficar.

Ela olhou o relógio. Eram quatro e dez.

— Tem certeza de que não se importa?

— Claro que não. Martina, você acredita em mim? Sei que tudo isso parece muito estranho, e que agora a única coisa que posso te pedir é que confie em mim cegamente. Mas pra mim isso é importante. Eu não fui procurar Omar, nem encomendei a cabeça de porco, nem tenho a menor pista do paradeiro dele. Juro.

Ela demorou um pouco para responder, talvez mais do que ele esperava e menos do que ela precisaria para lhe dar uma resposta absolutamente sincera.

— Eu acredito. Mas você está metido em uma bela encrenca, Salgado. Tenho que te dizer isso. E não sei se alguém poderá te ajudar a sair dela desta vez.

— Obrigado. — Héctor relaxou os ombros e olhou para a porta do hospital. — Vou entrar.

— Me mantenha informada das novidades.

— O mesmo digo eu.

Martina Andreu ficou quieta por um momento, vendo como Héctor desaparecia na entrada do hospital. Depois, devagar, foi até a parada de táxi, entrou no primeiro da fila e deu ao motorista o endereço do inspetor Salgado.

Sentado em uma cadeira de plástico situada em um corredor próximo à UTI, Héctor contemplava as idas e vindas do pessoal e os visitantes. A princípio prestava atenção neles, mas à medida que o tempo ia passando semicerrou os olhos e se concentrou em seus passos: rápidos, lentos, firmes, angustiados. E pouco a pouco até isso desapareceu de sua mente consciente, imersa nas lembranças de tudo o que havia acontecido nos últimos cinco dias. O voo, a mala perdida, a entrevista com Savall e a visita ao consultório de Omar se mesclavam com as declarações dos implicados no caso de Marc Castells, com a visão da pobre Gina na banheira cheia de sangue e com a imagem macabra da menina afogada na piscina, em um filme tão surrealista quanto impactante.

Não fez o menor esforço para ordenar as sequências; deixou que fluíssem em sua mente livremente, que lutassem umas com as outras para se impor durante alguns segundos na tela da sua memória.

Pouco a pouco, do mesmo modo que o barulho que o rodeava, esses fotogramas foram se desvanecendo. A confusão se acalmou, e seu cérebro passou a se focar numa única foto fixa, apagada e de má qualidade, protagonizada por ele, por um violento e brutal Héctor Salgado espancando com raiva um sujeito indefeso. Uma voz em *off* se somou à imagem, a do psicólogo, o rapaz que no fundo lhe recordava seu filho. "Pense em outros momentos em que se deixou levar pela ira." Algo que ele se negara a fazer, não apenas naqueles dias como durante toda a vida. Mas então, enquanto aguardava que o médico lhe desse alguma notícia sobre o estado de Carmen, essa mulher que o havia tratado quase como a um filho, conseguiu derrubar as barreiras e pensar no outro momento de sua vida em que fora possuído pela raiva; nesse outro dia em que tudo se tornara negro e do qual só havia ficado um sabor amargo como a bile. A última recordação da primeira parte de sua vida, o final violento de uma etapa. Dezenove anos aguentando brigas rotineiras nas mãos de um pai modelo, em aparência um senhor, um filho da puta com todas as letras que jamais hesitava na hora de impor disciplina. Por que era normalmente ele e não seu irmão o alvo da ira do pai fora algo que o jovem Héctor se perguntara muitas vezes nesses dezenove anos. O que não queria dizer que o outro se livrara; mas, à medida que ia crescendo, Héctor notava uma crueldade maior nas brigas que se referiam a si. Talvez porque já naquela época seu pai sabia que ele o odiava com todas as suas forças. O que nunca havia suspeitado, nem sequer nos momentos mais amargos de sua infância, era que existia outra vítima dessas surras, alguém que as recebia de porta fechada, na intimidade de um quarto convenientemente situado no extremo oposto do longo corredor. O modo como sua mãe havia conseguido ocultar os hematomas durante todos esses anos só podia ser explicado no contexto de um lar onde os segredos eram a norma, e onde era melhor falar pouco e calar muito.

Ele descobriu isso por casualidade, uma tarde de sexta-feira em que voltou mais cedo do treino de hóquei porque tinha torcido um tornozelo. Achava que não havia ninguém em casa, já que seu irmão também tinha treino nesse dia, e sua mãe havia comentado que ela e seu pai iam visitar uma de suas tias mais velhas, que estava doente. Por isso chegou na casa que imaginava vazia disposto a desfrutar essa solidão pela qual todos os adolescentes anseiam. Não fez barulho, era uma das regras do pai, e isso lhe permitiu ouvir, com absoluta clareza, os rítmicos golpes seguidos de gritos reprimidos. E então algo estalou em seu cérebro. Tudo desapareceu de sua vista, e diante de si viu apenas uma porta, que empurrou com decisão, e a cara de seu pai, que passou da surpresa ao pânico quando seu filho mais novo, sem um segundo de vacilação, lhe enfiou o bastão no peito e continuou a lhe bater nas costas, várias vezes, até que os gritos de sua mãe o fizeram voltar a si. No dia seguinte, ainda convalescendo da surra, seu pai arranjou tudo para que esse filho ingrato continuasse os estudos em Barcelona, onde tinha parentes. Héctor compreendeu que era a melhor solução: começar de novo, não olhar para trás. Só lamentava abandonar a mãe, mas ela o convenceu de que não corria perigo algum, de que o que havia acontecido nesse dia não era normal em absoluto. Ele partiu e esforçou-se por esquecer. Mas nessa tarde, sentado em uma cadeira de plástico, à medida que aquela lembrança se desenhava claramente em sua memória, a angústia desapareceu e ficou em seu lugar uma estranha sensação de paz, agridoce mas verdadeira, que desde aquela época não sentia. E disse a si mesmo, com a maior tranquilidade, que se a injustiça e a impotência eram as únicas causas que haviam detonado sua ira, tanto na juventude como alguns meses atrás, as consequências dela pouco lhe importavam. Dissesse o mundo o que dissesse.

Não viu o tempo passar até que sentiu uma mão a lhe sacudir o ombro. Ao abrir os olhos, viu uma figura vestida de branco que lhe dizia, com um semblante que parecia esculpido para dar más notícias, que Carmen Reyes González estava fora de perigo, mas que continuaria em observação durante pelo menos mais vinte e quatro horas, e que com certeza demoraria para se recuperar completamente. Acrescentou, com um tom rotineiro que lhe soou como advertência, que, apesar de não haver lesões graves além da contusão, não se podiam descartar complicações nas próximas horas, dada a idade da paciente. Podia entrar para vê-la, mas só por um momento. E, antes de deixá-lo entrar, esse médico com cara de coveiro comentou, em um tom de admiração muito pouco profissional, que ficava admirado com o modo como as velhas gerações se apegavam à vida. "São feitas de outra matéria", disse meneando a cabeça, como se, em vista do que há no mundo, isso lhe parecesse incompreensível.

32

Leire olhou o relógio e não conseguiu evitar um gesto de aborrecimento. Por que todos os caras desapareciam quando a gente precisava deles? "Estou começando a falar como María", pensou. Mas o certo era que, apesar da retirada pouco digna de Tomás, nesse momento ele não era o alvo das suas críticas. O inspetor havia dito que lhe ligaria no meio da tarde para conversar sobre os detalhes do plano. Pois bem, mesmo que "meio da tarde" não fosse uma indicação muito precisa, ela achava que ele pelo menos podia ter se preocupado em dar algum sinal de vida. Resistia ao impulso de ligar para ele; afinal, Salgado era seu superior, e o que menos convinha a qualquer pessoa era indispor-se com o chefe.

De qualquer modo, ela havia feito os deveres essa tarde, disse a si mesma, satisfeita. Por ordem: havia tirado a mesa e jogado os croquetes no lixo; tinha chorado por algum tempo, algo que atribuía a esse estado de atordoamento hipersensível, e não a outra coisa qualquer; e em seguida, depois de tomar um banho e se vestir de maneira informal, tinha ido para a delegacia cumprir a primeira parte do que haviam combinado, conforme ficara acertado com o inspetor. A tarefa número um se resolveu num instante: no dia seguinte, uma tal Inés Alonso Valls viria de Dublin a Barcelona num voo que chegaria às nove e vinte e cinco da manhã, hora local. Introduzira seus dados no computador sem encontrar nada que lhe parecesse importante. A moça tinha vinte e um anos, fazia dois que estudava na Irlanda e era filha de Matías Alonso e Isabel Valls. Seu pai falecera dezoito anos antes, quando Inés era muito pequena, mas sua mãe ainda era viva. Leire anotara o endereço, exatamente como Salgado lhe havia pedido. Quanto à tarefa número dois... Leire olhou o relógio novamente, como se pudesse acelerá-lo com os olhos. Estava com vontade de ligar, mas ainda era cedo. Na delegacia havia pouco movimento naquele sábado, então não tinha nada com que se distrair, e isso lhe deixava tempo livre para pensar. Inevitavelmente, sua mente voltou a Tomás e à conversa que havia mantido com ele nessa tarde, mas também, e pela primeira vez, reparou que ele não era o único a quem precisava comunicar a notícia; precisava dizer a seus pais, e, se tudo corresse bem, mais cedo ou mais tarde, também a seus chefes. "Depois do verão", disse a si mesma. Antes ela mesma precisava se acostumar com a ideia, e não tinha a menor vontade de ouvir recriminações nem conselhos. Além disso, tinha ouvido milhares de vezes que era melhor esperar que passassem os três primeiros meses antes de dar a notícia. E pela primeira vez nas últimas semanas começou a pensar nesse ser que até o momento só lhe havia provocado enjoos matinais como em alguém que menos de um ano depois estaria deitado a seu lado na cama do hospital. Viu-se sozinha com um bebê chorando, e a imagem, ainda que fugaz, lhe pareceu mais aterradora que reconfortante. Não queria continuar remoendo isso, portanto, como o inspetor não ligara, pegou o telefone fixo e teclou o número de sua amiga María. Nesse momento, Santi e os povoados da África lhe pareciam um assunto apaixonante.

Por um desses acasos da vida, Leire não era a única que nessa tarde pensava na África. E não apenas porque o calor que se abatia sobre Barcelona nesse dia fosse mais próprio desse continente que da temperada Europa, mesmo que fosse do sul.

O sol ainda castigava forte quando o táxi deixou Martina Andreu na porta do edifício onde Héctor Salgado vivia. Dois agentes a aguardavam na porta do apartamento do primeiro andar, ansiosos para irem embora; ali não havia mais nada para fazer, e eles ficaram felizes em deixar o lugar. Quando estavam saindo, um deles comentou que a escada cheirava mal, e ela se limitou a concordar. Antes também havia se dado conta disso, apesar de talvez menos que agora, mas não tinha vontade de retê-los, nem eles de permanecer ali. A subinspetora queria ficar sozinha, sem testemunhas de uniforme, para explorar por sua conta. Algo lhe dizia que a agressão a Carmen não havia sido um incidente casual. Héctor tinha razão: estavam acontecendo coisas demais ao seu redor, e nenhuma boa. Por outro lado, não se esquecia das declarações das testemunhas, de Rosa e do açougueiro. Héctor podia lhe pedir confiança cega, e ela a concedia, como amiga. Mas seu lado policial exigia provas. Provas tangíveis que contradissessem o efeito desses testemunhos, dos quais honestamente também não tinha razão alguma para duvidar.

Já sozinha, fechou a porta do apartamento e revistou-o rapidamente. Tinha encontrado Carmen no curto corredor que separava o *hall* da cozinha. O ataque havia sido efetuado de frente, portanto parecia lógico que a pobre mulher tivesse aberto a porta para um desconhecido e que esse a tivesse agredido depois de entrar. Mas para quê? Não haviam inspecionado a casa, pois não parecia faltar nada; não havia caixas pelo chão nem armários abertos. O sujeito teria se assustado depois do assalto e optara por sair correndo? Não. Não, não gostava nada dessa explicação. Ela fora golpeada duas vezes com um objeto metálico. Não havia nem sinal da arma no apartamento. Porra, não havia sinal de nada nesse apartamento, maldisse a subinspetora. Dirigiu os olhos para o armário que ocultava o quadro de luz. Ou muito se enganava ou era ali que ficavam as chaves do apartamento de Héctor Salgado. Outra pessoa teria sentido uma ponta de remorsos, mas ela não. Tinha de fazer isso.

Com a chave na mão, subiu a escada. O mau cheiro ficou mais intenso por um instante e depois voltou a se atenuar. Martina tinha pressa de inspecionar o apartamento do inspetor antes que ele tivesse a ideia de voltar. Os escrúpulos a assaltaram quando o acaso a premiou e a primeira chave escolhida girou na fechadura, mas ela os afastou sem descartá-los totalmente, como ao lixo reciclável. Entretanto, uma vez lá dentro, perguntou a si mesma o que fazia ali e o que esperava encontrar. As persianas estavam fechadas, e ela acendeu a luz. Percorreu o apartamento com o olhar. Nada parecia estar fora de lugar. Foi até a cozinha e abriu a geladeira, onde viu apenas algumas cervejas e uma jarra com algo que parecia gaspacho. Não conseguia imaginar Héctor fazendo gaspacho, mas aquele parecia ter sido feito em casa. Da cozinha voltou à sala de jantar, e de lá dirigiu-se ao quarto. A cama sem fazer, a mala semiaberta a um canto... O típico aspecto do quarto de um homem solteiro. Ou de um separado.

Já estava indo embora, sentindo-se uma intrusa hipócrita, mas, ao tornar a cruzar a sala de jantar, distinguiu um brilho na televisão. Héctor a deixara ligada. Mas não, não era a televisão. O que se movia era o protetor de tela do DVD. Se Salgado não lhe tivesse falado das gravações, nunca lhe teria ocorrido pôr o aparelho para funcionar.

Quando as primeiras imagens encheram a tela, ela foi tomada por uma repugnância instintiva, visceral, e por uma suspeita que não podia mais ignorar. A seu pesar, obrigou-se a assistir à gravação duas vezes para assimilar aquilo completamente. Por sorte não era muito longa, durava apenas alguns minutos, mas neles podia-se ver claramente o rosto ferido de um velho negro que sangrava profusamente, a ponto de ficar inconsciente. Seus lábios ressecados apenas eram capazes de emitir um leve gemido, e seus olhos não conseguiam focalizar a pessoa que com certeza estava gravando sua agonia. Na gravação mal focalizada, o doutor Omar tentou abrir os olhos pela última vez, mas o esforço foi demasiado para seu corpo maltratado. Martina Andreu ouviu claramente seu último suspiro e viu a morte se apoderar de seu rosto. A gravação acabava ali, dando lugar a uma escura nuvem cinzenta. E então, com a frieza proporcionada pelos anos de serviço, a subinspetora soube qual era o passo seguinte. As peças soltas começaram a se encaixar, formando um conjunto desagradável mas lógico. As declarações das testemunhas, o desaparecimento de Omar, esse filme horrível... e o fedor que flutuava na escadaria... se organizaram magicamente para lhe mostrar o caminho a seguir.

Dar o passo seguinte, no entanto, não lhe parecia simples. Tinha que avisar a central, mas antes queria ter certeza. Levou uma eternidade para sair da casa de Héctor. Desceu até o segundo andar, caminhando com a rigidez de uma autômata. O chaveiro de Carmen continha todas as chaves, e ela teve que tentar algumas antes de dar com a certa. Assim que empurrou a porta, o fedor a atingiu em cheio. Avançou às cegas, já que a luz do apartamento estava desligada. Seguiu os indícios do olfato até chegar a um aposento pequeno, no qual acreditou distinguir uma janela diminuta. Quando ergueu a persiana, a luz invadiu o espaço. Apesar de saber o que tinha ido procurar, a visão do cadáver de Omar a fez dar um pulo para trás. Ela correu, correu até a porta principal, cruzou-a e fechou-a atrás de si. Apertou os olhos com força e apoiou-se nela de costas, obstruindo a entrada como se alguém a estivesse perseguindo. Como se a alma daquele corpo morto fosse capaz de abandonar seu invólucro de carne e ir atrás dela para possuí-la. Precisou esperar alguns segundos, alguns minutos, talvez, antes de se tranquilizar, antes de se convencer de que o que havia ali dentro já não podia lhe fazer mal algum. Afinal conseguiu abrir os olhos e reprimiu um grito de surpresa e de medo ao ver diante de si, com o semblante muito sério, esse amigo que agora temia com todas as forças.

Não há nada mais insuportável que esperar um telefonema sem nada para fazer. A agente Castro tinha diversas e várias virtudes, mas a paciência não era uma delas. Portanto, depois de quarenta minutos de papo com María durante os quais não deixou de olhar o celular pelo canto do olho, decidiu, a contragosto, que ela é que teria de tomar a iniciativa e se pôr em contato com o inspetor Salgado. Foi atendida pela gravação que lhe oferecia, como sempre, a possibilidade de deixar uma mensagem depois do sinal. Hesitou um momento antes de fazer isso, mas finalmente optou por se proteger e informar seus planos.

– Inspetor, aqui é Castro. Fiquei esperando sua ligação, e são mais de sete horas. Com sua permissão, vou tocar o assunto de Rubén Ramos. Se tiver alguma coisa pra me dizer, ligue pra mim.

Não sabia muito bem se Salgado gostaria disso, mas nesse dia Leire Castro não se sentia muito propensa a levar em consideração as opiniões de seus congêneres do sexo masculino. Por isso, mesmo sabendo que corria algum risco, procurou em suas anotações o número de Rubén e o teclou. Uma voz muito jovem lhe respondeu com um "diga?" inseguro. Ela apostou em um tom semelhante, ligeiramente nervoso, enquanto explicava a seu interlocutor que Aleix lhe havia passado seu número, que essa noite era seu aniversário e ela queria festejá-lo em grande estilo com seu namorado. Sim, um seria suficiente, assegurou ela, tentando parecer a moça ingênua de família rica que podia ser cliente de Aleix. Marcaram hora e lugar para o encontro, sem mencionar nada mais, e ela se despediu com um rápido "até logo".

Quando desligou, Leire se perguntou se o que acabava de fazer não a poria em uma situação delicada perante o inspetor, e, por via das dúvidas, tornou a ligar para ele. Farta da eterna voz em *off*, desligou sem deixar recado.

33

Martina não se afastou nem um milímetro da porta. Observou Salgado fixamente, com a intenção de penetrar na mente do companheiro através de seus olhos. Não conseguiu, mas o olhar de Héctor pelo menos dissolveu o pânico que a tinha invadido minutos antes.

– Não chegue perto, Héctor – avisou, em tom firme e neutro. – Este é o cenário de um crime. Você não pode entrar aqui.

Ele deu um passo para trás no patamar, obediente. O fedor procedente do interior do apartamento já se espalhava sem a menor discrição.

– O que você encontrou aí dentro?

– Você não sabe?

– Não.

– Omar está aí, Héctor. Morto. Foi espancado até morrer.

Héctor Salgado tinha aprendido a manter a calma em situações de tensão, a controlar as emoções para que estas não aflorassem a seu rosto. Ambos permaneceram alguns segundos cara a cara, como dois duelistas na expectativa, enquanto ela se esforçava por descobrir o que devia fazer em seguida. Tinha diante de si um suspeito de assassinato: alguém que tinha sido visto com a vítima na tarde do seu desaparecimento, alguém que tinha uma conta pendente com o morto que jazia ali dentro, alguém em cuja casa havia provas que o relacionavam ao caso. E sobretudo alguém que vivia no apartamento de cima do lugar onde acabava de encontrar o cadáver. Percebeu que só tinha uma opção. Que, se estivesse no seu lugar, o inspetor Salgado faria exatamente a mesma coisa.

– Héctor, tenho que te prender pelo assassinato do doutor Omar. Não torne isso mais difícil do que já é, por favor.

Héctor estendeu as mãos juntas para ela.

–Você vai me algemar?

– Espero que não seja preciso.

– Serve pra alguma coisa eu dizer que não tive nada que ver com essa morte?

– Neste momento, não.

– Está bem. – Ele baixou a cabeça como quem aceita o inevitável, e o gesto fez com que a subinspetora desse um passo em sua direção.

–Tenho certeza de que tudo vai se esclarecer, mas agora é melhor que você me acompanhe. Para o seu próprio bem.

Ele concordou devagar; depois levantou a vista, e a subinspetora estranhou ao ver um sorriso em seus lábios.

– Quer saber? A única coisa que me importa neste momento é que Carmen vai ficar bem. Essa velha é mais dura do que você e eu juntos!

–Você gosta muito dela, não é?

Héctor não respondeu. Não era preciso. E esse semblante tranquilo, que expressava mais agradecimento que medo, fez com que as duas Martinas que lutavam dentro da subinspetora estabelecessem de repente algo parecido com uma trégua, um pacto de não agressão.

– Héctor, eu sou a única pessoa que viu o cadáver. – Interrompeu o início de um protesto. – Escuta e cala a boca pelo menos uma vez na vida! Não se pode fazer nada por Omar, então tanto faz que eu o encontre hoje ou amanhã.

– O que você quer dizer com isso?

– Que eu posso passar algumas horas investigando este caso sem pressões de nenhum tipo. Nem mesmo as tuas.

Ele continuava sem entender.

– Me dá as chaves do teu apartamento e sai daqui. Desaparece durante algumas horas, até que eu te ligue. E me promete duas coisas: a primeira é que em hipótese alguma você vai chegar perto daqui ou do consultório de Omar.

– E a segunda?

– A segunda é que você vai se apresentar na delegacia quando eu disser. Sem perguntas.

Bem devagar, ele tirou as chaves do bolso e as entregou à subinspetora. Ela as agarrou com força.

– Agora se manda.

– Tem certeza disso? – perguntou Héctor.

– Não. Mas tenho certeza de que, quando eu comunicar que encontrei esse cadáver, toda a investigação vai se centrar em você, inspetor Salgado. E nem eu nem ninguém vai poder evitar isso.

Ele começou a descer, mas voltou-se na metade da escada.

– Martina... Obrigado.

– Espero não ter que me arrepender.

Héctor saiu para a rua e começou a andar até a *rambla*. Caminhava devagar, sem prestar atenção nas pessoas, levado pela inércia. Algum tempo depois, sentado diante da reluzente Torre Abgar, esse monolito azul e vermelho que parecia tirado de uma rua de Tóquio, se deu conta de que não tinha para onde ir. Sentiu-se como um "turista acidental", um arremedo portenho de Bill Murray que nem sequer tinha a desculpa de estar *lost in translation*. Não, ele estava sozinho na cidade onde tinha vivido por mais de vinte anos. Tirou o celular, um gesto tão instintivo quanto ineficaz: para que merda servia se ele não tinha ninguém para quem ligar? "Para te deixar mais fodido ainda", pensou, sorrindo com amargura. Estava verificando as ligações perdidas quando o aparelho voltou a tocar, freando por um instante aquela melancolia incipiente. Não era Scarlett Johansson, é claro, mas uma satisfeita e emocionada Leire Castro.

* * *

Leire tinha estacionado numa zona de carga e descarga, dez minutos antes da hora marcada para o encontro com Rubén. Era um dos carros não oficiais, é claro, daqueles que os *mossos* usavam para casos em que não queriam chamar atenção. Nervosa, esperava ver aparecer o rapaz da foto, e uma vez mais repetiu para si mesma que teria ficado muito mais tranquila se alguém, Salgado, por exemplo, estivesse ali por perto, como tinham combinado, pronto para intervir se as coisas ficassem feias. Só ia interrogar um aviãozinho sem importância, conseguir sua colaboração para apertar o cerco ao moleque Rovira. E isso ela podia fazer sozinha, porra.

Leire o viu chegar a pé, com as mãos nos bolsos e o ar escorregadio de um delinquente sem importância. Tranquilizou-se um pouco. Considerava-se boa para julgar as pessoas pela cara, e a desse rapaz de apenas vinte anos não lhe parecia particularmente perigosa. Não queria usar a arma, nem sequer para ameaçá-lo. Ele se plantou na esquina de Disputació e Balmes, e deu uma olhada ao seu redor. Ela lhe fez sinal com os faróis, como se estivesse à sua espera. Rubén se aproximou do carro e, obedecendo ao gesto da motorista, que o convidava a entrar, abriu a porta e sentou-se no assento do passageiro.

— Eu não tinha certeza se era você — murmurou ela em tom de desculpa.

— Tudo bem. Trouxe a grana?

Ela assentiu, e enquanto fingia procurar no bolso acionou os fechos de segurança das portas. O rapaz levou um susto que se transformou em um suspiro de irritação quando Leire lhe mostrou o distintivo.

— Que merda! Fodeu.

— Só um pouquinho. Nada grave. — Fez uma pequena pausa e ligou o carro sem afastar os olhos de seu novo acompanhante. — Calma, rapaz. E coloca o cinto. Vamos dar uma volta e conversar um pouco.

Ele obedeceu de má vontade e resmungou alguma coisa entre dentes.

– Tem algo para dizer?

– Eu diria que conversar é coisa de dois...

Ela soltou uma gargalhada rápida.

– Pois então eu falo e você escuta. E se no fim você achar que te interessa contar alguma coisa, você fala.

– E se não?

Ela engatou a marcha à ré e moveu o carro.

– Se não, eu recomeço o monólogo, para ver se te convenço. Nós, da polícia, somos muito chatas, você sabe. Gostamos de ouvir a própria voz.

Rubén assentiu e desviou os olhos para a janela com indiferença. Ela alinhou o carro à calçada, bem vazia nesse sábado do mês de julho.

– Quero te falar de um colega teu, um mauricinho. Sabe de quem estou falando, não é?

Como não houvesse reação alguma por parte do seu acompanhante, Leire continuou com seu monólogo, sem parar, certa de que o outro a escutava com atenção, apesar de fingir o contrário. Quando ela pronunciou a palavra "assassinato", ele ficou tentado a se voltar para ela, mas resistiu ao impulso. No entanto, quando mencionou o dinheiro da família de Aleix, seus contatos e os bons advogados que eles podiam contratar para tirar o filho pródigo daquele atoleiro – dinheiro, contatos e advogados que ele, um pobre pé-rapado, mal podia imaginar –, o instinto de sobrevivência se impôs a qualquer outro, e Rubén contou o que sabia e o que acreditava ter visto na noite de São João.

Depois de tê-lo feito prometer que apareceria segunda-feira na delegacia na hora que ela lhe dissera, Leire o deixou ir. Tinha certeza de que o rapaz cumpriria o trato. Então, pela terceira vez naquele dia, pegou o celular e ligou para o inspetor Salgado.

34

Quando o velho relógio do apartamento de sua avó deu as nove com o brio de um quarteto de câmara, Joana percebeu que estava havia horas diante do computador, imersa nos textos e nas fotos de Marc. Tinha relido tudo várias vezes, havia observado as fotos, tinha-o visto vivo, bêbado, sorridente, bancando o palhaço, sério ou simplesmente pego de surpresa em uma careta absurda. Era um estranho para ela, e no entanto, em algum gesto espontâneo, via claramente o Enric jovem, aquele que não ligava para nada e só vivia para se divertir, que renegava os ideais de esforço e trabalho de sua família. Aquele que a havia conquistado. E compreendeu com uma mescla de alívio e decepção que aquele rapaz das fotos talvez tivesse sentido falta da figura de uma mãe quando era criança, mas não dela. Não de Joana, com seus defeitos, suas virtudes e suas manias. Nessas fotos, aquele rapaz era feliz. Inconscientemente feliz. Feliz como só podemos ser quando temos dezenove anos, estamos longe de casa e o futuro surge diante de nossos olhos como uma sucessão interminável de momentos apaixonantes. Talvez ela tivesse parte da culpa de tudo o que lhe havia acontecido, inclusive também da maldita cadeia de circunstâncias que acabara por lançá-lo pela janela, mas não mais do que Enric, não mais do que Fèlix, não mais do que esses amigos a quem ela não conhecia, não mais do que aquela Iris. Todos haviam desempenhado seu papel, mais ou menos honroso, mais ou menos digno. Pensar que ela, afinal uma desconhecida, podia outorgar a si mesma um papel destacado na morte de Marc era uma demonstração de arrogância.

Anoitecia, e ela precisou acender uma pequena lâmpada de mesa, que piscou algumas vezes e depois se extinguiu definitivamente. Com um gesto de aborrecimento, levantou-se para acender a do teto. Era uma luz mortiça, que criava um ambiente amarelento, triste. De repente viu a si mesma de pé nesse apartamento herdado e solitário, mergulhando num passado que ela mesma tinha deixado para trás. Havia renunciado a muita coisa naquela época, mas nesses anos conseguira criar uma vida nova para si. Talvez não a que havia sonhado, mas uma vida na qual podia agir sem se sentir presa. E agora, há algumas semanas voltara a cair em uma espécie de prisão autoimposta, ridícula, própria de uma mulher insignificante e vencida. Devagar, mas sem vacilar, começou a fazer as malas. Não tinha a intenção de ir embora sem ver essa Iris e ouvir o que ela tinha para lhe contar; depois faria o que tinha de fazer. Voltar a Paris, retomar o presente, talvez mais imperfeito ainda que antes, mas pelo menos seu. Tinha-o conquistado com seu próprio esforço.

Enquanto dobrava a roupa, perguntou a si mesma se Enric estaria lendo esse mesmo *blog*. Ela lhe telefonara pela manhã para dizer isso, mas ele não atendera o telefone. Deixara uma mensagem na caixa postal.

Enric se sobressaltou ao ouvir o ruído da porta do escritório.

— Te assustei?

— Não. — Nesse momento não tinha a menor vontade de falar com Glòria, mas obrigou-se a perguntar: — Natàlia já foi dormir?

— Sim... — Ela se aproximou da mesa. — Ela ficou te esperando um pouco, mas acabou pegando no sono.

Enric notou um tom de queixa em sua voz, tão típico de sua mulher, que nunca protestava de forma direta. Ele costumava fingir que não percebia, mas essa noite, depois de duas horas diante da tela vendo fotos do filho morto, as palavras saíram de sua boca sem que ele fizesse nada para detê-las.

— Sinto muito. Esta noite não estou com paciência pra contos de fadas. Você consegue entender isso?

Glòria desviou os olhos. Não respondeu. Era típico dela: nunca discutir, olhar para ele com uma espécie de condescendência plácida.

— Você compreende, não é? — insistiu ele.

— Só vim te perguntar se você quer jantar.

— Jantar? — A questão lhe pareceu tão trivial, tão absurdamente doméstica, que ele quase caiu na risada. — Não. Pode ficar sossegada. Não tenho fome.

— Nesse caso vou me deitar. Boa noite.

Glòria foi até a porta sem fazer barulho. Às vezes Enric pensava que estava casado com um fantasma, com alguém capaz de se mover sem tocar o chão. E quando achou que sua mulher tinha saído, sua voz serena, sempre um tom abaixo da média, chegou até ele:

— Desgraçadamente, Marc está morto, Enric. Você não pode fazer nada por ele. Mas Natàlia está viva. E precisa de você.

Não esperou que ele lhe respondesse. Fechou a porta com suavidade e o deixou mergulhado em sua impotência, em um mar de perguntas inquietantes sugeridas por esse *blog* do qual nunca ouvira falar. Mas a curta e planejada aparição de Glòria tivera a virtude de acrescentar mais um problema aos que já tinha. Mais uma culpa. Porque se havia alguém que o conhecia neste mundo, alguém que podia ler sua mente com a mais absoluta clareza, essa pessoa era Glòria. E, exatamente como se ele o tivesse dito com palavras, sua mulher sabia que ele não conseguia amar essa menina que ela adorava. Por mais que ele tentasse dissimular, por mais que ela tentasse não perceber, por mais que Natàlia o chamasse de papai e lhe jogasse os bracinhos no pescoço. Ele só tivera um filho, e esse filho tinha morrido, quase com toda a certeza nas mãos da que havia sido sua melhor amiga.

Alguns segundos depois, com o punho cerrado e a mandíbula tensa, pegou o telefone e ligou para o irmão. Ninguém respondeu.

Fèlix contemplou o telefone. Tocava insistentemente, com tanta exigência e falta de consideração como a pessoa que estava ligando. Essa noite, ele, que sempre se armara de uma paciência infinita perante o egoísmo de Enric, não tinha a menor intenção de atender. Sabia o que ele queria lhe perguntar. Quem era aquela Iris? O que queria dizer aquele relato macabro? Enric não se lembrava de nada, é claro. Outro pai se lembraria, mas Enric não. No máximo, e vagamente, talvez recordasse que naquele verão o acampamento tinha fechado antes devido a um acidente. Apesar de que, a bem da verdade, ele também não lhe havia dado muitos detalhes. Em troca, tinha observado de perto o sobrinho, mas Marc não tivera pesadelos; na verdade, quando voltara para casa, para sua rotina habitual, parecia ter esquecido Iris. Todos haviam fingido ter esquecido Iris. Era o melhor a fazer.

"Era o melhor a fazer", repetiu ele para si mesmo, quase em voz alta, convencido de que, dadas as circunstâncias, fizera o que devia. A pobre menina estava além da sua ajuda, nas mãos do Senhor; mas o resto, os que ainda viviam, eram responsabilidade sua. Ele devia decidir, e o fizera. Passara o dia inteiro dizendo isso a si mesmo; mas, quando seus olhos tinham visto aquela foto apagada de Iris no *blog* do sobrinho, essa certeza de si se rompera em mil pedaços. Porque sabia que a pretensão de ter feito o que era correto naquele verão talvez tivesse sido construída sobre os vis fundamentos da mentira. A carinha de Iris lhe lembrava isso.

Essa noite, diante da imagem daquela menina loira, Fèlix baixou a vista e pediu perdão. Por seus pecados, por sua arrogância, por seus preconceitos. Enquanto rezava, lembrou-se das palavras de Joana dias antes, quando lhe dissera que as culpas não eram expiadas, eram carregadas. Talvez ela tivesse razão. E talvez tivesse chegado o momento de voltar atrás, de deixar que a justiça seguisse seu curso com todas as consequências. "Chega de brincar de ser Deus", disse a si mesmo. Que cada um carregasse suas culpas. Que a verdade viesse à luz. "E que o Senhor perdoe meus atos e minhas omissões, e conceda aos mortos o descanso eterno."

"RIP", dizia o bilhete que apareceu nessa tarde no selim de sua bicicleta, cravado no corpo inerte de um gatinho. Aleix tivera que vencer toda a sua repugnância para tirá-lo dali, e horas depois ainda tinha a sensação de que seus dedos conservavam o tato e o cheiro do bicho morto. O prazo estava se esgotando, e seus problemas, seu problema, estava cada vez mais longe de se resolver. Não era preciso ser um gênio para deduzir quem havia mandado aquela mensagem, nem o seu significado. Faltavam pouco mais de quarenta e oito horas para terça-feira. Tinha ligado para Rubén várias vezes sem resposta. Isso por si só já era outra mensagem, pensou. Os ratos abandonavam o barco. Estava sozinho diante da ameaça.

Fechado em seu quarto, Aleix repassou todas as possibilidades. Felizmente, seu cérebro continuava funcionando nos momentos de maior estresse, apesar de uma carreirinha tê-lo ajudado a dirimir suas dúvidas. Por fim, enquanto observava o céu escurecer do outro lado da janela de seu quarto, compreendeu que não havia outra opção. Apesar de isso lhe custar o maior esforço de sua vida, apesar de seu estômago se revolver só de pensar nisso, só havia uma pessoa a quem podia recorrer. Edu lhe daria o dinheiro. Por bem ou por mal. Não quis remoer mais o assunto; saiu do quarto e encaminhou-se em passos rápidos, febris, para o quarto do irmão mais velho.

35

Leire pegou o inspetor perto da torre sem fazer perguntas, e tentou não se preocupar com seu aspecto cansado. Ele ainda usava a mesma camisa da manhã, e falava devagar, como se tivesse que se esforçar para manter a atenção. Mas, à medida que ela o ia pondo a par da declaração de Rubén, aqueles olhos fatigados foram tomados por um brilho de interesse.

– Sinto muito ter ido por minha conta – disse ela quando terminou o relato.

– Está feito – respondeu ele.

– O senhor entende, inspetor? Temos uma testemunha, uma testemunha que acredita ter visto alguém empurrar Marc Castells. Não é a testemunha do ano, mas eu seria capaz de jurar que ele estava dizendo a verdade.

Héctor tentou se concentrar no caso, mas não conseguia. Por fim, quando já estavam no centro da cidade e não sem alguma timidez, ocorreu-lhe convidá-la para jantar. Se ela achou estranho, não disse, provavelmente porque estava morta de fome e não tinha nada em casa que lhe desse vontade de comer. A perspectiva de uns raviólis de pato com *foie*, especialidade de um restaurante chinês que conhecia, se sobrepôs a qualquer outra consideração.

– O senhor gosta de comida chinesa?

– Sim – mentiu ele. – E não me chame de senhor. Pelo menos por algum tempo. – Sorriu para ela e continuou em voz baixa, pensando que no dia seguinte podia deixar de ser inspetor para se transformar em um simples acusado de assassinato: — Talvez para sempre.

Ela não compreendeu de todo a frase, mas intuiu que não devia perguntar nada e mordeu a língua.

—Você manda. Mas, nesse caso, vamos dividir a conta.

— De jeito nenhum. Minha religião proíbe.

— Espero que não te proíba também de comer pato.

— Disso eu não tenho certeza. Vou ter que perguntar.

Ela riu.

— Pois pergunta amanhã... por via das dúvidas.

A decisão de Héctor de pagar a conta do jantar revelara-se inabalável, e então foi Leire quem, num impulso de igualdade feminina, lhe propôs irem depois tomar um drinque em um pequeno bar próximo, onde serviam "os melhores *mojitos* de Barcelona". O REC era um espaço pequeno, decorado em branco, cinza e vermelho, que costumava estar cheio no inverno, quando os clientes preferiam os interiores acolhedores aos calçadões das ruas. Essa noite só havia duas pessoas no balcão conversando com o dono do local, um sujeito musculoso que cumprimentou Leire com dois beijos.

— Pelo que vejo, você é muito conhecida aqui — comentou Héctor depois de se sentar a uma mesa.

—Venho bastante — respondeu ela. — Com uma amiga.

— Leire, dois *mojitos*? — perguntou o dono.

— Não. Um só. Um *san francisco* para mim. Sem álcool.

Ele lhe piscou um olho, sem comentários; se Leire queria dar uma de abstêmia essa noite diante desse acompanhante, era problema dela. Serviu os dois drinques e voltou ao balcão.

— Está bom? — perguntou ela. A verdade era que estava morrendo de vontade de tomar um, mas a imagem de um bebê com três cabeças reprimia qualquer intenção de provar álcool.

– Está. Tem certeza de que não quer?

– Tenho que dirigir – disse Leire, agradecendo pela única vez na vida às centenas de controles de nível alcoólico que se espalhavam todos os sábados à noite pela cidade.

– Boa moça.

Ele mexeu o açúcar do fundo e deu outro gole. Tinham estado repassando o caso durante o jantar, e haviam chegado novamente a um ponto morto: Iris, ou melhor, Inés Alonso. Tinham concordado que Leire iria buscá-la no aeroporto e se asseguraria de que a jovem chegasse sem problemas ao apartamento de Joana Vidal, ou aonde quisesse ir primeiro. Obviamente, de passagem conversaria com ela sobre Marc. Héctor havia optado por se manter à margem, sem que Leire soubesse por quê. Ele também não podia lhe dizer a razão sem meter Andreu em encrenca. Pela enésima vez seu olhar se dirigiu ao celular, que continuava insolentemente calado sobre a mesa. Nem mesmo Ruth se havia incomodado em responder.

– Você está esperando uma ligação? – perguntou Leire. Não tinha bebido, mas algo a fez ser indiscreta. – Uma amiga?

Ele sorriu.

– Algo assim. E me diz uma coisa, o que uma moça livre como você faz no sábado à noite?

Leire encolheu os ombros.

– Mistérios da cidade. – Ele a fitava com aquela ironia de macaco velho, e de repente ela sentiu uma enorme vontade de lhe contar tudo: a gravidez, a conversa com Tomás, seus medos.

– Acho que não consigo lidar com mais mistérios – respondeu ele.

Ela deu mais um gole e baixou a voz.

– Este é fácil de resolver, sério. – Ele seria a terceira pessoa a saber, depois de María e Tomás, e antes de seus pais. Mas não aguentava mais. – Posso te dar uma notícia em primeira mão? Não pro inspetor Salgado de amanhã, mas pro Héctor desta noite.

– Adoro as notícias em primeira mão.

– Estou grávida. – Ela enrubesceu ao falar, como se estivesse confessando um deslize importante.

A frase o pegou no meio do gole. Sorridente, aproximou o seu copo do dela e lhe deu um leve toque.

– Felicidades. – Seu sorriso era cálido, e apesar das olheiras e do cansaço que continuava cobrindo suas feições ele parecia estar alegre.

– Não diga nada pra ninguém, hein? Estou de poucas semanas, e todo mundo te avisa para não dar a notícia, para o caso de acontecer alguma coisa, e...

– Tudo bem, tudo bem – interrompeu ele. – Eu sei. E serei um túmulo. Egípcio. Prometo. Vou buscar outro *mojito*. Trago mais um desses sucos de frutas de velhos para você?

– Não. São horríveis. Devem ter quilos de açúcar.

Enquanto esperava que ele voltasse do balcão, ela se sentiu desapontada. "Tonta", repreendeu a si mesma. "O que você esperava? Ele é teu chefe, não um amigo. E mesmo como chefe, te conhece apenas há quatro dias." Héctor voltou com o *mojito* e sentou-se outra vez. O celular continuava em silêncio.

– Eu te contei um segredo. Agora é a tua vez.

– Quando fizemos esse trato?

– Nunca. Mas é um desejo...

– Ah, não... Minha mulher me infernizou durante meses com isso, até que descobri que era pura conversa. Minha ex-mulher – frisou, antes de beber.

– Você tem filhos?

– Tenho. Um. Esses nunca se transformam em ex. – "A menos que se envergonhem de um pai condenado por assassinato", disse a si mesmo. Não queria pensar nisso. – Estou te avisando, e diz para o teu namorado também.

Percebeu que tinha dado um fora ao ver a cara dela.

– Está bem. Deixa pra lá. – Refugiou-se no *mojito*, que estava ácido e forte. – Porra, teu amigo carregou na dose! – Remexeu o copo energicamente. – Sabe de uma coisa? Não faz falta nenhuma. Estou falando do pai. Juro que eu teria conseguido viver sem o meu.

Leire o observou enquanto ele dava mais um longo gole. Quando ele pousou o copo sobre a mesa e ela pôde ver seus olhos, acreditou compreender esse fundo escuro que surgia neles, e sentiu o que sua amiga María havia qualificado uma vez como "o poder sedutor das infâncias tristes". Uma mescla de atração e ternura. Desviou os olhos para que ele não percebesse, enquanto maldizia esses hormônios travessos que pareciam estar confabulando para traí-la. Por sorte, nesse momento alguns clientes tardios ocuparam exatamente a mesa ao lado, tão próxima que qualquer confidência entre eles teria sido uma indiscrição. Tanto ela como Héctor fizeram o possível para retomar uma conversa informal, mas seus esforços resultaram num papo tão forçado que Leire se alegrou quando ele terminou a bebida e sugeriu que ela talvez estivesse cansada.

– Um pouco, sim. Você quer que eu te leve para algum lugar?

Ele negou com a cabeça.

– Amanhã nos vemos. – "Pelo menos espero que sim", pensou ele. – Dirige com cuidado.

– Eu não bebi, inspetor Salgado.

– Não sou mais Héctor? – perguntou com um meio sorriso.

Leire não respondeu. Aproximou-se do balcão e pagou as bebidas sem aceitar seus protestos. Héctor a observou da mesa enquanto ela conversava alguns minutos com o dono do local. Ouviu-a rir, e disse a si mesmo que era disso que sentia mais falta ultimamente: não de alguém com quem transar, ou com quem passear, ou com quem viver. Mas de alguém com quem rir dessa vida de merda.

Ficou sozinho no bar até fechar, como fazem os bêbados de bairro que não querem voltar para casa. Apesar disso, essa noite os *mojitos* não fizeram efeito. Pensou com ironia que os heróis dos filmes bebem *bourbon* ou uísque. "Nem para isso você serve, Salgado." Quando o dono do bar lhe disse discretamente que já era hora de fechar, saiu para a rua. Andou sem rumo por algum tempo, tentando não pensar, deixar a mente em branco. Não conseguiu, e justo quando ia se enfiar em outro boteco para continuar a encher o corpo de álcool seu celular se vingou de ter ficado tanto tempo em silêncio. Ele respondeu rápido:

— Martina!

— Héctor, está tudo bem. Tudo bem! Acabou. Porra, inspetor, você me deve uma. Desta vez você me deve mesmo uma!

36

Quando Héctor foi embora, a subinspetora Andreu tornou a entrar no apartamento onde jazia o maltratado cadáver de Omar. Já estava mentalmente preparada para o que ia encontrar, então dessa vez observou a cena com a devida frieza. Se em vida aquele homem havia feito algum mal, era óbvio que o pagara com uma morte lenta, disse ela a si mesma ao se ajoelhar junto ao corpo. Abandonado como um cão. Ela não era um perito em medicina legal, mas sabia o suficiente para ver que o velho doutor tinha morrido entre vinte e quatro e quarenta e oito horas antes. A forte contusão que se podia ver em sua nuca, no entanto, era anterior. Sim, tinham dado um golpe quase mortal no doutor dias antes, no dia do seu desaparecimento, e o haviam deixado ali, amarrado, amordaçado e agonizante. "Em uma demonstração de sadismo", pensou ao se lembrar do disco encontrado no DVD, "seu assassino tinha gravado para a posteridade o momento exato da sua morte."

Levantou devagar. Por mais que quisesse evitar, todas as provas apontavam para Héctor. Uma testemunha o tinha visto com a vítima na tarde do seu desaparecimento; um homem com sotaque argentino tinha feito a encomenda da cabeça de porco por telefone, e depois a pagara. A ligação podia ter sido feita de qualquer lugar. Não tinha conseguido uma descrição muito confiável por parte do rapaz do açougue. Além do sotaque, as informações fornecidas pelo rapaz tinham sido meio vagas. Vagas, mas em absoluto contraditórias com o aspecto físico de Héctor Salgado. E depois havia o cadáver, ali, justamente no apartamento abaixo do de Héctor. E os discos gravados na casa dele. Martina fechou os olhos e conseguiu visualizar parte dessa sequência de fatos, mas não todos. De qualquer modo, custava-lhe imaginar Héctor gravando a morte de alguém, em um ato de voyeurismo doentio, e muito menos agredindo a pobre da vizinha. Mas e se a agressão feita a Carmen tivesse sido apenas uma coincidência? Algo que havia acontecido naquele dia que não tinha relação alguma com o caso de Omar?

"Chega", ordenou a si mesma. Ali não havia mais nada para ver. Deixou o quarto como o havia encontrado, e depois fez o mesmo com as chaves de Carmen. Um mal-estar estranho a assaltou exatamente quando acabava de deixá-las – a sensação indefinível de que estava deixando passar alguma coisa. Ou talvez fosse o receio de que alguém descobrisse o que tinha feito: aquelas horas de margem que havia concedido a um possível assassino... Estava jogando por ele, pensou. E sem a menor garantia de que pudesse ganhar a partida.

Descartou a ideia de voltar ao apartamento de Omar e decidiu ir para a delegacia, trancar-se em sua sala com todo o material e procurar algum fio solto por onde começar. Olhou o relógio. Tinha pela frente uma noite longa e talvez inútil, mas não estava disposta a jogar a toalha. Ainda não.

Apesar de tudo, duas horas depois, com o pescoço duro e os olhos avermelhados, a sensação de derrota começou a se apoderar dela. Tinha relido todos os relatos, tanto os anteriores ao desaparecimento do doutor, quando o investigava por sua conexão com a rede de cafetões, como os mais recentes. Tinha feito um esquema detalhado com as declarações das testemunhas: a do advogado, que afirmava tê-lo visto segunda-feira à noite, a do açougueiro e sobretudo a de Rosa, que situava o doutor em seu consultório terça-feira à tarde. Formulara todas as perguntas, e, apesar de não ter conseguido responder a todas elas, todas dirigiam seus pensamentos para um único nome: Héctor Salgado.

Repassou pela última vez as perguntas que haviam ficado sem resposta. Algumas eram circunstanciais, como: de que modo Héctor tinha transportado o corpo de Omar até o apartamento vazio de Poblenou? Podia ter pedido o carro para algum amigo, disse a si mesma. Ou para a ex-mulher. Além disso, pensou, podia até ter pegado um dos carros da polícia. Não era fácil de fazer, mas era possível. Pergunta descartada. Mais um ponto contra o inspetor.

Estava esgotada. As costas lhe doíam, a cabeça, o estômago. Até o mau humor lhe doía. Mas mesmo esse cansaço extremo a obrigava a continuar, em um esforço quase masoquista. Fechou os olhos durante um momento, inspirou profundamente e voltou à carga desde o princípio. Outra pergunta flutuava no ar desde a revista da casa e das contas do doutor. Se era dado como certo – e ela não tinha por que duvidar disso – que aquele charlatão havia colaborado com a rede de tráfico de mulheres, onde estava o dinheiro que ele ganhava com isso? Não no banco, logicamente, mas tampouco em sua casa. A questão continuava sem resposta, mas de modo algum eximia Héctor da culpa. Seu motivo, se é que ele era culpado, não teria sido nunca o roubo, mas a vingança. Um sentido distorcido de justiça. O mesmo que o tinha levado a espancá-lo.

"Danou-se", disse a si mesma em voz alta. Não aguentava mais. Não tinha mais forças. Talvez o melhor fosse denunciar a descoberta do cadáver com todas as suas consequências e deixar que Héctor se submetesse à investigação cabível. Ela fizera o possível... Levou alguns minutos até dar esse telefonema que poria em marcha todo o processo, enquanto pensava em como encobriria sua atuação – pouco profissional de qualquer ponto de vista. Separou os papéis de Omar, e enquanto refletia sobre sua própria situação abriu os relatórios das mulheres maltratadas que tinham se inscrito no curso de autodefesa que ela voltaria a dar no outono. Se é que não a poriam para fazer controle de nível alcoólico quando toda aquela trama fosse descoberta, pensou. Continuou a folhear o arquivo, olhando as fotos. Infelizmente não podiam aceitar todas, apesar de ela se esforçar por admitir o número máximo de inscritas. Além disso, algumas acabavam desistindo, ou porque não conseguiam manter a atitude ou porque tinham se conformado em continuar aguentando aqueles safados. "Pobres mulheres", pensou ela mais uma vez. Quem não lidava com elas não tinha a menor ideia do terror a que eram submetidas. Havia vítimas de todas as idades, de diversas condições sociais, de diferentes nacionalidades, mas todas tinham em comum o medo, a vergonha, a desconfiança... Deteve-se diante da foto de uma mulher que reconheceu imediatamente. Era Rosa, sem dúvida. María del Rosario Álvarez, de acordo com a ficha. Não estranhou muito encontrá-la ali: ela tinha falado de um marido de quem tinha medo. Lembrou-se de suas palavras no parque, de seu pedido desesperado para ficar no anonimato. Rosa devia ter perdoado o marido, já que a denúncia por maus-tratos era de fevereiro desse ano. Mas então outro nome chamou a atenção da subinspetora. Um nome que a deixou gelada e nervosa ao mesmo tempo. O advogado que havia representado Rosa era Damián Fernández, o mesmo que defendia os interesses de Omar.

Teve que fazer um esforço para se acalmar, para pensar nessa inesperada conexão com uma serenidade que fazia horas a havia abandonado. Pegou novamente o relatório de Omar, mas dessa vez estudou-o de uma perspectiva radicalmente diferente. Quem tinha visto Omar na terça-feira? Rosa. Quem tinha identificado Héctor de maneira cabal? Rosa. Apenas ela, porque um sotaque argentino – a colaboração do açougueiro – era fácil de imitar. Não havia prova alguma, a não ser a palavra dessa mulher, de que Omar estivesse são e salvo terça-feira à tarde. Se esse testemunho fosse descartado, o que restava? A declaração de Damián Fernández, que afirmava ter se reunido com Omar na segunda-feira. E isso provavelmente devia ser verdade. Naquela segunda-feira, o advogado tinha ido ver seu cliente, mas não para lhe expor o trato oferecido por Savall, e sim para atacá-lo. Sim, atacá-lo e roubar-lhe o dinheiro que quase certamente tinha guardado em algum canto daquela maldita casa! E depois... depois tinha levado tranquilamente o corpo ferido, em plena noite, até o apartamento vazio, aproveitando que Héctor não voltaria até o dia seguinte. A estranha sensação que ela tivera ao deixar as chaves na casa de Carmen, aquele chaveiro com todas as chaves do edifício que apenas a dona devia usar, voltou com toda a força. Não sabia como Damián Fernández as conseguira, mas tinha certeza de que ele o fizera. Essas chaves que ele tinha duplicado e que usara à vontade, entrando na casa de Héctor quando ele não estava, e no apartamento vazio para controlar o corpo de Omar e gravar sua morte. Até mesmo a agressão sofrida por Carmen agora se encaixava. Ela devia tê-lo surpreendido em algum momento, provavelmente quando deixava as últimas provas na casa de Salgado, e ele não tivera outro remédio senão abrir-lhe a cabeça e deixá-la no primeiro andar. E enquanto isso sua cúmplice, Rosa, tinha ligado para ela e representado seu papel com perfeição, colocando Héctor na cena.

Emocionada, com a adrenalina a lhe fustigar o corpo, Martina Andreu compreendeu que ainda não tinha todas as respostas, mas tinha muitas perguntas para fazer a Rosa e a Damián Fernández. E não estava disposta a esperar até o dia seguinte para começar a formulá-las.

Héctor ouvia, entre atônito e preocupado, o relato que a subinspetora, aparentemente tomada por uma energia inesgotável, lhe fazia às quatro da manhã.

– Nós os pegamos, Héctor! Tivemos sorte em flagrá-los juntos na cama, na casa dele. Fernández não deu o braço a torcer, mas ela desmoronou logo. Contou tudo, mas é claro que afirma não saber nada do assassinato. E quando o confrontamos com a confissão de Rosa ele não pôde mais bancar o inocente.

– O móvel do crime foi o roubo? – Depois de ter pensado em maldições e ritos ocultos, a explicação quase chegava a decepcioná-lo.

– Bom, um roubo bem substancioso para dois desgraçados como Fernández e Rosa. Encontramos mais de cem mil euros na casa do advogado, que sem dúvida os roubou do consultório de Omar.

– Como o maldito conseguiu as chaves da minha casa?

– Ele não abriu a boca, mas Rosa nos contou tudo quando a pressionei um pouco. Ele se gabou diante dela dizendo que se fizera passar por instalador de ar-condicionado. A pobre Carmen lhe mostrou a casa, conversou longamente com ele, e ele aproveitou um descuido dela para pegar as chaves. Combinou uma segunda visita para o dia seguinte e devolveu as originais.

Ela baixou a voz.

– Ele te espionou o tempo todo, Héctor. Aproveitou as tuas saídas para entrar na tua casa e deixar os discos gravados.

– Ele também fez isso?

Andreu franziu o cenho.

– É estranho. O da surra que você deu em Omar foi gravado com a câmera do consultório, e eles pretendiam apresentá-lo como prova contra você; depois ele teve a ideia de usar o outro, o que mostrava a morte do doutor, pra reforçar o primeiro. Quanto ao da tua ex... Não sei o que pensar. Fernández afirma que o encontrou entre as gravações de Omar. – Andreu fez uma pausa. – Ele disse também que o doutor estava preparando alguma coisa nos dias anteriores a sua morte, um de seus ritos.

– Contra mim?

– Agora tanto faz, Héctor. Ele está morto. Esquece isso. Pensa apenas que existem provas suficientes pra acusar os dois. E pra te livrar da culpa...

Fez-se um breve silêncio, carregado de cumplicidade, de agradecimento. De amizade.

– Não sei como te agradecer. Sério. – Era verdade.

Ela levou a mão à testa; a longa noite começava a cobrar seu preço.

– Calma, vou pensar em alguma coisa. Já é tarde... ou cedo. – Acrescentou com um sorriso: – O que você vai fazer? Vai pra casa?

Ele meneou a cabeça.

– Acho que vou ter que voltar amanhã. Mas esta noite prefiro dormir na minha sala, pode crer. Não vai ser a primeira vez.

domingo

37

O aeroporto parecia um formigueiro de turistas empurrando carrinhos e malas com rodinhas. Alguns voltavam a cabeça para olhar pela última vez aquele sol que os havia acompanhado, bronzeado e aquecido na praia e diante de La Pedrera; um astro que, quando chegassem a seu destino, no norte, teria desaparecido ou quando muito surgiria timidamente por trás de uma massa de nuvens. Outros avançavam em direção à saída com a ilusão desenhada no rosto, mas paravam logo depois de cruzá-la e deixar atrás de si o ar-condicionado do terminal novo, cujo piso parecia um espelho negro, e receber o primeiro bofetão do calor.

Leire tinha pegado Héctor em casa, a pedido dele. Estranhou o fato de ele ter ligado, já que tinham combinado que ela iria sozinha ao aeroporto buscar Inés. Ele, que passara no apartamento bem cedo — tivera o tempo justo para tomar um chuveiro e trocar de roupa —, parecia estar de ótimo humor. Sem dúvida as olheiras não haviam desaparecido, pensou ela, mas o estado de espírito havia mudado. Não que ela tivesse dormido muito, e a crise de enjoo dessa manhã tinha sido a pior de todas. Pior que uma tremenda ressaca dominical.

O voo chegou com pouco atraso, e eles levaram ainda menos tempo para reconhecer a garota da foto, apesar de o preto e branco definitivamente melhorar o modelo. A jovem que avançava em direção ao portão, não muito alta, de cabelos cacheados e um pouco mais cheia do que se via na fotografia, não parecia muito enigmática. Héctor se adiantou:

– Inés Alonso?

– Sim. – Ela fitou o inspetor com receio. – O que está acontecendo?

Ele sorriu.

– Sou o inspetor Salgado, e esta é a agente Castro. Viemos te buscar para te levar à casa de Joana Vidal, a mãe de Marc.

– Mas...

– Calma. Só queremos falar com você.

Ela baixou a cabeça e assentiu devagar. Seguiu-os até o carro sem dizer palavra. Não disse nada durante o trajeto, mas respondeu com educação a algumas perguntas triviais. Permaneceu sentada no assento traseiro, pensativa. Trazia apenas uma espécie de mochila rígida, e a mantinha agarrada com firmeza a seu lado.

Continuou em silêncio enquanto subiam a escadaria empinada que levava ao apartamento onde Joana vivia. Héctor pensou com algum remorso que não tornara a ter notícias dela desde o dia anterior, quando haviam tomado café juntos. Entretanto, quando Joana os recebeu, notou que algo havia mudado nessa mulher durante as últimas horas. Seus passos e sua voz revelavam uma serenidade que ele só havia vislumbrado de modo fugaz.

Ela os conduziu até a sala de jantar. As janelas estavam abertas, e a luz entrava à vontade.

– Tive que avisar a polícia da sua chegada – disse Joana dirigindo-se à desconhecida, que havia sentado como os outros, mas com as costas rígidas, como se estivesse para se submeter a uma prova oral.

– Talvez seja melhor – sussurrou.

– Inés – interveio Héctor –, você se encontrou com Marc em Dublin, não é?

Ela sorriu pela primeira vez.

– Eu nunca o teria reconhecido. Mas ele viu o meu nome nas listas da residência dos estudantes. E um dia veio me perguntar se eu era a mesma Inés Alonso.

Héctor assentiu, animando-a a continuar.

– Ele se apresentou, e fomos beber alguma coisa. – Falava com doçura, com simplicidade. – Acho que ele se apaixonou por mim. Mas... claro, apesar de no começo termos evitado, afinal tivemos que falar de Iris. Sempre Iris...

– O que aconteceu naquele verão, Inés? Sei que você era apenas uma criança, e compreendo que deve ser doloroso pensar nela...

– Não. Não mais. – Ela ficou vermelha, as lágrimas brilharam em seus olhos. – Passei anos tentando esquecer aquele verão, aquele dia. Mas agora não mais. Nisso Marc tinha razão, apesar de ignorar parte da verdade. Na realidade, nem eu sabia até muito pouco tempo atrás, até o último Natal, quando minha mãe mudou de casa e embalamos todas as coisas da casa velha. Ali, em uma das caixas, encontrei o ursinho de Iris. Continuava meio rasgado, o recheio estava saindo por um rasgão, mas ao pegá-lo notei que havia alguma coisa dentro dele.

Ela interrompeu o relato, abriu a mochila e tirou de dentro dela uma pasta.

– Tome – disse ela dirigindo-se ao inspetor. – Ou preferem que eu leia em voz alta? Isso foi escrito por minha irmã naquele verão. Já o li centenas de vezes desde que o encontrei. Nas primeiras vezes não consegui terminar, mas agora já consigo. É um pouco longo...

E, com uma voz que pretendia ser firme, Inés pegou algumas páginas e começou a ler.

Meu nome é Iris e tenho doze anos. Não chegarei a fazer treze, porque antes que o verão acabe estarei morta.

Sei o que é a morte, ou pelo menos imagino. A gente dorme e depois não acorda. Fica assim, dormindo, mas sem sonhar, acho.

Papai ficou doente vários meses quando eu era pequena. Ele era muito forte, conseguia cortar troncos grandes com o machado. Eu gostava de ficar vendo, mas ele não deixava que eu me aproximasse porque alguma lasca podia pular e me machucar. Enquanto ele estava doente, antes de dormir para sempre, seus braços foram encolhendo, como se alguma coisa os estivesse comendo por dentro. No fim só ficaram os ossos, as costelas, os ombros e os cotovelos com uma pincelada de carne, e então ele dormiu. Ele já não tinha forças para continuar acordado. Eu também já não tenho muitas forças. Mamãe diz que é porque eu não como, e tem razão, mas ela acha que eu quero ficar magra como as garotas das revistas, e está enganada. Não quero emagrecer para ficar mais bonita. Antes sim, mas agora isso parece bobagem. Quero emagrecer para morrer como papai. E a verdade é que também não tenho fome, então é fácil deixar de comer. Pelo menos era, antes que mamãe resolvesse me controlar na hora de comer. Agora é muito mais difícil. Tenho de fingir que como tudo o que há no prato para que ela não fique chateada, mas tenho uns truques. Às vezes fico com a comida muito tempo na boca e depois a cuspo em um guardanapo. Ultimamente aprendi que o melhor é comer tudo e vomitar depois. A gente fica limpa depois de vomitar, toda essa porcaria de comida sai, e você pode respirar tranquila.

Inés se interrompeu um instante, e Héctor teve vontade de lhe dizer que não continuasse, mas antes que pudesse fazê-lo a jovem respirou fundo e retomou a leitura.

Vivo num povoado dos Pirineus, com minha mãe e uma irmã pequena. Inés tem oito anos. Às vezes eu lhe falo de papai, e ela diz que se lembra, mas acho que está mentindo. Eu tinha oito anos quando ele morreu, e ela apenas quatro. Acho que só se lembra dele magro, como um Jesus Cristo, diz ela. Não se lembra do papai forte, que cortava troncos e dava gargalhadas e te levantava no ar como se você fosse uma boneca de pano que não pesa nada. Nessa época mamãe também ria mais. Depois, quando papai adormeceu para sempre, ela começou a rezar muito. Todos os dias. Eu gostava de rezar, e depois mamãe fez questão que fizéssemos a primeira comunhão, Inés e eu, as duas de uma vez. Era bom: a professora de catequismo nos contava histórias da Bíblia, e não achei difícil aprender as orações. Mas as hóstias me davam nojo. Elas grudavam no céu da boca, e eu não conseguia engolir. Nem mastigar, porque é pecado. Inés, ao contrário, gostava, dizia que pareciam essa capa que recobre o torrão duro. Tenho a foto da comunhão. Estamos Inés e eu, vestidas de branco, com um laço no cabelo. Quase nenhuma das meninas do colégio fez a primeira comunhão, mas eu gostei. E mamãe ficou contente nesse dia. Só chorou um pouco na igreja, mas acho que foi porque estava feliz, não triste.

Já contei que vivo em um povoado pequeno, e então todos os dias temos que tomar um ônibus para ir ao colégio. Precisamos madrugar muito, e faz um frio terrível. Às vezes neva tanto que o ônibus não consegue vir nos buscar, e ficamos sem aula. Mas agora é verão e faz calor. No verão nós nos mudamos, porque mamãe trabalha na cozinha de um acampamento de férias. Eu gostava muito, porque a casa do verão é muito maior, e tem piscina, e fica cheia de crianças. Elas vêm de Barcelona de ônibus, em grupos de vinte. E ficam duas semanas. É chato, porque às vezes você faz amigos sabendo que alguns dias depois eles vão embora. Alguns voltam no ano seguinte, e outros não. Tem um menino que fica o verão todo, como nós. Mamãe me disse que é porque ele não tem mãe e porque seu pai trabalha muito, então ele passa a metade do verão no acampamento. Com seu tio, que dirige tudo aqui. E os monitores que o ajudam. Eu também tenho que ajudar a mamãe, mas não muito, só um pouco na cozinha. Depois estou livre para tomar banho de piscina ou participar das brincadeiras. Antes eu fazia isso, mas agora não tenho vontade. E mamãe não para de me dizer que é porque eu não como. Mas ela não sabe de nada. Vive na sua cozinha e não fica sabendo do que acontece lá fora. Só pensa em comida. Às vezes eu a odeio.

Este é o terceiro verão que passamos aqui, e já sei que não haverá um quarto. Eu o vi olhando Inés pelo canto do olho sem que ninguém perceba. Só eu. Preciso fazer alguma coisa. Ele olha para ela quando ela toma banho de piscina e lhe diz coisas como: Você é muito parecida com a sua irmã. E deve ser verdade, porque todo mundo diz a mesma coisa. Às vezes nós ficamos as duas na frente do espelho e nos observamos, e chegamos à conclusão de que não somos tão parecidas. Mas tanto faz, não quero que ela seja a sua nova boneca. Ou pelo menos não quero estar aqui para ver isso.

Joana se levantou e sentou-se ao lado da garota. Ela agradeceu com um breve sorriso, mas continuou lendo.

Tudo começou dois verões atrás, no fim do mês de julho, quando só faltava um grupo de crianças para chegar. Nós sempre ficávamos alguns dias sozinhos entre um grupo e outro. Sozinhos quer dizer mamãe, Inés e eu, e o padre e algum monitor. Nesses dias Inés e eu tínhamos a piscina toda para nós. Era como se fôssemos ricas e vivêssemos em uma casa dessas das séries americanas. Mas Inés não gosta muito de água, então nesse dia eu estava tomando banho sozinha. Gostava de nadar e nadava bem. Nado livre, peito, costas... todos os estilos, menos borboleta, que eu não conseguia. Por isso ele se ofereceu para me ensinar. Ficou na beirada da piscina e me ensinou a mover os braços e as pernas. Ele é muito bonito e tem muita paciência. Quase nunca se irrita, nem sequer quando as crianças se comportam mal e não ligam para o que ele diz. Ficamos ali um tempo, eu nadando e ele na beirada da piscina, até que eu me cansei. Então ele me ajudou a sair da água, apesar de eu não precisar. Era fim de tarde e já não fazia sol, então ele me disse que era melhor me secar logo para não me resfriar. Ficou atrás de mim, me envolveu com uma toalha e começou a me secar com vontade. Me fez cosquinhas, e eu ri. No começo ele também riu. Depois não; começou a me secar mais devagar, e respirava forte, como quando a gente está cansado. Não me atrevi a me mexer, apesar de já estar completamente seca, mas comecei a me sentir estranha. Continuava embrulhada na toalha, e ele me acariciava através do pano. Depois enfiou a mão por baixo. E então eu tentei me soltar, mas não consegui. Ele não dizia nada: Chhh, apesar de eu não estar falando. Depois disse: Não vou te fazer mal. Fiquei surpresa, porque não tinha imaginado que ele pudesse me fazer mal. Seu dedo ia subindo pela minha perna, pela parte de dentro da coxa, cada vez mais para cima, como uma lagartixa. No final da coxa ele parou e suspirou. Foram alguns segundos, e o dedo penetrou pela beirada do maiô. Eu me remexi. E então ele respirou com mais força e me soltou.

– Meu Deus! – exclamou Joana. Mas Héctor a calou com o olhar. Leire continuava em silêncio, contemplando essa jovem que a mergulhava em uma história terrível, comovedoramente brutal.

Não contei isso para mamãe. Nem para ninguém. Tinha a sensação de ter feito alguma coisa ruim, mas não sabia muito bem o quê. E ele não falou mais nada. Só: Vai te vestir que já é tarde, em um tom meio aborrecido. Como se eu o tivesse distraído. Como se de repente não quisesse mais me ver. No dia seguinte ele não veio à piscina. Da água eu o vi passar e o chamei; queria lhe demonstrar que tinha treinado e que já começava a me sair melhor. Ele me olhou, muito sério, e se afastou sem dizer nada. Perdi a vontade de nadar e saí da piscina. Era mais cedo que o dia anterior, e fazia calor. Fiquei jogada sobre a toalha, deixando que o sol me secasse. Acho que esperava vê-lo aparecer, mas ele não veio. Com certeza estava chateado comigo. Disse a mim mesma que se ele tentasse me secar eu não seria tão boba. Mas no dia seguinte chegaram um novo grupo de crianças e os outros monitores, e ele já não tinha tempo para as aulas de natação. Eu continuei treinando todas as tardes, quando a piscina ficava vazia porque as crianças tinham outras atividades, e um dia comentei com ele que já estava me saindo melhor. Ele me sorriu e me disse: Já vou te ver, quero comprovar os teus progressos.

E ele veio, no último dia, depois que as crianças foram embora. Ele me aplaudiu. Eu estava orgulhosa; para mamãe tanto fazia se eu nadasse bem ou não, ela não entende nada de esportes, e então eu fiquei muito contente. Quando saí da água, fiquei quieta, esperando que ele me secasse. Mas ele só me deu a toalha. De longe. E depois me disse que eu merecia um prêmio por ter me esforçado tanto na piscina. Que prêmio?, perguntei. Ele sorriu. Você já vai ver. Será uma surpresa. Vou te dar amanhã, na caverna do bosque, depois do almoço, tudo bem? Mas não diga nada a Inés, senão ela também vai querer um. Era verdade. Inés sempre reclama no meu aniversário, quando me dão presentes. Ela reclama tanto que minha mãe e meus avós sempre acabam comprando alguma coisa para ela, apesar de a festa não ser dela, mas minha. Então eu não disse nada para ela, e no dia seguinte consegui sair sem que ela visse. Também não contei para a mamãe, porque com certeza ela me obrigaria a levar Inés comigo.

— Você não precisa fazer isso — sussurrou Joana, mas Inés a desafiou com o olhar.
— Eu sei. Mas eu quero fazer. Preciso fazer.

Isso foi dois verões atrás. Agora já quase nunca desço para nadar. Não tenho vontade. Só quero dormir. Mas dormir de verdade, sem sonhar. Perguntei a todo mundo como se pode evitar os sonhos, e ninguém conseguiu me explicar. Ninguém sabe de nada que seja realmente importante. Que sirva de verdade para alguma coisa. Mamãe só sabe fazer comida e me vigiar. Ela me observa toda vez que nos sentamos para comer. Não a suporto. Não quero a comida dela. Cada vez que vomito depois de comer, me sinto feliz. Vamos ver se ela aprende a me deixar em paz.

A caverna fica a uns vinte minutos da casa. É preciso subir a colina um bom pedaço através do bosque, mas eu conheço muito bem o caminho. Todos os grupos de crianças fazem uma excursão para lá, então já no primeiro verão eu tinha ido lá quatro vezes.

De vez em quando algum monitor vai na frente e se esconde nela para assustar os menorzinhos ou coisa assim. Então, nesse dia, na hora da sesta, fui para lá, conforme tínhamos combinado. Quando cheguei não vi ninguém. Não tenho medo de cavernas, mas também não estava com vontade de entrar lá sozinha, então esperei sentada numa pedra, na sombra. Eu gosto do bosque: a luz se coa por entre os galhos e faz desenhos no chão. E o silêncio não é um silêncio completo, é como se tivesse música. Soprava um pouco de brisa, que era agradável depois de subir a colina inclinada. Olhei o relógio, apesar de não saber com certeza a que horas ele ia chegar. Mas ele não demorou. Apareceu uns dez minutos depois. Tinha a mochila nas costas, e eu disse a mim mesma que meu presente devia estar dentro dela. Ele parecia nervoso, e olhava para trás o tempo todo. Suava, e eu achei que era porque ele devia ter corrido. Ele se deixou cair ao meu lado e quase sorriu. Eu lhe perguntei: Você me trouxe o presente? Então ele sorriu de verdade. Abriu a mochila e tirou uma sacola. Espero que você goste. Não estava embrulhado, então olhei o que havia dentro da sacola. Pega!, disse ele. Era um biquíni rosa de moranguinhos. Achei lindo. Então ele me disse: Veste. Vê se é do teu tamanho. Acho que hesitei, porque ele insistiu: Vamos, quero ver como fica em você. Vai se trocar na caverna, se tiver vergonha. A voz dele estava rouca. Nessa época eu não sabia que essa é a voz dele quando quer brincar ou quando fica chateado. Mais lenta, arrastando as palavras. E sempre que a voz dele fica assim, ele olha para outro lado, como se não estivesse falando com você. Como se fosse ele que estivesse com vergonha.

Fui me trocar e saí vestida com o biquíni. Passeei para cima e para baixo como faziam as modelos nas passarelas. Ele me olhava de um jeito que fazia eu me sentir linda. Depois ele me disse: Vem sentar ao meu lado. Eu tentei, mas era desconfortável, porque a terra e as pedrinhas se cravavam nas minhas pernas. Ele pegou uma toalha na mochila e a estendeu para nós dois. E nós nos deitamos nela, e passamos algum tempo olhando a luz que se filtrava através das árvores. Eu lhe contei coisas minhas, e ele me escutou de verdade. Você é muito bonita, ele me sussurrou depois, enquanto me acariciava o cabelo. E então eu me senti realmente a garota mais linda do mundo.

Escondi o biquíni, como ele tinha me dito, para que Inés não o encontrasse. Minha mãe o viu, claro, e comentou que alguma das meninas devia ter esquecido ali. Eu sorri, pensando que, como ele tinha dito, aquele presente era o nosso segredo. Não o usei de novo até o verão seguinte, no primeiro dia em que os monitores chegaram, mas ele não prestou atenção. Eu nadei na piscina, como tinha feito no ano anterior, mas ele estava ocupado com os outros e não me deu atenção. Mas depois, quando cruzei com ele no corredor, ele me disse, muito sério: Na piscina você tem que usar maiô. Depois me piscou um olho e acrescentou: Mas você pode usar o biquíni rosa quando nos encontrarmos na caverna. Afinal de contas, fui eu que te dei. Não entendi, mas disse que sim com a cabeça. Vai lá amanhã às quatro, me disse ele em voz baixa, e me conta como passou o ano. Eu fui, feliz, porque tinha muitas coisas para contar, coisas do colégio e das minhas amigas, mas a verdade é que quase não conversamos. Quando cheguei, ele já estava lá, sentado na mesma toalha do ano anterior. Você está atrasada, reclamou, mas não era verdade. Estou com o biquíni debaixo da roupa, disse eu para que ele não ficasse chateado. Então ele riu, e compreendi que ele estava me zoando, mas ele continuou falando como se estivesse chateado: Ah, é? Não acredito em você. Além de chegar atrasada, você é uma mentirosa... E, rindo, me pegou pelos ombros, me deitou na toalha e me fez cócegas. Vamos ver se é verdade?, repetia, e enfiava as mãos por baixo da roupa para ver se tocava o biquíni. Ah, é verdade, estou vendo que está com ele. Eu também ria, apesar de as mãos dele estarem quentes. Muito quentes. Então ele deitou em cima de mim e me acariciou o rosto, e me repetiu que eu era muito bonita. Você está mais bonita que no ano passado. Eu estava um pouco envergonhada e sentia o rosto vermelho. Você está com calor?, perguntou ele. Vou te despir como se você fosse uma boneca, disse sorrindo. Falava com aquela voz estranha. E eu deixei que ele me tirasse a camiseta e que me baixasse a calça.

Você é a minha boneca, repetia ele, sussurrando. Eu quase não o ouvia. Ele me acariciava o cabelo com uma das mãos, o braço, me fazia cócegas no pescoço. Fechei os olhos. Não vi mais nada, mas algum tempo depois senti um líquido quente sobre a barriga. Abri os olhos, assustada, e vi uma mancha branca e viscosa. Tentei me mexer, porque me deu nojo, mas ele não deixou. Chhhh, repetia ele, chhhh... As bonecas não falam.

Leire teve que se esforçar para não lhe arrancar as folhas de papel. Ao seu lado, Héctor lhe pegou a mão. Ela fechou os olhos e continuou ouvindo.

Nesse verão eu aprendi a ser a boneca dele. As bonecas fecham os olhos e deixam que as acariciem. Também deixam que peguem a sua mão e a ponham onde mandem. E abrem a boca e lambem com a língua, mas às vezes dá ânsia. Principalmente, as boas bonecas não contam nada a ninguém. Obedecem. Não reclamam. Como as de verdade, elas têm de esperar que seu dono as pegue e depois que ele se canse de brincar com elas. É estranho, você quer que brinquem com você, apesar de não gostar nem um pouco de algumas brincadeiras. E, principalmente, você não suporta que teu dono se esqueça de você, ou te troque por outra boneca nova. No fim do verão passado, no último dia em que brincamos, ele me olhou e me disse: Você está crescendo muito. E ao contrário da maioria das pessoas, que diziam isso sorrindo, tive a impressão de que ele não gostava disso. Depois, no meu quarto, eu me olhei no espelho e vi que ele tinha razão: meu corpo estava mudando, meus seios estavam crescendo... só um pouco, mas o suficiente para que o biquíni rosa ficasse pequeno. Foi então que eu decidi comer menos.

– Filho da puta! – A palavra saiu da boca de Joana sem que ela conseguisse evitar.

Inés a fitou, assentiu e disse:

– Falta pouco.

Esse ano inteiro foi diferente desde o começo. Quando ele chegou, olhou para mim como se não me reconhecesse. Eu estava orgulhosa: como quase não comia nada, quase não tinha engordado. Mas estava mais alta, isso eu não podia evitar. E vi que ele percebeu, apesar de não ter dito nada. Tentei vestir o biquíni, mas não consegui, e chorei de raiva. Ele nem sequer o mencionou. Olhava para mim como se eu não existisse, como se nunca tivesse brincado comigo. E quando um dia eu lhe disse que podíamos ir até a caverna, ele me olhou, estranhando. Dava a impressão de que não sabia do que eu estava falando. Mas uma vez na vida minha mãe serviu para alguma coisa e acertou tudo. Comentou com os monitores que eu tinha me tornado uma péssima estudante, que estava preocupada comigo, acho que com a intenção de me envergonhar. Ele assentiu e disse: Calma, nós vamos ajudá-la. Eu mesmo lhe darei aulas particulares à tarde, quando puder. Adorei a ideia: nós dois juntos em um quarto fechado. Voltei a me sentir especial.

No primeiro dia eu o esperei sentada na escrivaninha do meu quarto, o mesmo que eu divido com Inés. A tonta fez questão de trazer todas as bonecas. Enquanto preparava os cadernos e os livros, olhei para elas e lhes disse: Hoje é a minha vez, hoje ele vai brincar comigo. Mas ele não o fez; ficou algum tempo me explicando uns problemas de matemática e depois me passou alguns exercícios. Depois se aproximou da janela e ficou ali. Quando ele se voltou, percebi que estava acontecendo alguma coisa com ele. Seu olhos ficaram turvos. E eu disse a mim mesma: Agora. Agora. Eu esperava que ele me falasse com aquela voz rouca, que me tocasse com aquelas mãos quentes que no começo me davam nojo. Mas ele sentou e perguntou: Quantos anos tem a tua irmã?

Eu o odiei. Odiei com todas as minhas forças. Antes às vezes o tinha odiado por aquelas coisas que ele fazia comigo, e agora o odiava porque tinha deixado de fazê-las. E então, pouco a pouco, vi como ele ia se aproximando de Inés. Ninguém mais percebeu isso, claro. Nem sequer ela mesma. Inés pode passar horas brincando com suas bonecas sem tomar conhecimento de nada. Ela não gosta das brincadeiras ao ar livre, nem de esportes. Nem gosta muito das outras crianças; mamãe sempre diz que ela é muito solitária. No colégio só tem uma amiga, e quase não convive com mais ninguém. Mas ele olhava para ela, eu via. Só eu via, enquanto fingia ler; enquanto os olhos de minha mãe me vigiavam para que eu comesse, eu tinha a vista pousada em Inés. Então decidi fazer alguma coisa. Sabia que dependia de mim, que as brincadeiras dos verões anteriores eram más; no colégio tinham nos falado disso, e todos tínhamos ficado com cara de nojo. Eu inclusive. Pois bem, agora eu queria acabar com tudo aquilo, apesar de não saber muito bem como. E uma tarde, enquanto os monitores e as crianças estavam fazendo excursão, fui falar com o padre. Pensava em lhe contar tudo: falar do biquíni, das brincadeiras na caverna, de suas mãos suadas, mesmo que morresse de vergonha.

– Fèlix! – exclamou Joana.
– Sim – respondeu Inés –, o padre Fèlix.

Bati na porta e entrei no seu escritório. E quase sem perceber, comecei a chorar. Chorava muito, com todas as minhas forças. Chorava tanto que não dava para entender o que eu dizia. Ele fechou a porta e me disse: Calma, calma, primeiro chora e depois você me conta tudo, está bem? Chorar é bom. Quando você parar de chorar nós conversamos. Tive a impressão de que as lágrimas não acabavam nunca, como se meu estômago fosse um nó de nuvens negras que não paravam de soltar chuva. Mas muito tempo depois o nó começou a se afrouxar, as lágrimas pararam, e afinal eu pude falar. Contei tudo para ele, sentada em uma cadeira velha de madeira que rangia cada vez que eu me mexia um pouco. Ele me ouviu sem me interromper, fazendo só alguma pergunta quando eu hesitava. Perguntou se ele tinha feito mais alguma coisa, se tinha enfiado a sua coisa dentro de mim, e eu disse que não. Ele pareceu ter ficado aliviado. De repente eu já não sentia vergonha nem vontade de chorar, só de contar tudo para ele. Queria que todo mundo soubesse que eu tinha sido a sua boneca. Quando terminei, tive a impressão que já não havia mais nada dentro de mim, só o súbito medo do que ia acontecer depois.

Mas não aconteceu nada. Bom, sim, o padre me disse que eu precisava me acalmar, que ele trataria de tudo, que eu me esquecesse daquilo. Não conta para mais ninguém, disse ele. Vão achar que você está inventando tudo. Deixa por minha conta.

Isso foi há três dias. As aulas particulares acabaram, e quando cruzo com ele no corredor, ele nem olha para mim. Eu sei que ele está chateado comigo. Sei que quebrei todas as regras das boas bonecas. O penúltimo grupo de crianças já foi embora. Ele também foi embora, mas vai voltar dentro de alguns dias. Não quero estar aqui para vê-lo. Quero fugir. Ir para onde ninguém me encontre e dormir para sempre.

A campainha da porta sobressaltou a todos. Joana se levantou para abrir, enquanto Leire abraçava Inés. Esta tinha pousado as folhas de papel sobre a mesinha e já não continha as lágrimas.

A pessoa com quem Joana entrou era a última que esperavam ver naquele momento: o padre Fèlix Castells.

38

Leire continuava abraçando Inés. A jovem soluçava quase em silêncio, como se estivesse envergonhada de chorar. Quando Fèlix entrou, os olhos de todos pousaram nele. Mas foi Joana que disse, em voz alta e clara:

– Você se sentiu aliviado quando ela te disse que ele não a tinha penetrado? É mesmo, Fèlix?

Ele a fitou sem responder.

– Você não fez nada? – continuou ela, acusando-o furiosa. – Nada? Aquela menina te contou o que aquele filho da puta estava fazendo, e você achou que, como ele não a tinha violentado, tudo aquilo não tinha importância? Você não o denunciou, nem mesmo quanto a menina se afogou na piscina?

Héctor pegou as páginas que Inés tinha deixado em cima da mesa.

– O senhor devia lê-las, padre. E se Deus existe mesmo, espero que Ele o perdoe.

Fèlix baixou a cabeça. Parecia incapaz de se defender, de dizer uma única palavra em seu favor. Não sentou. Permaneceu de pé diante daquele tribunal improvisado.

– Não joguem toda a culpa nele – sussurrou Inés. Afastou Leire suavemente e olhou para o sacerdote. – O que ele fez não foi bom, é claro, mas ele não fez isso apenas por si. Também estava protegendo a mim.

– Inés...

– Não! Estou há anos com isso entalado. Sentindo-me culpada. Achando que estou em dívida com Iris. Mantendo-a viva, mesmo que de maneira simbólica... Até o Natal passado, quando encontrei essas páginas e soube da história toda. Eu as mostrei a Marc em Dublin, e ele reagiu como vocês agora. Com nojo, com raiva, ansioso por saber a verdade. Mas há uma parte dessa verdade que eu não tive coragem de contar. Deixei que ele odiasse seu tio, que começasse um plano de vingança contra ele para obrigá-lo a confessar o que ele queria saber. – Tomou fôlego antes de prosseguir: – Quando a verdade é que nessa manhã, muito cedo, ouvi passos na casa. Não conseguia dormir na cama de mamãe, ela não parava de se mexer. Saí para o corredor sem fazer barulho e não vi ninguém, mas tinha certeza de que alguém tinha descido a escada. Uma das minhas bonecas estava no chão. Eu a peguei e desci para o jardim.

Iris está sentada na beira da piscina, de camisola. Seus olhos só enxergam as bonecas. Passou a noite toda sem dormir, olhando para elas fixamente. São de Inés, e nesse momento ela as odeia com todas as suas forças. Arrancou a cabeça e os braços de algumas delas antes de lançá-las na água; afundou outras, como se pudesse afogá-las. Ficou apenas uma em sua mão, a preferida de sua irmã, e antes de lançá-la junto das outras contempla sua obra, satisfeita. A piscina se transformou num charco cheio de corpinhos de plástico que flutuam à deriva. Ela não nota a presença de Inés até que ouve a sua voz.

– O que você está fazendo?

Ela ri como uma possessa. Inés se agacha e começa a tirar as que flutuam mais perto da beirada. A água está gelada, mas são as suas bonecas. Ela as quer de volta.

– Não toque nelas!

Iris tenta impedi-la. Agarra-a com todas as suas forças e a sacode no chão, mas, apesar de Inés ser menor, ela está muito fraca. Inés tenta se safar dos braços da irmã, e ambas pelejam na beira na piscina, rodam agarradas até caírem na água. Inés sente a pressão afrouxar, o frio penetrar em todo o seu corpo. Mal consegue sair à superfície e bracejar como um cãozinho até a escadinha. Então olha para trás. Iris emerge do fundo lentamente, como uma grande boneca morta.

— Foi assim — terminou Inés. — Saí correndo e me escondi. Mamãe me encontrou algum tempo depois, com o cabelo ainda molhado. Ela me abraçou e me disse que eu não me preocupasse, que tinha sido um acidente. Que o padre Fèlix trataria de tudo.

O silêncio tomou conta da sala. O padre Castells tinha sentado, mas continuava com os olhos baixos.

— Meu Deus! — disse Joana. — E Marc?

— Marc não ficou sabendo de nada, Joana — respondeu Fèlix. — Eu cuidei disso. Cuidei de tudo. Vocês podem dizer que eu agi mal, mas juro que tentei fazer o que era certo.

— Ah, é? — perguntou Héctor. — Duvido que ocultar os abusos a uma menor fosse "fazer o que era certo", padre. O senhor sabia da verdade. Sabia que Iris estava fora de si, e sabia por quê.

— E para que serviria isso? — gritou Fèlix. De repente ele se pusera de pé, e seu rosto enrubescido denotava a angústia que o consumia. — Iris estava morta, e esta menina não tinha culpa! — Engoliu em seco e prosseguiu, em voz mais baixa mas igualmente tensa: — Sim, e duvidei do que Iris havia me dito. Talvez não tenha dado àquilo a importância que tinha. Achei que parte daquilo era verdade, e que parte era fruto da imaginação de uma menina problemática. Mas depois, quando ela morreu, disse a mim mesmo que esclarecer toda aquela sujeira só serviria para que esta pobre menina tivesse que enfrentar uma porção de coisas. A mãe dela me implorou que a protegesse. E eu optei pelos vivos, inspetor.

Confessei a verdade ao inspetor que se encarregou do caso – disse ele sem mencionar o seu nome. – Pedi a ele que deixasse de investigar por causa desta pobre menina. E ele concordou.

– Mas não lhe contou que estavam deixando um pedófilo solto, não é? Só lhe falou da luta entre as irmãs, de um acidente infeliz. E o que aconteceu com o monitor?

– Eu também falei com ele. – Sabia que dava na mesma, que nesse ponto suas desculpas não serviam de nada, mas continuou assim mesmo: – Ele me garantiu que não tornaria a fazer isso, que mudaria, que tinha sido só aquela vez, porque...

– Porque Iris o havia procurado, não é? – interveio Leire.

Fèlix meneou a cabeça.

– Ele era um bom rapaz, de uma boa família. Acreditava em Deus, e me prometeu que isso nunca mais aconteceria. A Igreja prega o perdão.

– A justiça, padre, prega outra coisa – atalhou Héctor. – Mas vocês acham que estão acima dela, não é?

– Não... não sei. – Fèlix baixou os olhos novamente. – Eu disse isso pro Marc quando ele veio me procurar, ao voltar de Dublin. Queria saber o nome do rapaz. Ele mal se lembrava dos monitores do acampamento, tinha apenas seis anos. E eu me recusei a dizer quem era. Disse a ele para esquecer esse assunto.

– Mas Marc não esqueceu – prosseguiu Héctor. – Ele disse isso em seu *blog*: falou de meios e de fins, de vingança e de justiça, da verdade.

– Não sei o que ele estava planejando. Não tornei a falar com ele sobre isso. – Olhou para Inés, como se ela tivesse a resposta.

– Ele não me contou os detalhes, mas disse que era algo contra o senhor. Não quis me dizer do que se tratava.

Héctor se plantou diante do padre Castells.

– Pois agora chegou o momento de dar esse nome, não acha? O nome do monitor que abusou daquela menina e que é, ao menos moralmente, responsável por sua morte. O nome que Marc pretendia descobrir.

Ele assentiu com a cabeça.

– Fazia tempo que eu não o via, mas me encontrei com ele por acaso ontem, na casa dos Martí. Ele se chama Eduard. Eduard Rovira.

39

—Porcos – disse Leire indignada, enquanto dirigia até a casa dos Rovira. – São todos uns porcos. Tenho certeza de que a amizade com os Rovira contou mais que o que aconteceu com a filha da cozinheira. Um rapaz cristão de boa família que cometeu um erro...

Héctor a olhou sem contestar.

– Foi mais ou menos isso, tenho certeza. E também orgulho ferido, ou medo. Como justificar que tudo isso aconteceu diante do teu nariz sem que você percebesse? Com Iris morta, o mais prático era dar o assunto por resolvido.

Leire acelerou.

– Estou louca pra pegar esse filho da puta.

Pegaram-no em casa. Os senhores Rovira não estavam, e, assim, foi um surpreendido Aleix quem lhes abriu a porta, acreditando que era a ele que estavam procurando.

– Achei que era amanhã...

Héctor o agarrou pela lapela.

– Depois vamos conversar um pouquinho, eu e você. Mas antes queremos conversar com teu irmãozinho. Ele está no quarto?

– Lá em cima. Mas o senhor não tem o direito de...

Héctor lhe deu um bofetão no rosto. A marca vermelha se estendeu pela face do rapaz.

– Ei, isso é brutalidade policial! – protestou ele, pedindo com o olhar a ajuda de Leire.

– O quê? – perguntou ela. – Você está falando disso que apareceu no teu rosto? Um mosquito te picou. No verão tem muitos. Inclusive neste bairro.

O tumulto fez Edu sair do quarto. Héctor já tinha soltado Aleix e concentrava toda a atenção em seu irmão. Esforçou-se por esquecer o que Inés lhes tinha lido apenas meia hora antes, por sufocar essa raiva sobre-humana que ameaçava nublar-lhe a vista outra vez. Permaneceu por alguns segundos tenso, com os punhos cerrados. Seu rosto devia dar medo, porque Eduard retrocedeu.

– Você sabe por que viemos, não é? – perguntou Leire, colocando-se entre o inspetor e Eduard Rovira. – Vamos todos pra delegacia, lá poderemos conversar com mais tranquilidade.

Leire observou Aleix, que, sentado do outro lado da mesa de interrogatório, não se atrevia a levantar os olhos. A mancha vermelha quase tinha desaparecido de seu rosto, mas ainda se notava um pouco.

– Precisamos falar de Edu, Aleix. – Seu tom era frio, imparcial. – Você sabe que seu irmão está doente.

Ele encolheu os ombros.

– Vamos... Desde quando você sabe? Ele também abusou de você? – perguntou ela.

– Não! Ele não...

– Ele não gosta de garotos. Isso é só um detalhe! Prefere as meninas. Quando você ficou sabendo?

– Não vou dizer nada.

– Vai. Vai dizer, sim. Porque pode ser que teu irmão tenha matado Marc e Gina pra esconder essa história toda. E talvez você não gostasse muito de Marc, mas de Gina você gostava...

– Edu não matou ninguém! Ele nem sabia de nada disso até ontem.

Leire avançava com cuidado. Qualquer deslize podia ser fatal.

– Se isso é verdade, fala comigo, Aleix. Me convence disso. Quando você soube que Edu gostava de meninas?

Ele a olhou nos olhos; ela sabia que ele estava calculando todas as possibilidades, e cruzou os dedos mentalmente, até que afinal ele respondeu:

– Eu não sei de nada disso.

– Sabe, sim... Você gosta de saber coisas a respeito dos outros, Aleix. E você não tem nada de bobo.

Aleix sorriu.

– Bom, digamos que faz alguns anos, um verão em que ele voltou e encontrei algumas coisas no seu computador. Eu sou bom com contrassenhas. Mas vocês não vão conseguir provar, porque não vão encontrar mais nada com ele. – Continuava sorrindo. – Nem um único vestígio.

"Graças a você, cretino", pensou Leire. Aleix estava se exibindo; queria demonstrar sempre que ele era o mais esperto. "Vou te pegar pela vaidade, seu babaca."

– E quando Marc voltou de Dublin decidido a encontrar o rapaz que havia abusado de Iris, você acabou por ligar as coisas e imaginar que podia ser Edu, não é? Você lembrava vagamente que ele tinha sido monitor de acampamento com Fèlix, e é claro que a tua família e os Castells eram amigos. Marc nem se lembrava de Edu, nem te conhecia quando tudo isso aconteceu. E Edu está fora há anos. Em lugares onde executa trabalhos humanitários. E brinca com as meninas.

Ele sustentou o olhar dela com insolência.

– A senhora é que está dizendo isso, não eu.

Leire fez uma pausa. Estavam chegando ao ponto mais importante de todo o assunto, o ponto em que ela deixava de saber e precisava perguntar, o ponto em que precisava ser mais hábil que aquele moleque petulante. Esperou alguns segundos antes de formular a pergunta seguinte.

Na sala contígua, um silencioso e amedrontado Eduard enfrentava a voz áspera, tensa do inspetor Salgado. Este lhe havia contado, ponto por ponto, detalhe por detalhe, tudo o que o diário de Iris continha.

– E ainda por cima você teve má sorte – disse por fim. – Porque, por alguma razão legal que ainda não entendi, esses casos de abuso só prescrevem depois de quinze anos. E aquele verão foi há treze apenas. Você já ouviu falar do que fazem aos pedófilos na prisão?

Edu empalideceu; parecia ter encolhido na cadeira. Sim, todo mundo tinha ouvido falar disso.

– Pois no teu caso vai ser pior, porque eu vou me certificar de que os funcionários digam isso aos presos de confiança. E que por acaso deixem escapar que você é um rapaz de família bem, que se livrou durante anos da justiça graças aos contatos do papai. – Ele riu ao ver a reação daquele verme. – Se tem duas coisas que os presos odeiam, são os pedófilos e os rapazes ricos. Eu realmente não gostaria de estar na tua pele quando três ou quatro deles te encurralarem em uma das salas... enquanto os vigias olham para o outro lado.

Ele parecia estar a ponto de desmaiar. "Ótimo, é assim que eu gosto", pensou Salgado.

– Claro que, se você colaborar um pouquinho, talvez eu faça o contrário. Pedir aos funcionários que te protejam, dizer que você é um bom rapaz que cometeu alguns erros.

– O que o senhor quer saber?

– O que o teu irmão te contou?

* * *

Leire ia formular a pergunta seguinte quando um sério Héctor Salgado apareceu na sua sala e, avançando devagar para Aleix, lhe disse em voz muito baixa:

– Edu esteve me explicando uma porção de coisas, rapaz. A perspectiva de ir para a cadeia o tornou muito comunicativo.

Salgado sentou-se na beirada da mesa, bem perto de Aleix.

– E afinal eu formei uma opinião a seu respeito. Você quer saber qual é?

O rapaz encolheu os ombros.

– Responde quando eu falo com você.

– O senhor vai dizer de qualquer jeito, não é? – respondeu Aleix.

– Vou. Você é uma cara esperto. Muito esperto. Pelo menos no colégio. O primeiro da classe, o líder do grupo. Um rapaz bonito, com uma família rica por trás. Mas no fundo você sabe que nessa família tem muita merda escondida. Você não se importa com os outros, mas Edu é especial. Por Edu você já fez muitas coisas...

Aleix levantou a vista.

– Há muitos anos Edu me ajudou muito.

– Sei... Por isso é que você não podia deixar que o plano de Marc surtisse efeito. Era um plano meio desconjuntado, mas podia ter dado certo, e o seu querido Edu teria que enfrentar alguns momentos muito desagradáveis. Foi por isso que você matou Marc? Pra que ele não fosse adiante?

– Não! Eu já disse mil vezes. Não matei Marc. Nem eu nem Edu...

– Pois neste momento vocês têm tudo pra levar a culpa.

Aleix observou Salgado e depois Leire. Não encontrou em nenhum deles nem um átimo de compreensão. Finalmente, jogou a cabeça para trás, fechou os olhos e suspirou. Quando tornou a abri-los, começou a falar devagar, quase com alívio:

– Marc ficou muito zangado com seu tio quando ele se negou a dizer quem era o monitor. E então ele teve aquela ideia absurda... – Fez uma pausa. – Já sabem de tudo, não é? Imagino que tenham encontrado o *pen drive* na casa de Gina.

Leire não sabia do que ele estava falando, mas concordou:

– Tive sorte. Eu o peguei quando você saiu.

– Pois então já o viu. As fotos de Natàlia, prontas pra ser introduzidas no computador do tio. Por um lado teria sido divertido: ver a cara do desonesto padre Castells quando abrisse o computador e descobrisse nele as fotos de uma menina nua, junto com mais algumas que Marc tinha pegado na internet. Além disso, Marc se esfalfou com as fotos, tirou um montão da menina, uma noite, enquanto ela dormia. Sabiam que as chinezinhas fazem muito sucesso com os pedófilos?

Leire fez o possível para que seu semblante não denunciasse a emoção e o nojo que sentia. Ia juntando as pontas da história mentalmente, tentando se antecipar e não estragar tudo. Mas então Salgado interveio:

– Teria sido difícil explicar essas fotos se alguém as tivesse visto.

– Claro. E dessa vez a batina não o protegeria dos boatos. Muito ao contrário.

– Boatos como os que você espalhou no colégio sobre aquela professora – disse Héctor, lembrando-se disso naquele instante.

Aleix sorriu levemente.

– É. Aquela puta. Encontrei um perfil dela na internet, e bem decente, juro. Roubei as fotos, brinquei um pouco com o Photoshop para acentuar certos encantos, acrescentei outro texto e depois o mandei completo para toda a sua lista de *e-mail*. E não a particular; incluí até o diretor do colégio. Foi genial!

– E Marc ia fazer a mesma coisa com os endereços de *e-mail* do padre Castells e as fotos de Natàlia – acrescentou Héctor.

– Mais ou menos. Na verdade, Marc queria usar isso como ameaça. Graças a algumas coisas que eu tinha lhe ensinado, ele decifrou a contrassenha do *e-mail* do tio. Seu plano era simples.

Por um lado, descarregar o arquivo com as fotos no computador do padre Castells; depois, assim que passasse o feriado de São João, chamá-lo e encostá-lo na parede: ou ele dizia o nome que Marc queria saber, ou aquelas fotos vergonhosas que Fèlix estava vendo horrorizado pela primeira vez em seu computador seriam divulgadas para todos os seus contatos. Conhecendo a sua contrassenha e tendo o *pen drive* com as fotos, Marc podia fazer isso de casa. Já imaginaram a cara de Enric, de Glòria, dos colegas do padre, das associações de sacerdotes, se de repente recebessem um *e-mail* de Castells com fotos de sua sobrinha nua?

— É perverso — comentou Leire. — Ele ia fazer isso com um homem que o havia criado, que tinha sido quase um pai pra ele?

Aleix encolheu os ombros.

— A teoria de Marc era que Fèlix teria falado. Num momento de desespero, ele teria revelado o nome que Marc queria saber. E então ele não precisaria cumprir a ameaça. De qualquer modo, ele também não estava se sentindo muito mal por lhe pregar um susto; no fundo, o padre estava acobertando o culpado.

— E você achava que ele podia se sair bem?

O rapaz concordou.

— O plano podia fracassar estrepitosamente, e Fèlix podia se negar a dizer, mas... Os tempos não estão muito bons para os padres em relação a esse assunto. Ele não arriscaria sua reputação para proteger Edu... Tentei dissuadir Marc, mostrar-lhe os riscos. Insisti que isso não era apenas uma brincadeira de colégio, que era uma coisa mais séria. Que se descobrissem a verdade, ele e Gina poderiam se dar mal. Pelo menos consegui convencê-lo a adiar o plano por alguns dias. Eu disse que devíamos pensar bem pra não estragar tudo, e o convenci a deixar pra depois dos exames de seleção. Ele não tornou a falar do assunto, mas eu soube por Gina que ele tinha levado o plano adiante pelas minhas costas.

— E você não podia permitir isso... Então você convenceu Gina a ficar com o *pen drive* — disse Héctor, dando continuidade ao interrogatório.

– Foi fácil. Ela tinha muito ciúme da garota de Dublin, e eu a assustei pra valer. Além disso, Gina era uma garota sensível. – Sorriu. – Sensível demais... A visão daquelas fotos a horrorizou. Marc tinha passado pro *pen drive* para poder apagá-las do seu computador. Gina o convenceu, por insistência minha, que era melhor que ela o guardasse em casa até que tivesse a oportunidade de ter acesso ao computador de Fèlix.

– E a oportunidade se apresentou durante o feriado de São João – disse Leire, lembrando que Fèlix ficara com o resto da família na casa de Collbató. – Mas Gina não levou o *pen drive* na festa, e Marc ficou bravo. – Nesse ponto ela estava segura, graças ao relato de Rubén, então continuou a falar: – Ele ficou bravo com você e com ela, e acabou jogando fora a droga que você tinha pra vender. A droga que você ainda tem de pagar, na verdade. Você tentou impedir e lhe deu um soco. A camiseta que ele usava ficou manchada de sangue. Por isso ele a tirou depois e vestiu outra.

– Mais ou menos...

– Você disse que foi embora, e teu irmão confirmou, mas esse álibi recíproco não está servindo agora, não acha?

Ele se inclinou sobre a mesa.

– É verdade! Eu fui pra casa. Edu estava lá. Eu não contei nada disso pra ele. Meu Deus, eu só contei ontem à noite porque precisava de dinheiro pra pagar aqueles caras. Senão eu nunca teria dito nada. Ele é... meu irmão.

Leire olhou para Héctor. O rapaz parecia estar dizendo a verdade. Salgado fingiu ignorar a companheira e sentou-se na beirada da mesa.

– Aleix, o que eu não entendo é que um rapaz tão esperto como você tenha cometido um erro tão crasso. Como você foi deixar que Gina ficasse com o *pen drive*? Você estava no controle de tudo. E sabia que não se podia confiar nela...

– Eu não confiei! – protestou ele. – Eu lhe pedi naquele mesmo dia em que vocês foram interrogá-la. Mas ela se confundiu e me deu o *pen drive* errado. Querem saber de uma coisa? Eu sou mesmo mais esperto que vocês. Vocês têm a transcrição da mensagem de suicídio que Gina escreveu? Lembram dela? Gina jamais teria escrito aquilo! Ela era incapaz de usar abreviações. Seu pai, o escritor, as detesta.

Héctor observou Aleix sem dizer nada. Mas quem chamou sua atenção então foi a agente Castro, que, com uma voz que tentava ser firme, perguntou:

— O que continha o *pen drive* que Gina te deu, Aleix?

— Suas anotações de história da arte. E o que importa isso agora?

Leire se apoiou no encosto da cadeira. Percebia no fundo que Héctor continuava interrogando a testemunha, mas ela já sabia que não valia a pena. Que Aleix não tinha matado Marc, e com certeza também não matara Gina. Era um imbecil e merecia que os traficantes lhe arrebentassem a cara, mas não era um assassino. Nem seu irmão, o santarrão pedófilo.

Sem dizer nada, saiu da sala e fez uma ligação. Não precisava de mais nada: só confirmar uma informação com Regina Ballester, a mãe de Gina Martí.

40

Sentado no sofá branco da casa dos Castells, enquanto esperava que Glòria terminasse de dar banho na menina e descesse para se reunir com eles, Héctor disse a si mesmo que nessa sala se respirava a mesma paz que havia notado na última vez em que haviam estado ali. Mas agora, enquanto contemplava a elegante decoração e ouvia a suave música que flutuava no ambiente, Héctor sabia que tudo isso não passava de um cenário. Uma falsa calma.

Ele e Leire tinham discutido muito como enfocar a parte seguinte da questão. Salgado havia escutado os argumentos de Castro, atento a todos os pontos que desembocavam em um única conclusão. Mas quando o processo chegou ao fim, quando o nome da pessoa que matara Marc e provavelmente também Gina ficou claro para ambos, Héctor se lembrou de uma coisa que dissera a Joana: "É possível que este caso não se resolva nunca". Porque, mesmo com a verdade diante deles, as provas eram mínimas. Tão pequenas que ele só podia confiar em que a tensão e o medo acumulado fossem mais fortes que a integridade e o sangue-frio. Por isso tinha imposto o seu critério e tinha ido ele sozinho. Para o que ia fazer, duas pessoas eram uma multidão.

Enric Castells estava cansado, disse Héctor a si mesmo. Dois círculos escuros entristeciam sua expressão.

– Não quero ser descortês, inspetor, mas espero que tenha uma boa razão para se apresentar em minha casa em um domingo à tarde. Não sei se o senhor percebe que este fim de semana não tem sido precisamente fácil para nós... Ontem tivemos que dar os pêsames a uns bons amigos, cuja filha se suicidou e que talvez tenha matado... – Calou-se por um instante. – E desde então não paro de remoer tudo isso. Tudo...

Passou as mãos pelo rosto e respirou fundo.

– Quero que isso acabe já – disse em seguida. – Vamos ver se Glòria desce de uma vez... Não podemos começar sem ela?

Héctor ia repetir o que já lhe havia dito ao cruzar a porta, que precisava da colaboração dos dois, porque tinham surgido novas e inquietantes provas em relação à morte de seu filho, mas nesse momento Glòria entrou, sozinha.

– Até que enfim! – exlamou Enric. – Por que demora tanto para dar banho nessa menina?

A hostilidade da pergunta supreendeu o inspetor. "Essa menina." Não "a menina", nem "minha filha", nem mesmo "Natàlia". Essa menina.

Glòria não se deu ao trabalho de responder e sentou junto do marido.

– Pois comece de uma vez, inspetor. Quer nos dizer por que veio? – perguntou Castells.

Héctor o olhou fixamente. E então, diante daquele casal que parecia estar vivendo um clima de guerra, disse:

– Tenho que lhes contar uma história que remonta a anos atrás, ao verão em que Marc tinha seis anos. O verão em que morreu uma menina chamada Iris Alonso.

Pela expressão do rosto de Enric, Héctor deduziu que ele também tinha lido o *blog* de Marc. Não sabia como ele ficara sabendo da sua existência, mas era óbvio que o nome de Iris lhe era familiar. Salgado prosseguiu com seu relato: resumiu diante deles aquela história de abusos e de morte, sem dar mais detalhes do que o necessário. Depois passou a lhes falar de Inés e de Marc em

Dublin, da decisão deste de esclarecer a verdade, e chegou então ao plano urdido para coagir Fèlix, que se negara a revelar ao sobrinho o nome que este lhe pedia; narrou o truque perverso para o qual ele havia usado Natàlia e descreveu com a mais absoluta crueza umas fotos que não tinha visto. Ao fazê-lo, observou as expressões dos Castells e viu o que esperava: a dele indicava uma mescla de apreensão e interesse; a dela, nojo, ódio e surpresa. Terminou falando-lhes da intervenção de Aleix para que o nome de seu irmão não fosse revelado. Fez um resumo sucinto, mas claro.

— Inspetor — começou Enric, que ouvira Salgado com atenção —, está me dizendo que meu filho pretendia chantagear meu irmão? Ele não faria isso. Tenho certeza. Acabaria se arrependendo.

Héctor meneou a cabeça com ar de dúvida.

— Isso nunca saberemos. Marc e Gina estão mortos. — Levou a mão ao bolso e tirou o *pen drive* que Aleix lhe havia dado uma hora atrás. — Este é o *pen drive* que Gina levou daqui, o que depois entregou para Aleix. Mas nele não há nenhuma foto. Na verdade, nem sequer é de Gina, nem de Marc. É seu, não é verdade, Glòria?

Ela não respondeu. Sua mão direita se retesou sobre o braço do sofá.

— São as suas anotações da universidade. Não sentiu falta delas?

Enric ergueu a vista devagar, sem compreender.

— Não tive muito tempo pra estudar estes dias, inspetor — respondeu Glòria.

— Nisso eu acredito. A senhora tem estado bastante ocupada com outras coisas.

— O que está insinuando? — A voz de Enric havia recuperado parte da sua firmeza característica de senhor que não consente que ninguém ataque os seus em sua própria casa.

Héctor prosseguiu. Falava em tom sereno, quase amistoso.

— Estou insinuando que o destino lhes pregou uma peça cruel. O *pen drive* com as fotos esteve alguns dias aqui, antes que Gina o levasse. E Natália, inocente e brincalhona, fez uma coisa que a divertia muito esses dias. A senhora mesma disse para a agente Castro quando estivemos aqui. Natàlia pegou o *pen drive* com as fotos e deixou ao lado do computador da mãe, e levou o da senhora, com as anotações do curso que faz à distância, para o quarto de Marc. E ele, que não queria mais essas fotos em seu computador, o deu a Gina sem se dar conta do erro. Mas a senhora... a senhora abriu o que não devia ter aberto. E viu aquelas fotos de Natàlia: fotos de sua filha nua, fotos que lhe sugeriram todo um mundo de horrores. A senhora sabia que Marc havia confessado ter postado aquele vídeo de um companheiro do colégio na internet. Não confiava nele, nem o amava. Afinal de contas, nem era mãe dele...

Glòria contraiu o corpo. Não disse nada, tentou por todos os meios manter a calma. Sua mão se havia transformado numa garra aferrada ao braço do sofá.

– Você viu as fotos? – perguntou Enric. – Você não me disse nada...

– Não – interveio Héctor. – Ela não lhe disse nada. Decidiu castigar Marc por conta própria, não foi?

Castells se levantou num impulso.

– Não admito nem mais uma palavra, inspetor! – Mas em seus olhos a dúvida começava a surgir. Ele se voltou devagar para sua mulher, que continuava imóvel como uma lebre repentinamente cega pelos faróis de um carro. – Nessa noite você não dormiu comigo...Você foi se deitar com Natàlia.Você disse que a menina estava com medo das bombinhas.

Houve um instante de extrema tensão. Glòria levou alguns segundos para responder, o necessário para que a voz não tremesse.

– Foi isso mesmo. Dormi com Natàlia. Ninguém pode provar o contrário.

– Sabe? – interveio Héctor. – Em parte a compreendo, Glòria. Deve ter sido terrível.Ver aquela fotos sem saber o que mais poderiam ter feito a sua filha, temer o pior.Teria acontecido a mesma coisa com qualquer mãe. Há algo poderoso no amor de uma mãe. Poderoso e implacável. Até os animais menos agressivos atacam para proteger a cria.

Héctor viu a hesitação nos olhos dela. Mas Glòria não era uma presa fácil de enganar.

– Não vou continuar falando com o senhor, inspetor. Se meu marido não o puser para fora, eu o porei.

Mas Enric parecia não ter ouvido a última intervenção de sua mulher.

– No dia seguinte, tivemos que parar para pôr gasolina. Eu nem me lembrava mais disso. Fèlix estava ao volante, porque eu não tinha condições de dirigir. Mas o tanque não tinha ficado tão vazio quando subimos... Eu não tinha pensado mais nisso... – Ele encarou a mulher e sussurrou, sem conseguir levantar a voz: – Glòria, você matou...? Matou meu único filho?

– Teu único filho! – A amargura explodiu em um grito rouco. – E Natàlia, o que é? O que você teria feito se eu tivesse te falado das fotos? Eu te digo. Nada! Teriam começado as desculpas, as justificativas... A menina está bem, foi uma brincadeira, os adolescentes são assim... O que você disse quando ele postou aquele vídeo na internet? "Ele teve uma vida difícil, a mãe o abandonou..." – Suas palavras destilavam rancor. – E Natàlia? Os anos que passou no orfanato? Esses não contam? Essa filha não conta pra você. Você nunca se importou com ela!

Glòria olhou para o inspetor. Tentava fazê-lo compreender a verdade. Justificar-se de algum modo.

– Eu não podia perdoá-lo, inspetor. Não dessa vez. Quem sabe o que mais teria feito com a minha filha? – Ela tinha começado e não conseguia mais parar. – Sim, na noite de São João eu te disse que ia dormir com Natàlia, mas desci pra Barcelona com o carro quando percebi que você tinha adormecido. Pode acreditar, eu tinha certeza de que você estava dormindo. Não sabia muito bem o que ia fazer. Acho que ia acusá-lo de tudo e obrigá-lo a ir embora sem que você ficasse sabendo. Eu queria que ele saísse da vida de Natàlia e da minha. Cheguei em casa justo quando Aleix estava saindo. Vi que a luz do quarto de Marc se acendia e depois se apagava. Um pouco depois eu o vi montado na janela, atravessei a rua rapidamente e subi para o sótão. Ele ainda estava ali, e nesse momento não consegui evitar. Corri até ele e o empurrei... Foi um impulso...

"E recolocou o cinzeiro que estava no parapeito em seu lugar, em um gesto automático", pensou Héctor, sem dizer nada.

– Mas matar Gina não foi um impulso, Glòria – disse Héctor. – Foi um crime a sangue-frio, cometido contra uma jovem inocente...

– Inocente? O senhor não viu as fotos, inspetor! Eles as fizeram juntos. Aproveitaram uma noite em que ele tinha vindo ficar com Natàlia. Ela inclusive aparecia em alguma, mas imagino que depois resolveram apagá-la.

– Eles não lhe fizeram mal algum – sussurrou Héctor. – Pretendiam equivocadamente caçar um homem que abusava de menores.

– Mas eu não sabia. Meu Deus, eu não sabia! E disse a mim mesma que se Marc tinha morrido, ela também devia morrer. Além disso...

– Além disso, a senhora nem sabia que ela tinha ficado pra dormir aqui naquela noite, e quando ficou sabendo, sentiu pânico. Por sorte sua, Gina estava tão bêbada que dormiu logo e não ouviu nada. Mas quando nos viu aqui e percebeu que o caso continuava aberto a senhora se assustou. E decidiu que o falso suicídio de Gina poria um ponto final em tudo. Foi pra casa dela aquela tarde, falou com ela, com certeza a drogou um pouco, como fez com seu marido na noite de São João. Depois a levou para a banheira e, com a mais absoluta crueldade, lhe cortou as veias. Depois escreveu uma falsa mensagem de suicídio, tentando imitar o estilo dos jovens.

– Ela era tão má quanto ele – disse Glòria com ódio.

– Não, Glòria, eles não eram maus. Podiam ser jovens, estar enganados, ser mimados, mas não eram maus. Aqui a única pessoa má é você. E seu maior castigo não vai ser a prisão, mas separar-se da sua filha. Porém, acredite, Natàlia merece uma mãe melhor.

Enric Castells observava a cena, boquiaberto. Não conseguiu dizer palavra quando Héctor prendeu sua esposa, quando lhe leu seus direitos e a conduziu em direção à porta. Se o coração pudesse obedecer à vontade, ele o teria parado naquele instante.

41

Héctor saiu da delegacia às dez e meia da noite, e compreendeu que, mesmo sem ter a menor vontade, precisava voltar ao seu apartamento. Estava havia mais de trinta e seis horas sem dormir; tinha os pulmões cheios de nicotina, o estômago vazio e a cabeça embotada. Precisava descontrair-se um pouco e depois tomar uma longa chuveirada para eliminar a tensão e recuperar as forças.

A cidade parecia entorpecida nessa noite quente de domingo. Mesmo os poucos carros que circulavam pareciam fazê-lo devagar, com preguiça, como se seus motoristas quisessem prolongar os últimos suspiros do dia festivo. Héctor, que tinha começado a caminhar em passo rápido, foi pouco a pouco acompanhando o ritmo lento que imperava nas ruas. Teria dado qualquer coisa para acalmar também o cérebro, para deter aquele fluxo de imagens soltas. Sabia por experiência que era questão de tempo, que os rostos que agora pareciam inesquecíveis iriam se diluindo mais cedo ou mais tarde pelo desaguadouro da memória. Havia alguns, no entanto, que no momento preferia não esquecer: o semblante assustado e vil de Eduard Rovira, por exemplo. Apesar das ameaças de prisão que ele mesmo lhe havia feito, sabia que seria difícil que ele respondesse por seus atos perante a justiça. Mas ao menos, disse a si mesmo, ele teria que suportar a vergonha de ter sido descoberto e o desprezo dos que o rodeavam. Disso Héctor queria se assegurar pessoalmente e o quanto antes; os tipos como Edu não mereciam a mínima compaixão da sua parte.

Respirou fundo. Tinha mais algumas coisas para fazer no dia seguinte. Falar com Joana e despedir-se dela, passar pelo hospital para ver Carmen. E desculpar-se com o delegado Savall. Talvez sua atuação no caso de Iris anos atrás não tivesse sido exemplar, mas seus motivos não tinham sido egoístas, muito pelo contrário. De qualquer modo, não tinha direito algum a se erigir em juiz. Deixava isso para gente como o padre Castells. "Amanhã", pensou, "amanhã colocarei tudo isso em ordem." Nessa noite já não podia fazer mais nada. Tinha feito uma única ligação na delegacia, para a agente Castro, para lhe informar que sua intuição tinha sido perfeita. Devia isso a ela. Afinal de contas, se não fosse por ela, aquele caso talvez nunca se tivesse resolvido. Ela era boa, pensou. Muito boa. Não ficou muito tempo ao telefone porque percebeu que ela não estava sozinha. De repente ouviu ao fundo uma voz masculina que lhe perguntava alguma coisa. "Não vou te incomodar mais, amanhã conversamos", disse ele ao se despedir. "Está bem. Mas precisamos celebrar isso, hein? E desta vez quem paga sou eu." Houve uma pausa curta, um desses momentos em que o silêncio parece querer dizer algo. Mas, depois das despedidas de rigor, ambos desligaram.

Parado em um sinal vermelho, tirou novamente o celular para ver se havia alguma mensagem de Ruth. Eram quase onze horas, talvez ela ainda estivesse no caminho. Fazia quase um mês que não via Guillermo, e enquanto atravessava a rua repetiu para si mesmo que isso não podia tornar a acontecer. Não queria ser uma figura ausente como Enric Castells havia sido com o filho. A responsabilidade pode ser delegada, mas não o afeto. Ironias do destino, pensou, Enric se via agora novamente sozinho, e com uma menina a seu cargo, uma criança que ele nem sequer considerava filha sua.

Estava perto de casa, e o fato de ter que enfrentar a hora de entrar o deixou novamente apreensivo. O apartamento onde tinha vivido durante anos lhe parecia um lugar macabro, contaminado por Omar, por seus assassinos. "Chega", ordenou a si mesmo uma vez mais. Omar estava morto, e aqueles que o haviam matado, encerrados na prisão. Não podia querer um resultado melhor. Animado por essa ideia, enfiou a chave na porta e, quando já tinha ultrapassado o umbral, o celular tocou. Era Guillermo.

— Guille! Que bom! Você já está aqui?

— Não... Papai, escuta... Você sabe da mamãe?

— Não. Falei com ela... sexta-feira, acho. — Parecia que um século havia passado, em vez de alguns dias. — Ela me disse que queria ficar sozinha.

— Isso. Também me disse isso. Combinamos que ela voltaria às nove, nove e meia.

— E ela ainda não chegou? — Olhou o relógio, inquieto.

— Não. Já liguei, e ela não responde. Carol também não sabe de nada. — Ele fez uma pausa e continuou com uma voz que não era mais a de um garoto, mas a de um adulto preocupado: — Papai, mamãe não falou com ninguém desde sexta-feira pela manhã.

Com o celular ainda na mão, diante da escada que conduzia ao seu andar, Héctor se lembrou de repente do que Martina havia comentado sobre o doutor Omar, sobre os ritos que ele preparava, sobre o DVD que Ruth havia recebido. "Esquece isso, ele já morreu, isso não importa mais...", tinha lhe dito a inspetora.

Um suor frio lhe cobriu a fronte.

hoje

Já faz seis meses que Ruth desapareceu. Ninguém teve mais notícias dela desde aquela sexta-feira em que decidiu ir para o apartamento de seus pais. Nem sequer temos certeza de que ela tenha chegado lá, pois seu carro foi encontrado em Barcelona, perto de sua casa. Publicamos sua foto, pregamos cartazes, revistamos seu apartamento. Interroguei pessoalmente o advogado de porta de cadeia que matou Omar, e cheguei à conclusão de que ele não sabe de nada além do que já havia dito. O maldito doutor lhe disse, com um sorriso maquiavélico, que eu tinha que sofrer a pior das condenações possíveis. O advogado pensou que era apenas uma de suas frases. Eu também não o teria levado a sério. Mas agora sei que é verdade. Não há nada pior do que não saber, do que viver em um mundo de sombras e dúvidas. Perambulo pela cidade como um fantasma, esquadrinhando os rostos, acreditando ver Ruth nos cantos mais insuspeitados. Sei que algum dia a encontrarei, viva ou morta. Preciso explicar a meu filho o que aconteceu com sua mãe. Preciso fazer isso; se conservo a sensatez, é graças a ele. A ele e a meus amigos. Eles também não se rendem. Sabem que preciso descobrir a verdade, e que não vou parar até conseguir.

Agradecimentos

Quando chega o momento de agradecer nos damos conta da quantidade de pessoas que, de um modo ou de outro, nos ajudaram a chegar até aqui. São tantos os nomes que acaba sendo impossível mencionar todos, mas creio que devo começar me lembrando dos familiares e amigos que me apoiaram e animaram durante os meses que dediquei a escrever este livro (sim, Montse, estou falando especialmente de você), e que nos momentos de desespero me "arrancaram" literalmente de casa (obrigado, Pedro!).

A toda a equipe da Random House Mondadori, e em especial ao Departamento Editorial, com o qual colaboro há anos como tradutor.

A Silvia Querini e Ana Liarás, com quem aprendi praticamente tudo o que sei sobre livros. É um prazer trabalhar com pessoas que, depois de anos de experiência e profissionalismo, ainda continuam se emocionando de verdade diante de um bom romance.

A Justina Rzewuska, por sua fé, confiança e esforço.

À equipe da Debolsillo, que, dirigida por Joan Díaz, confiou em mim para realizar este projeto.

A María Casas, por me propor ideias "disparatadas" como se fossem a coisa mais natural do mundo.

A Gabriela Ellena, por seu rigor e sua inesgotável capacidade de trabalho.

E, é claro, seria imperdoável não mencionar meu editor, Jaume Bonfill. Sem sua paciência, seu discernimento e sua dedicação, este romance simplesmente não existiria.

A todos eles e a muitos outros, obrigado.

Este livro, composto com tipografia Bembo
e diagramado pela Alaúde Editorial Limitada,
foi impresso em papel Norbrite sessenta e seis
gramas pela Bartira Gráfica no décimo nono
ano da publicação de *Um drink antes da guerra*
de Dennis Lehane. São Paulo, julho de 2013.